Amours sorcières

TAHAR BEN JELLOUN

Amours sorcières

nouvelles

ÉDITIONS DU SEUIL
27, rue Jacob, Paris VI*ᵉ*

La nouvelle intitulée « Le suspect » est déjà parue dans l'hebdomadaire *Le Nouvel Observateur*.
La nouvelle intitulée « L'homme qui a trahi son nom » est déjà parue aux Éditions du Chêne, dans le recueil collectif *Le Temps des clans* sous le titre « L'être et le néant ».
La nouvelle intitulée « Tricinti » est déjà parue aux Éditions Stock, dans le recueil collectif *Des plumes au courant*.

© Tahar Ben Jelloun, pour « Le suspect », 1991
© Éditions Stock, pour « Tricinti », 1996
© Éditions du Chêne, Hachette Livres
pour « L'homme qui a trahi son nom », 1996
© Éditions Gallimard pour les extraits
du *Timon d'Athènes* de William Shakespeare,
traduit par Jean-Michel Déprats
dans la collection « La Bibliothèque de La Pléiade », 2002

ISBN 2-02-059375-0
ISBN 2-02-060629-1, pour la version export

© Éditions du Seuil, mars 2003

Le Code de la propriété intellectuelle interdit les copies ou reproductions destinées à une utilisation collective. Toute représentation ou reproduction intégrale ou partielle faite par quelque procédé que ce soit, sans le consentement de l'auteur ou de ses ayants cause, est illicite et constitue une contrefaçon sanctionnée par les articles L. 335-2 et suivants du Code de la propriété intellectuelle.

www.seuil.com

PREMIÈRE PARTIE

Amours sorcières

L'amour sorcier

Najat m'a demandé de raconter cette histoire à voix basse et si possible dans une lumière douce. Elle a ajouté qu'il vaudrait mieux y introduire humour et fantaisie, justement parce que les faits en ont manqué. Pourquoi à voix basse ? Parce qu'au Maroc nous avons la fâcheuse tendance à aimer le bruit, du moins à en faire sans se préoccuper de la gêne que cela provoque chez les uns et les autres ; on se moque du voisin qui réclame un peu de silence pour se reposer après une longue journée de travail ou bien après une contrariété provoquée par une dispute avec sa femme qui lui demande de prendre position dans son différend avec sa cousine, laquelle lui a emprunté son caftan rouge ocre, l'a sali et le lui a rendu sans le faire nettoyer au pressing.

La grand-mère de Najat a passé sa jeunesse en milieu espagnol à Melilla et constate que les Marocains crient plus fort que les Espagnols, ce qui est un tour de force. Cette manie de faire du bruit est le signe d'un déséquilibre, une faiblesse. On crie à défaut de réfléchir. On s'agite au lieu d'agir.

Pour Najat, trop de lumière c'est comme trop de bruit. Mais comment raconter son histoire avec douceur, sans s'énerver, sans crier ? Elle m'a dit :

« Mets-moi dans un de tes romans à défaut de ton lit. »

Après, elle s'est ravisée :

« Non, je veux dire, je serais contente que tu couvres mon corps de tes mots, que tu m'enroules dans tes phrases longues et alambiquées, que je devienne un sujet de ton imagination... puisque tu n'es pas libre, tu ne veux pas d'enfant, et que moi je cherche un homme disponible qui sera un bon mari et un bon père de famille, pas un artiste. »

Elle s'est assise dans ce café où les seules femmes qui y entrent sont des prostituées, a ouvert un paquet de cigarettes :

« Je peux fumer ? Je suis avec toi, on ne va pas me prendre pour une pute, car tu sais, on ne distingue plus les filles qui vendent leur corps de celles qui sont sérieuses. Je ne suis même pas sûre que ce que font ces jeunes filles si jolies soit de la prostitution. Elles couchent avec des hommes qui leur font des cadeaux. Il faut bien s'acheter des fringues à la mode, mettre du parfum de qualité... J'espère qu'elles se protègent, sinon, c'est la catastrophe. Bon, ce n'est pas pour ça que je suis là, comme je t'avais dit, j'ai une histoire pour toi. »

Najat a trente ans, les cheveux noirs, la peau mate et les yeux verts. Elle est née un jour de grande crue. Son père l'a nommée ainsi pour rappeler que son arrivée au monde a sauvé la ville, que de fortes pluies menaçaient de détruire. Najat veut dire « celle qui a été sauvée ». Elle est l'aînée de cinq enfants. Le père est bijoutier, la mère couturière. Najat est professeur de français dans un lycée de Casablanca. Elle n'est pas mariée et a du mal à trouver un appartement à louer. Les agences immobilières la prient de ne pas insister :

« Vous savez quel genre de femme s'installe toute seule dans un appartement ? Les propriétaires n'aiment pas les célibataires. »

Elle vit chez ses parents en attendant.

L'AMOUR SORCIER

Comment se fait-il qu'une belle fille comme Najat soit seule ?

Quand elle rencontra Hamza, elle avait vingt-neuf ans. Elle venait de rompre ses fiançailles avec un jeune cadre, fils de grande famille, qui lui avait demandé de renoncer à son travail pour s'occuper de son foyer. En fait son refus n'était qu'un prétexte ; elle n'aimait pas cet homme, le trouvait fat, prétentieux.

« Une erreur, dit-elle, mais dès que j'ai vu Hamza, j'ai su que c'était l'homme qu'il me fallait ! »

Mais Hamza est un séducteur, un homme à femmes, comme on dit. Marié, puis divorcé, cet universitaire à la retraite vit seul et s'est juré de ne plus jamais céder à la tentation conjugale. Il a quitté sa femme parce qu'elle avait décidé de passer l'aspirateur au moment où il écoutait religieusement pour la troisième fois consécutive son disque préféré, *Night in Tunisia* de Charlie Parker. Elle détestait le jazz. Elle aimait Oum Kalsoum et les films de Claude Lelouch. Ce sont ces petites contrariétés qui déclenchent parfois des guerres à domicile. N'arrivant plus à discuter avec sa femme de musique ni de cinéma, il décida d'en finir et quitta la maison en lui laissant tout. Le divorce eut lieu sans grandes difficultés. Il fut prononcé pour « incompatibilité culturelle et besoin vital de liberté ». Hamza prit un petit studio où il aménagea une chambre insonorisée pour écouter la musique et voir les cassettes des films classiques qu'il adorait. Il aurait aimé installer une salle de cinéma, avec projecteur mais il n'y avait plus de films classiques qui entraient au Maroc. Il aimait cette solitude choisie. Des filles lui rendaient visite en sachant à quoi s'en tenir. Il leur disait :

« Légères ! soyez légères ! »

Cependant sa vie de vieux célibataire lui pesait un peu. Il

essaya de renouer avec son épouse, mais elle ne l'aimait plus et prit un grand plaisir à prendre sa revanche en lui disant des choses blessantes. Beau joueur, il en rit et lui souhaita longue vie. Ce fut à cette époque qu'il rencontra Najat dans le train « Aouita » entre Casablanca et Rabat. Elle lisait *L'Acrobate* de Paolo Colla. Il se mit à rire et ne put s'empêcher de s'adresser à elle :

« Comment est-ce possible, une fille apparemment intelligente comme vous, qui perd son temps à lire une suite d'inepties ?

– Je ne perds pas mon temps. Ce livre m'intéresse. L'avez-vous lu ?

– Hélas oui ! On m'avait proposé de le traduire en arabe, mais j'ai trouvé ça tellement nul, faux, racoleur, que j'ai préféré traduire un livre sur la sexualité des escargots. Au moins là, il n'y avait pas de prétention.

– Vous n'êtes pas très tolérant.

– Je tolère tout, tout, sauf la bêtise, la mauvaise foi et l'escroquerie.

– Vous avez raison, ce livre que m'a prêté ma sœur est mauvais, mais je le lis pour savoir pourquoi ma sœur l'a adoré, c'est une énigme…

– Elle n'est pas la seule. Il paraît qu'il s'en est vendu des millions d'exemplaires dans le monde. Il a marché partout sauf dans un pays, le Danemark. Je crois savoir que les Danois sont plus subtiles que beaucoup d'autres peuples.

– Disons que les Danois, qui sont de grands lecteurs, ne sont pas tombés dans le panneau. »

La discussion continua sur le thème de la médiocrité, sur l'attrait de la facilité et sur les fausses valeurs assez répandues dans le domaine de la culture.

Après un silence il lui dit :

« Ce soir, on dîne ensemble. »

Ce n'était pas une proposition mais une affirmation, un ordre. Najat se dit : « Il sait ce qu'il veut, mais je dois résister. »

« Je ne peux pas. Demain si vous voulez, et c'est moi qui invite, on ira dans un restaurant végétarien qui vient d'ouvrir.

– Végétarien ! Quelle horreur !

– C'est ça ou rien !

– C'est ça ! Mais pourquoi végétarien ?

– Parce que je n'aime pas la viande, tout simplement. »

Ils échangèrent sur le quai les numéros de portable et se donnèrent rendez-vous le lendemain devant l'entrée de la gare.

Hamza était ébloui. Il eut du mal à s'endormir.

Najat était contente et ferma les yeux en pensant à cette rencontre. Elle sentit que cet homme n'était pas comme les autres, trouvant peu banale la manière dont cette histoire avait commencé. Il n'était pas question de se donner. Elle a appris à se méfier de ses élans. Une relation entre un homme et une femme, surtout à ses débuts, a besoin de prudence. L'histoire avec son fiancé a souffert d'une certaine précipitation et surtout d'interventions familiales.

En se préparant à ce premier dîner elle se posa maintes questions : « Dois-je prendre du vin s'il m'en propose ? Dois-je le laisser me prendre la main ? Dois-je accepter d'aller prendre un verre chez lui ? Non, il voudra coucher avec moi, il n'en est pas question le premier soir. La séduction est un art, un jeu subtil. Ma fille, il faut que tu te montres très délicate, car si tu veux cet homme, il faut y aller avec douceur et intelligence. »

Elle s'apprêtait à partir de chez elle, quand Hamza l'appela :

« J'aurai un petit quart d'heure de retard, je suis en train de faire le ménage chez moi, j'aimerai te montrer quelque chose. »

Il l'emmena chez lui et ouvrit une bouteille de champagne.

« Le champagne me donne mal à la tête. Je ne devrai pas en boire, mais je ferai une exception ! Je n'aime pas la manière dont certains de nos compatriotes consomment l'alcool ; ils oublient que c'est un plaisir et non une revanche sur la société. Je bois très rarement, et je ne perds jamais la tête.

– On boit pour être un peu gai, pas pour perdre conscience.

– C'est ça, rester élégant ! »

Elle se mit à observer les meubles, la bibliothèque, la vidéothèque, le classement des disques... L'ordre, partout de l'ordre. Les livres ainsi que les disques étaient rangés par thèmes et par ordre alphabétique. Les cassettes vidéo étaient dans un placard. Elle se dit : « Je suis chez un maniaque de l'ordre, ça veut dire beaucoup ! C'est la maison d'un célibataire endurci, pas la moindre place pour quelqu'un d'autre. »

« Tu cherches des traces féminines ? Rassure-toi, je vis seul, et j'aime ma solitude, c'est une solitude décidée par moi et non imposée par les autres. Je crois que c'est le meilleur moyen d'établir des relations intelligentes entre personnes adultes. En tout cas, à mon âge, je ne peux plus me permettre de me faire bouffer par les autres.

– C'est quoi, des relations intelligentes ?

– Éviter la promiscuité, la dépendance, les obligations. En fait vivre ensemble, ça s'apprend, on pose des règles et on essaie de les respecter, c'est le meilleur moyen d'éviter la médiocrité, la mesquinerie, les petits détails désagréables de la vie quotidienne. Chacun a ses petites mauvaises habitudes, on n'aime pas que quelqu'un d'autre en soit témoin, c'est naturel, on se protège. Je ne dis pas que c'est la meilleure manière d'être ensemble, mais on peut éviter quelques malentendus et des dégâts...

– Tu as réussi à vivre intelligemment avec quelqu'un ?
– Là, c'est une autre histoire ! Pour être franc, je réponds non !
– Cela me rassure, non que je sois candidate à gaspiller mon intelligence avec un homme charmant et quelque peu maniaque, mais je trouve que la vie est un peu plus complexe que ça.
– Tu sais, au Maroc, l'individu n'existe pas, on t'envahit, on te prend tout, on te bouscule, on ne te laisse aucun espace de liberté. J'ai été marié, je sais de quoi je parle, ma belle-famille m'a dévoré, tu vois, je n'ai plus de mains, plus de bras, plus d'oreilles... J'exagère à peine, je n'ai jamais été seul avec ma femme, il y avait toujours un frère, une sœur, un cousin, un oncle, une tante qui passait par là ; les jours de fête, toute la tribu débarquait ! Ah ! les jours de fête ! C'était ma hantise, mon cauchemar ! Je tombais malade, ils venaient de partout, et je n'avais pas le droit de protester, il fallait en plus être de bonne humeur et les recevoir avec les salutations d'usage, c'était une torture ! Depuis mon divorce, je me sens beaucoup mieux, j'ai petit à petit reconstitué mes bras et mes mains, j'ai recollé mes oreilles, je suis redevenu moi-même, un homme prêt à se battre pour son espace, sa solitude, sa liberté. Voilà, chère amie, comment on devient misanthrope tout en restant ouvert pour des relations de complicité intelligente.
– Tu es un peu compliqué, ce n'est pas pour me déplaire, allons dîner. »
Cette nuit-là, Najat dormit chez elle en pensant que Hamza était un cas intéressant. Hamza fit un effort pour ne pas lui prendre la main ni lui faire de déclaration et surtout de désir. Elle lui plaisait beaucoup, l'intriguait parce qu'elle était différente de ces jeunes filles qui passaient chez lui et ne refusaient jamais de se mettre au lit.

La mère de Najat ne cachait pas son inquiétude. Elle aurait voulu voir sa fille aînée mariée, « casée », comme on dit. Elle redoutait les commentaires de la famille : « Presque trente ans et pas encore mariée ! Qu'est-ce qu'elle cherche ? L'homme idéal ? La pauvre, ça n'existe pas ! Il faut renoncer à chercher la perle rare ! Il faudra le lui dire, sinon, elle sera une *heboura*, une marchandise dépassée dont personne ne veut ! »

Najat, une *heboura* ! Elle y a pensé, elle l'a même entendu dans la bouche de sa tante. Elle a fait semblant de ne pas être concernée. Au lycée, ses collègues sont toutes mariées et ont des enfants. Certaines l'évitent, se disant qu'elle doit avoir une vie secrète, une double vie. Cela lui pèse mais elle sait qu'elle ne peut pas se battre seule contre toute une société.

Fouad, professeur de dessin, l'aime bien, lui aussi est mal vu. Il n'est pas marié. Il est homosexuel. Il fréquente surtout des Européens. Au lycée, il fait des efforts pour ne rien montrer de ses penchants. À force de les voir ensemble, des rumeurs ont circulé sur la sexualité de Najat, du genre « qui se ressemble s'assemble »… Un jour Fouad, excédé par des insinuations de ses collègues, dit le fond de sa pensée :

« Dans ce pays, il y a un devoir d'hypocrisie, sinon c'est l'intolérance qui vous ramasse. Ou bien vous faites les choses "dessous-dessous" comme on dit en arabe, c'est-à-dire caché, ou bien vous êtes désigné du doigt comme déchet de la société ! Ah, si on disposait d'une petite caméra qui filmerait tout ce que vous faites en secret, on aurait des surprises, on verrait des hommes se masturber, des femmes foutre dans leur sexe des objets incroyables. C'est ça la pudeur ? »

Najat intervint pour le calmer et rappeler que chacun est libre de disposer de son corps comme il l'entend.

Elle raconta cet incident à Hamza, qui ne fut pas étonné :
« C'est normal que des gens à la sexualité inquiète aient peur de la différence.

– Tu parles de mes collègues ?

– Évidemment, ce n'est pas Fouad qui leur fait peur, c'est leur propre doute qui les panique. Je suis sûr que parmi les mecs qui méprisent les homosexuels, il y en a qui ont des tendances, les refoulent et quand une occasion se présente ils foncent ; il y en a aussi qui te feront une grande leçon de morale et qui louent des garçonnières où ils font venir de très jeunes filles, des lycéennes, qu'ils baisent et auxquelles ils filent un billet de cent dirhams. J'en connais autour de moi, on ne peut même pas appeler ça de la prostitution, je les appelle des "cas sociaux" ; des jeunes filles sont obligées d'aller avec n'importe qui pour avoir de quoi s'acheter une robe, une paire de chaussures ou parfois pour manger à leur faim. Les hommes sont des monstres. Ce qui m'inquiète c'est que cette prostitution est de moins en moins sauvage, elle est organisée. Le portable, oui depuis le portable, le cul est devenu accessible à tout le monde, il suffit d'appeler Nadia (souvent les maquerelles prennent un prénom passe-partout), et elle te livre ce que tu veux, car toutes ces filles sont munies de portables, le sésame des temps troubles et modernes !

– Je sais, tout le monde en parle ; il y en a même qui essaient de justifier ce fléau qui se généralise. Avant le portable, qui a facilité les contacts, il faut rappeler que les gens des pays du Golfe ont pourri cette jeunesse, surtout dans les années quatre-vingt.

– On ne va pas mettre tout sur le dos de ces touristes d'un genre particulier. On les a laissé faire, on a fermé les yeux, la corruption a joué un rôle dans ce phénomène. Maintenant on n'a plus besoin des autres pour nous pourrir ; nous sommes pourris !

– Tu as raison, mais sache que ce n'est pas une question de morale, mais de rigueur et d'exigence. La corruption, ce n'est pas seulement les bakchichs qu'on donne pour avoir des passe-droits ou simplement pour obtenir ce que le droit nous garantit. La corruption c'est aussi le manque de dignité, c'est l'absence de scrupule, c'est l'exploitation des gens sans défense... C'est la condition de la femme telle qu'elle est maintenue dans les textes et largement tolérée dans la vie quotidienne. »

Najat aimait discuter avec Hamza, ce qui lui avait cruellement manqué avec son ex-fiancé.

La première fois qu'ils firent l'amour, ce fut un après-midi où elle passa lui rendre un livre qu'elle lui avait emprunté. C'était *Pedro Paramo*, de Juan Rulfo, un roman magnifique qui a ouvert la voie à Gabriel Garcia Márquez pour écrire *Cent Ans de solitude*. Ils ne se parlèrent même pas, leur désir était violent.

Cette semaine-là, ils firent l'amour tous les jours. Elle débarquait, posait son cartable et déshabillait Hamza, qui était heureux de cette initiative. Il arrivait qu'il lui parle en arabe durant l'amour ; cela l'amusait et la faisait rire. Il disait que son rire l'excitait. La langue arabe est romantique ; quand elle devient érotique, elle brise les tabous et fait chanter les corps. À cinquante-cinq ans, il était encore en forme. Najat réveillait en lui une puissance sexuelle qu'il ne soupçonnait pas. Elle avait de l'imagination, savait faire durer le plaisir et s'amusait à donner à chaque position un nom. Comme disait Hamza, c'était son côté intellectuel. Ainsi la position « Soleil et Chair », poème d'Arthur Rimbaud où *Le Soleil, le foyer de tendresse et de vie/Verse l'amour brûlant à la terre ravie* ; elle se comparait à ce soleil qui inondait la vie de Hamza. Elle se lovait dans ses bras, entourant sa taille avec les jambes et lui demandait de la prendre en étant assis. La position « René Char », qui disait *Notre désir retirait à la mer sa robe chaude avant de nager sur son cœur*, consistait dans une acrobatie où elle éveillait le désir par maints attouchements sans conclure. Hamza devait maintenir son érection jusqu'à la fin du jeu, qu'il considérait comme une performance. Et puis il y avait la position « Cheikh Nafzaoui », du nom de celui qui a rédigé un manuel d'érotologie musulmane pour apprendre à un prince comment faire l'amour à une femme. Najat connaissait parfaitement cet ouvrage. Elle s'asseyait très doucement sur le sexe en érection de son amant, tournait lentement, attirant vers elle ses épaules jusqu'à y déposer ses pieds. Elle réussissait à faire lever Hamza tout en restant pénétrée par lui. Pendant ce temps-là, elle récitait des passages du *Jardin parfumé* du fameux Cheikh Nafzaoui. Imitant ce maître, elle nommait à sa manière la verge de l'amant : « le grandiose, l'arrogant, le cruel, le serpent maudit, l'acrobate, le funambule, l'os de Satan, le maître de la maison, l'astre de feu, le foudroyant, l'indomptable, le curieux, le jongleur, l'esclave en turban, le corsaire en cage, la main subtile, le borgne bavard, la flûte qui pleure, le mufle, le douanier, le fourbe, le traître, le café frappé »...

Hamza demanda des explications :

« Que vient faire dans cette liste "le café frappé" ?

– C'est à cause de sa mousse onctueuse, épaisse, bonne à avaler goulûment, bonne à récupérer avec le bout de la langue sur le bord de la tasse ou mieux d'un grand verre...

– Et "le douanier" ?

– Parce qu'il fouille et farfouille avec des mains gantées...

– "Le funambule" ?

– C'est celui qui se maintient droit, raide et souple à la fois, celui qui ne tombe pas.

– "Le serpent maudit" ?

– Il est maudit parce qu'il perd sa souplesse, se durcit et ne peut plus se retourner !

– Explique-moi "le corsaire en cage".
– C'est une de mes inventions : une fois qu'il entre, il a tendance à s'agiter sans se soucier de ce qui se passe à l'intérieur ; alors, j'ai des astuces pour le retenir, il s'énerve et se sent en cage !
– Mais où as-tu appris tout ça ?
– C'est toi, ton désir, ton corps qui me dictent tout ça. Je n'ai pas été dans une école pour apprendre à suivre ses pulsions et instincts. »

Il était sidéré par la technique, le savoir et la souplesse de ce corps. Alors qu'avec les autres il forniquait sans faire d'effort, avec Najat, il découvrit ses exigences et l'ampleur de son empreinte sur sa vie.

Souvent, ils sortaient le soir pour dîner. Ils adoraient parler, discuter, se contredire, dire des bêtises, rire, plaisanter et chanter dans la rue. Il adorait les chansons d'Abdelwahab Doukkali. Elle préférait les nouveaux chanteurs égyptiens et irakiens. Au milieu de la rue, elle se penchait vers lui et murmurait :

« Devine la couleur de ma culotte aujourd'hui ! »

Il passait en revue toutes les couleurs. De sa tête elle répondait systématiquement « non » avant de lui demander de laisser sa main le renseigner. Elle ne portait pas de culotte. Cela l'excitait beaucoup. Un soir, ils firent l'amour à l'entrée du cimetière de Salé, un autre dans une barque abandonnée sur la plage du Bou Regreg. C'était toujours elle qui prenait ce genre d'initiative. Leurs corps s'entendaient bien. Il pensait qu'elle avait réussi à dresser son corps pour qu'il épouse parfaitement le sien !

Cet état de grâce dura trois mois. Hamza était épuisé. Elle lui prenait toute son énergie, occupait ses pensées. Il n'avait pas l'habitude de ce genre de relation dévorante, envahissante et assez surprenante. En même temps il commençait

L'AMOUR SORCIER

à sentir pointer à l'horizon la fameuse lassitude des corps. Il était même étonné qu'elle n'apparût pas plus tôt, car d'habitude, au bout d'une semaine ou deux, il congédiait la femme en lui faisant un cadeau et en se disant : « Le meilleur aphrodisiaque c'est le changement ! » Là, il décida d'espacer les rencontres, de faire moins l'amour avec Najat et même de recevoir d'autres filles chez lui.

Mais les choses ne se passèrent pas comme il le prévoyait. Najat me raconta sa version des choses :

« Au bout de trois mois, on avait épuisé tous les sujets de discussion. Pour ma part, j'avais encore quelques positions à expérimenter avec lui. Je voyais bien qu'il était toujours attiré par moi mais que cela l'inquiétait, le contrariait ; il cherchait à se dégager et ne savait pas comment. Je n'ai pas insisté. Je me moquais de lui, je lui disais par exemple :

"Alors, les petites jeunes, légères, légères, te manquent, elles te distraient plus facilement que moi. Je veux bien te laisser entre leurs mains, mais alors tu te trahis, tu deviens comme ces mecs que tu as tant critiqués, un célibataire qui profite de la misère de certains "cas sociaux". Voilà, tu forniqueras et puis tu te retrouveras seul devant ta petite misère."

Cela l'énervait et le mettait dans un état de rage où il devenait méconnaissable. En vérité, j'étais amoureuse de lui et je n'avais aucune envie de le perdre, je me moquais du mariage et tout le tralala, mais il fallait réussir à le garder, mais comment, comment le persuader que nous étions faits l'un pour l'autre ? J'ai tenu bon, j'ai joué l'indifférence, je ne l'appelais plus, je ne passais plus à son appartement, j'attendais... Il rappelait, et là, je le laissais mariner, pas trop, juste ce qu'il faut, c'est une question de dosage, puis on reprenait nos retrouvailles... Comme tu sais, je ne peux me donner sans que je sois emportée par un torrent de sentiments. C'est important, pas de sentiments, pas de sexe, c'est plus fort que moi. Comme toute femme, j'ai l'imprudence de croire que tout amour doit être éternel. J'aime sentir dans mon corps, dans mon âme, les traces de l'amour, son souvenir, ses odeurs, ses bruits, ses silences. Quand je suis amoureuse, je deviens très attentive à tout. Le temps échappe à la chronologie. Mon cœur balance entre le plaisir d'être aimée, d'être là, et puis l'espoir que cette présence ne connaisse pas de fin. Je suis hors du temps, hors du monde et de la raison. J'avoue que cela peut faire peur aux hommes, et je crois que Hamza a été pris de panique ! »

Najat souffrait et n'osait pas l'avouer. Une douleur faite de manque et de peur la réveillait la nuit. Elle ne pouvait pas supporter un nouvel échec, pensait à sa mère, à l'angoisse de sa mère. Elle ne voulait pas lui faire de la peine, lui dire combien il est difficile pour une jeune femme marocaine de vivre indépendante et libre. Elle lisait et relisait *De l'amour*, de Stendhal. Elle se surprenait à penser à autre chose. Ses insomnies étaient devenues cruelles, la mettant dans une situation où sa nervosité ne supportait ni la lecture ni la musique, et encore moins les images de la télévision. Elle ne savait pas quoi faire de ce corps qui refusait obstinément de se laisser tomber dans le sommeil. Il résistait comme si Najat devait vivre son malaise jusqu'au bout. Elle se demandait pourquoi on parlait de « nuits blanches », pourquoi l'angoisse épousait la nuit, harcelant le corps et l'esprit jusqu'à les épuiser. Hamza lui manquait. Elle eut une fois l'impression que ce n'est pas Hamza en particulier qui lui manquait, mais un homme, un corps d'homme, une présence masculine.

Hamza était troublé. Lui, amoureux ? Lui, de nouveau tombé dans le piège de la relation monogame ? Non, il était un vieux roublard, un singe de la séduction et un champion

L'AMOUR SORCIER

de la rupture sans drame, sans pleurs, sans cris, la rupture en douceur, avec « intelligence », avec « délicatesse ». Voilà que toutes ses recettes ne fonctionnaient plus. Il était dans un désarroi dont il n'avait plus l'habitude. Qu'est-ce qui faisait qu'il n'arrivait pas à rompre avec cette fille ? Qu'avait-elle de plus que les autres ? Qu'avait-elle de particulier ? Certes, il y avait les prouesses sexuelles, ce n'était pas négligeable. Mais pourquoi n'arrivait-il pas à prononcer un mot, un seul mot, une phrase définitive comme il faisait d'habitude ? Elle était plus attachante, plus intéressante que beaucoup d'autres femmes qu'il avait connues, mais il commençait à avoir peur de cette relation qui prenait de l'importance et qui risquait de le priver de son bien le plus précieux, la liberté et la solitude. Dès qu'elle apparaissait, il perdait ses moyens et son arrogance ; il se considérait comme son esclave, quelqu'un de soumis à ses désirs. Pourtant, elle n'avait pas changé son comportement ni ses habitudes. Elle était égale à elle-même, mais Hamza sentait que lui n'était plus égal à lui-même. Elle venait de plus en plus chez lui, dormait dans ses bras, rêvait la tête sur son épaule. Lui, il perdait le sommeil et se posait des questions auxquelles il ne trouvait pas de réponses. Il se disait : « C'est ça l'amour ! Je suis amoureux ! Oui, moi, Hamza, le dur à cuire, le célibataire entêté, l'homme à femmes qui ne prend pas de gants pour s'en détacher, oui, cet homme-là est foutu, il est tombé amoureux, je veux dire tombé dans un piège. Je suis dans une trappe, sans moyens, je suis réduit à adorer ma bien-aimée, la bouche ouverte, je bave comme un homme qui aurait avalé des médicaments ou des herbes faits pour annuler toute volonté. Oui, je suis devenu un agneau doublé d'un âne, je suis à elle et je ne suis pas capable de lui résister, de lui dire non, ce non qui était si fréquent dans ma bouche, aujourd'hui, je ne peux pas le prononcer. On aura tout vu, Hamza amoureux et évidemment jaloux, je la surveille, je fouille son sac dès qu'elle a le dos tourné, je veux tout savoir sur ses fréquentations, je suis même devenu jaloux de son copain homo, c'est dire combien je ne suis plus le même ; j'ai perdu ma personnalité, mon tempérament a été endormi, déplacé, déposé dans une consigne à la gare en attendant… En attendant quoi ? Ma mort ? Mon Dieu ! Ce n'est pas possible, je n'ai rien fait pour mériter ça ! D'accord j'ai abusé des jeunes filles, mais elles étaient majeures et consentantes, je leur donnais des cadeaux, parfois de l'argent, c'est normal je participe à la solidarité nationale… Mais de là à être puni de la sorte, ah, non ! Je maudis Paolo Colla ! C'est à cause de lui que j'ai parlé à cette belle inconnue. Non seulement c'est un écrivain médiocre, mais en plus c'est un homme qui porte malheur, il provoque des drames pendant qu'il dépense ses millions de dollars de droits d'auteur ! Paolo, c'est une malédiction, la plus sinistre des plaisanteries littéraires. Bon, il faut réagir, je ne vais pas me laisser faire ; ce soir, je l'affronterai, je lui dirai : "C'est fini ma chère Najat, je ne t'aime plus, j'ai besoin d'être seul, oui, je te demande de ne plus venir dans cet appartement, tu me rends tout de suite les clés et on arrête tout ! Le corsaire en cage, le douanier et tous les autres te disent *basta*, c'est fini, ils se révoltent, ils se libèrent !"

Je la fixerai du regard, un regard dur, inébranlable, je parlerai sans crier, sans m'énerver, je lui dirai des mots simples et clairs, je n'irai pas par quatre chemins, il ne faut pas tergiverser, j'aime ce mot, ter-gi-ver-ser, oui, pas de faille, pas d'hésitation. Il faut être un homme, pas une mauviette (je déteste ce mot, je l'efface), il ne faut pas être faible, voilà ! Il faut qu'elle sente qu'elle est en face d'un homme qui fait ce qu'il dit, voilà, pas de balbutiement ! »

Il fit quelques exercices de gymnastique tout en écoutant Miles Davis, prit une douche, s'habilla et se regarda dans le miroir. Il se parla :

L'AMOUR SORCIER

« Tu vois cette tête, tu vois ce visage, tu vois ce regard ? Je te promets qu'ils ne te trahiront pas. Ils relèveront le défi, ils affronteront avec courage et fermeté celle qui cherche à ruiner ta liberté, ta vie. On va résister, on va déclarer la fin de l'occupation. À nous la liberté ! »

Le soir Najat est arrivée.

« J'ai été inquiet, très inquiet mon amour, une demi-heure de retard, c'est beaucoup. J'ai le cœur qui bat très fort, tu me manques, tu aurais pu m'appeler pour me prévenir, je t'ai offert un portable pour l'utiliser en ces moments-là. Bon, le principal, c'est que tu sois là, belle, magnifique ; plus le temps passe, plus je m'attache à toi. Que veux-tu chérie ? on dîne ici ou dans ton restaurant végétarien ?

– Là où tu ne manges pas ?

– Mais je mangerai la purée de courgettes et le jus d'oignon, j'avalerai les navets blancs et les radis amers, tout ce que tu voudras, je mangerai de la betterave, des steaks de soja, des omelettes de blé sauvage, je deviendrai végétarien par amour pour toi, je ferai tout, pourvu qu'on soit ensemble... »

Après le dîner, ils mirent au point le projet d'un voyage d'une semaine au nord. À peine était-elle partie qu'il s'en voulait de ne pas avoir eu le courage de lui parler. Il rentrait chez lui et mettait un disque de John Coltrane pour rêver et oublier. Mais au bout de quelques minutes, il se rendait compte que son attention n'était pas là, il pensait à Najat et à la manière de guérir. Il se dit : « Elle a fait en sorte que je devienne sa volonté, plus précisément, sa volonté est devenue la mienne, je suis dépossédé de ma détermination, je suis agi, je suis fait comme un rat dans un piège, je tourne en rond et je n'arrive pas à la chasser de mon esprit. Quand elle est là, mon désir est violent, je ne redeviens moi-même qu'après avoir assouvi ce désir, c'est infernal ! C'est ça l'amour ! Je savais que Najat n'allait pas être une conquête de plus, je la soupçonnais de vouloir me réduire à sa merci. Son but était de me fixer, de me sédentariser, de mettre fin à mes vagabondages sexuels. Elle a réussi ! Toute une époque de ma vie se trouve ainsi balayée. »

À Tanger, profitant d'un moment où Najat était au hammam, il se confia à son plus vieil ami, Abdeslam, qui n'était pas étonné de ce qui lui arrivait.

« Dès que j'ai vu ses yeux, j'ai compris. Cette femme te veut, pas pour une aventure, mais pour toujours, pour toute la vie. Ce n'est pas le genre de femme qui se contenterait d'une petite histoire, c'est une ogresse des sentiments, elle te veut à elle toute seule et pour ça, mon cher Hamza, elle a fait ce qu'il fallait pour réussir. La preuve, ça fait presque un an que vous êtes ensemble, je ne t'ai jamais vu dans cet état-là…

– Que veux-tu dire ?

– C'est clair, tu es possédé, tu ne maîtrises plus tes actes, tu as été ensorcelé !

– Oui, par sa beauté, son intelligence… par son désir fou et riche en trouvailles érotiques…

– Arrête tes conneries, c'est plus terre à terre que ça, tu es sous l'influence d'une drogue, une herbe qu'elle t'a fait avaler, tu n'as plus ta volonté, c'est elle qui décide, c'est elle qui fait tout et toi tu obéis, oui, Hamza obéit à une femme ! Tu l'admets, je n'invente rien, je t'ai vu avec elle, je ne t'ai pas reconnu, on t'a changé. D'accord, c'est une belle femme, mais de là à ce que ta vie soit entre ses mains, j'espère que tu vas enfin réagir… Tu sais, les sentiments d'une femme sont complexes ; ce n'est pas aussi simple, et notre illusion c'est de penser que nous comprenons cette complexité. C'est faux, cela fait longtemps que j'ai renoncé à comprendre quoi que ce soit dans le comportement d'une femme. Je me contente de ce que ma femme me donne et je ne me pose plus de question. Je ne suis pas un séducteur comme toi. Ma femme me suffit. J'ai abdiqué, je suis casé, et j'avale les couleuvres sans me plaindre, ça sert à rien de geindre. Quand je pense qu'on nous bassine avec la condition de la femme dans notre pays ! Qu'on vienne voir qui commande dans cette société ! Qu'on fasse une enquête sur le pouvoir occulte, non déclaré, non visible des femmes ! Bien sûr que les lois garantissent davantage les droits de l'homme que ceux de la femme, mais ce qui compte, c'est ce qui se passe dans les maisons. Dieu l'a dit dans le Coran, « leurs ruses sont incommensurables ». Bon, revenons à ton cas...

– Comment ? Peux-tu m'aider ?

– Tu sais, contre le poison, il faut un autre poison !

– Mais je ne veux empoisonner personne, je veux juste retrouver ma liberté, c'est tout.

– Oui, c'est tout, mais c'est beaucoup. Je pourrais te dire : "Estime-toi heureux d'être amoureux, car ce qui t'arrive est exceptionnel. Cet amour te donne une nouvelle énergie, une nouvelle jeunesse, tu devrais le vivre pleinement et ne plus t'accrocher à tes petits arrangements avec ta vie de célibataire. L'amour est si rare que, lorsqu'il nous atteint, il ne faut pas s'économiser, il faut s'y donner corps et âme. Or toi, tu es devenu radin, tu es avare de ton corps et de ton âme !" Enfin, je ne te juge pas, je ne te jette pas la pierre. Revenons au poison...

– Que proposes-tu ? Lui parler, lui dire que je suis un ancien alcoolique qui a tendance à rechuter ? Il faut lui faire peur, la dégoûter...

– Non, lui parler ça ne servira à rien. Elle te connaît bien à présent, elle sait que tu n'es pas alcoolique. Si tu tiens vraiment à expulser cet amour de ta vie, il faut qu'on aille voir Haj Brahim, le fameux *fqih* qui a des dons extraordinaires ; on dit même que de hautes personnalités du monde politique le consultent pour arranger leurs affaires. On raconte que même Aznar, le Premier ministre espagnol, l'aurait consulté pour gagner les élections ! On dit beaucoup de choses, mais je sais qu'il a un pouvoir rare et précieux.

– Mais, tu me vois en train de discuter avec ce vieux de la montagne ?

– Si Aznar l'a fait, tu ne devrais pas avoir de honte à faire cette démarche. Sinon laisse-moi faire ; je saurai parler à Haj Brahim de ton cas. Pour lui c'est courant, ce genre de situation ; il passe son temps à agir pour arrêter les effets de la sorcellerie. Ce n'est pas un magicien, un jeteur de mauvais sort, non, c'est un homme de religion qui aide les gens de bonne foi. Il suffit d'y croire et de suivre ce qu'il te dira de faire, même si tu trouves ça débile. C'est d'accord ?

– Oui, mais il ne faut pas qu'il fasse de mal à Najat ; je veux bien qu'il m'aide à la quitter, mais pas à la faire souffrir.

– Ne t'en fais pas ! Ce n'est pas un méchant, c'est un homme de religion qui dénoue les liens qu'on lui demande de dénouer ; ce n'est pas du vaudou… Tout se passe dans les écritures. Il ne s'agit pas de lui faire avaler des choses qui la rendraient malade, non, ce n'est pas un assassin, c'est un médiateur entre toi et les tentacules de la pieuvre.

– De quoi tu parles ? Quelle pieuvre ?

– C'est ainsi qu'on appelle Satan, car, si j'ai bien compris, tu es possédé par des ondes négatives, des choses malfaisantes qui chassent autour de toi la tranquillité dont tu as besoin.

– Mais Najat n'est pas la fille de Satan !

– Elle, non, mais ce qu'elle a fait faire pour te garder passe obligatoirement par Satan !

– J'ai peur, je ne sais pas où je mets les pieds.

– Écoute, tu es un parmi des centaines de milliers de Marocains qui passent leur temps à consulter ce genre de personnage. On n'en meurt pas. »

Le lendemain Hamza et son ami avaient rendez-vous avec un beau vieillard en turban. Il habitait en dehors de la ville, dans un village sans eau courante ni électricité. Il vivait simplement et avait l'air heureux et paisible. Autour de sa modeste maison, des femmes et les hommes attendaient avec des couffins d'offrandes. Certains campaient sous des tentes de fortune en espérant bénéficier un peu de sa bénédiction. Des enfants jouaient avec des toupies, d'autres montaient dans les terrasses pour se cacher et inquiéter leurs parents. Un homme chétif, habillé d'une vieille djellaba, était attaché à un arbre. Les yeux hagards, il récitait des versets du Coran. De temps en temps un enfant lui donnait à boire de l'eau. Hamza dit à son ami qu'il fallait le détacher.

« Non, c'est lui qui a dû demander à ce qu'on l'attache ; il se punit parce qu'il a été possédé par une femme et n'a pas fait ce que Haj Brahim lui avait dit de faire.
– Comment tu sais tout ça ?
– Je suis un habitué des lieux. »
Dès que le vieux Haj vit Hamza, il dit :
« Tu es entouré d'ondes et de vibrations venues de loin. Assieds-toi, récitons la Fatiha avant toute chose, suivie par les versets du Trône. Après ces prières, nous entrerons dans le silence. »
Hamza était impressionné. Il obéissait et répétait les mêmes prières après le vieux.

Après un long moment de silence, Haj Brahim se prononça :
« Il s'agit d'une jeune femme, pas très grande, avec des

yeux clairs ; je crois qu'ils sont verts, ce qui est rare chez nous. Elle n'est pas mauvaise, mais elle est mal conseillée ; je crois qu'elle travaille avec des enfants ou des adolescents. Elle ne te veut pas de mal, elle veut juste se marier avec toi et avoir des enfants. Si tu es d'accord pour fonder une famille avec cette fille, je vous souhaite le bien. Mais si tu n'es pas de cet avis, alors... »

Hamza regarda Abdeslam, qu'il soupçonnait d'avoir mis le vieux au courant. Il remarqua qu'il n'y avait pas de téléphone.

« Comment savez-vous tout ça ?

– Je le sais, je le vois sur ton visage, tu as été ensorcelé par cette femme. Elle fait travailler quelqu'un sur ta volonté, je crois qu'elle a réussi à la capter et elle fait de toi ce qu'elle veut. Mais ce n'est pas grave, je ferai ce qu'il faut pour annuler ce sort. Mais je vois chez toi une hésitation. Elle a des ressources pour te retenir ; tu es attiré et intéressé par ces pratiques sataniques. Cela te regarde, c'est une affaire entre toi et le Créateur, le Miséricordieux. »

Le vieux plia une feuille de papier en quatre, l'ouvrit et écrivit dessus avec une encre sépia des mots en arabe. Il souffla sur l'encre pour la faire sécher, plia la feuille dans le même sens que la première fois.

Il prit deux autres feuilles, y écrivit quelques mots et les plia en deux.

« Tiens, garde le *herz* plié en quatre sur toi. Tu le mets dans ta poche ou dans ton portefeuille. Tu l'enlèves quand tu vas aux toilettes. Il te protégera. J'inscrirai plus tard d'autres écritures pour annuler ce qui a été fait. Le deuxième, plié en deux, tu feras diluer son encre dans une bassine et tu te laveras avec cette eau où les mots seront mélangés avec l'eau. Ce troisième *herz*, tu l'accrocheras à un arbre pour que le vent puisse faire travailler ces écritures et leur donner de l'efficacité. Choisis un arbre haut, pas à la portée des enfants. Va avec la protection de Dieu ! Je ne veux pas d'argent, je veux juste un pain de sucre, c'est tout. »

En quittant le vieux, Hamza se sentit soulagé. Il ne croyait ni à la sorcellerie ni à la magie, et se moquait de tous ceux qui avaient recours à ce genre de pratiques. Arrivé en ville, il entra à la librairie des Colonnes et acheta un livre d'un auteur du dix-neuvième siècle, Eliphas Lévi, *Secrets de la magie (Dogme et rituel de la haute magie ; histoire de la magie ; la clef des grands mystères)*, un ouvrage de plus de mille pages. Il le couvrit avec un journal et passa la soirée à le lire. Quand Najat lui demanda ce qu'il lisait, il répondit :
« Je lis un livre qui a eu une influence considérable sur Gérard de Nerval, Baudelaire, Hugo et André Breton ! »
Cette information se trouvait sur la quatrième page de couverture du livre.
Il lut et relut ce passage : « [...] toute espèce d'action hostile au prochain est regardée par la théologie morale comme un commencement d'homicide. L'envoûtement est un homicide, et un homicide d'autant plus lâche qu'il échappe au droit de défense de la victime et à la vengeance des lois. [...] La sympathie passionnelle soumet nécessairement le plus ardent désir à la plus forte volonté. » Plus loin : « L'instrument des envoûtements n'est autre que le grand agent magique lui-même, qui, sous l'influence d'une volonté mauvaise, devient alors réellement et positivement le démon. [...] On peut mourir de l'amour de certains êtres comme de leur haine : il est des passions absorbantes sous l'aspiration desquelles on se sent défaillir comme les fiancées des vampires. Ce ne sont pas les méchants qui tourmentent les bons, mais à leur insu les bons torturent les méchants. »

Le lendemain, il prit la voiture et partit en dehors de Tanger, à Remilat, là où des chênes immenses dominent la région d'Agla. Il eut du mal à attraper une grosse branche. Il y attacha le *herz*. Il observa les mouvements du vent et se dit : « À présent, ça y est, les écritures sont dans l'air, je suis sauvé ! Le plan de Najat sera par terre ! Elle ne m'aura pas, malgré Rimbaud, Char et Nafzaoui ! Ouf ! Je me sens mieux ! »

Rentré à l'hôtel, il se remit dans le lit, ferma les yeux et vit Najat habillée de blanc suivie d'une guenon lui indiquant ce qu'il fallait faire. La guenon prit l'image de Najat. Elle devint une ogresse sale et vorace. Elle avait grossi. Toute la méchanceté de la sorcière apparaissait sur son visage. Najat dormait profondément à ses côtés. Il se demanda comment une fille si douce, si confiante, avait pu recourir à ce genre de choses répugnantes pour le garder auprès d'elle. Il se mit à imaginer son fiancé, celui qu'elle avait quitté, puis se dit : « Je ne suis quand même pas responsable du gâchis fait par lui ! Et pourquoi n'a-t-elle pas utilisé son sorcier pour dresser son fiancé ? Pourquoi c'est tombé sur moi ? » Il la regarda longtemps avant de fermer son livre et d'éteindre la lumière. Manifestement, il était convaincu qu'il dormait à côté d'une ennemie. Dans le noir, il avait les yeux grands ouverts et s'imaginait en train de défaillir petit à petit sous les effets conjugués des produits qu'il aurait avalés, du sort jeté magiquement par un sorcier ou une ogresse et du trouble qui occupait tout son être. Comment était-ce possible ? Des femmes apparemment modernes, cultivées, séduisantes, faisant appel à l'irrationnel le plus aberrant pour résoudre des problèmes affectifs ? Il en déduisit que la société marocaine ne pouvait échapper à ses vieux démons et qu'elle affronte la modernité en gardant un pied bien enraciné dans le Moyen Âge. Il se souvint d'une discussion qu'il avait eu avec le grand écrivain brésilien Jorge Amado, qui était venu présenter un de ses livres au Maroc. C'était un roman d'amour où les femmes arrivaient à leur but en se

faisant aider par des sorciers habitant dans la forêt. Jorge Amado lui avait dit :
« Mais nous sommes à plus de quatre-vingts pour cent dans l'irrationnel ; les gens croient que le monde est logique. Non, le monde est travaillé par la science et aussi par la magie, par tout ce que nous ne contrôlons pas. Je vous concède que les femmes sont plus informées que les hommes sur cet aspect de la vie ; c'est pour cela qu'elles ont souvent recours à des pratiques plus magiques que scientifiques ! »

Il était resté médusé après cette discussion. Cependant ce qui le préoccupait le plus c'était le fait qu'il avait été piégé, lui l'homme agnostique, libéré de toutes ces croyances et de ces superstitions. Il se dit : « De deux choses l'une, ou bien je ne crois absolument pas à la sorcellerie, et j'affronte mon problème de manière objective, je dirai scientifique, ou bien je vais devoir y croire et me laisser avaler par ces histoires à dormir debout. Si je mets le petit doigt dans l'engrenage, je risque de perdre la main et le bras... Je ne sais pas quoi faire, qui croire ni surtout comment m'en sortir. Je vais, dès demain, parler clairement avec Najat, je lui dirai ce que j'ai sur le cœur, et je ne mâcherai pas mes mots ! »

Le lendemain matin :
« Najat, ma beauté, ma princesse des *Mille et Une Nuits*, as-tu bien dormi ? Tu sais que tu me manques affreusement quand tu dors ? Tu sais que j'ai acheté le dernier roman de Paolo Colla, pas pour le lire – j'y jetterai un coup d'œil – mais pour le remercier symboliquement d'exister, car sans lui, je veux dire sans *L'Acrobate*, nous ne nous serions pas rencontrés ! Que veux-tu faire aujourd'hui ?

– J'aimerais bien passer la journée au Mirage, cet hôtel de luxe où on a la plus belle vue du monde sur la mer, c'est ce qu'on dit.

– Mais ma chérie ce sera avec plaisir, auparavant, on devra passer chez Lalla Mina pour l'essayage du caftan qu'elle est en train de te préparer. Mais si tu veux qu'on laisse ça pour demain, on laisse à demain. Tu sais ma chérie, tes désirs sont des ordres et j'adore que tu me commandes. »

Il se tut, repassa dans sa tête cette dernière phrase et se dit : « Mon pauvre Hamza, tu es foutu ! »

Ils passèrent la journée au Mirage. Le maître d'hôtel, Jilali, un homme compétent et très gentil, s'occupa du couple avec beaucoup d'attention. Il pensait qu'ils venaient de se marier et qu'ils passaient là une partie de leur lune de miel. Elle rayonnait de bonheur et lui était miné par une inquiétude ambiguë. Il profita du moment où elle se baignait dans la mer pour appeler Abdeslam :

« À partir de quand les gris-gris de ton *fqih* feront de l'effet ?

– Ne le prends pas comme ça ! Il faut y mettre du tien, il faut y croire. Calme-toi et laisse faire les vibrations, tu verras toi-même les changements. Ça viendra ; pas tout de suite, il faut laisser du temps au temps, comme dit l'autre.

– Quel autre ?

– Qu'importe, cool ; mon vieux, sois cool, fais comme elle, elle n'est pas agitée comme toi. Profite du soleil, profite de la plage, tu es dans un lieu paradisiaque, j'ai parlé avec Ahmed, le patron, il te fera un bon prix, c'est un ami, nous étions ensemble au lycée. Alors, laisse-toi aller, vis, et laisse le *herz* faire son travail.

– Oui, t'as raison, je vais faire un effort. Mais je t'avoue que ça m'ennuie un peu, je m'en veux d'être réduit à ces pratiques d'un autre âge, c'est une contradiction fondamentale que je n'arrive pas à dépasser simplement en étant cool... Ou alors j'accepte mon destin, j'accepte d'être

amoureux et d'être ensorcelé. Après tout, Pandora donnait de l'amour aux hommes qui l'aimaient à la folie jusqu'à en mourir.
– Son amour transportait aussi du malheur...
– On n'en est pas là ; il me semble qu'il est plus facile d'assumer cet amour que de lutter pour qu'il s'en aille.
– Dans ce cas-là, suis tes sentiments, laisse-toi entraîner dans le fleuve tumultueux de l'amour et de la passion et tu te retrouveras dans quelques mois chez El Ghazi, je veux dire à l'hôpital psychiatrique de Salé !
– Non, on se retrouvera dans un tribunal, parce que j'ai des tendances criminelles... J'ai peur de la tuer !
– Non, tu en es incapable : un bon vivant comme toi parle et n'agit pas. Pense à Miles Davis, à Charlie Mingus, à Billie Holiday, à John Coltrane, pense à Lubitsch, à Howard Hawks, à Fritz Lang, à Orson Welles, à tous ces génies que tu fréquentes dans ton petit appartement... Tu ne vas pas t'en séparer à cause d'une femme qui plus est t'aime ! Pense à toi, pense à ta vie, tu ne vas pas la foutre en l'air à cause d'un caprice.
– Tu as raison. Je sens que ça vient, je sens que je vais être ferme et fort ! »

Après la semaine de vacances, les effets de Haj Brahim se firent sentir. Non seulement Hamza n'eut plus envie de voir Najat mais il ne pensait presque plus à elle. Il laissa passer quatre jours sans l'appeler. Ce fut un record ; il comptait les jours et sentait monter en lui un sentiment de fierté. La résistance ne lui faisait plus peur. Ce fut elle qui débarqua un après-midi après les cours. Il était justement en train de regarder Ava Gardner dans *Pandora*. Il lui demanda de ne pas le déranger. Surprise, elle essaya d'engager la discussion. Il resta muet, entièrement pris par le film qu'il connaissait par cœur.

« C'est un film culte ! Tu le vois pour la cinquantième fois ; arrête le magnétoscope et parlons. »
Sans la regarder, il dit sur un ton calme mais sûr :
« Avant de t'en aller, tu laisses les clés sur la table, s'il te plaît, merci.
– Tu te souviens de ce que tu me disais : "Les femmes sont cruelles parce que les hommes sont lâches" ?
– Et alors ? C'est une citation purement démagogique.
– Tu veux rompre, mais aie le courage de me dire pourquoi. »
Il ne répondait pas, faisait l'indifférent, lui tournant le dos et regardant son film.
Furieuse, elle se leva et jeta les clés par terre :
« Lâche ! Pas très courageux l'intellectuel ! Tu n'oses pas m'affronter, tu me parles en me tournant le dos, c'est indigne d'un homme qui se dit moderne et cultivé ! Je m'en vais, je te laisse avec tes cassettes, tes idoles en papier, ta misérable petite solitude. Finalement, tu ne mérites pas de vivre avec une vraie femme... »
Dès qu'elle claqua la porte, il arrêta le film, poussa un cri de victoire et de soulagement et appela Abdeslam :
« Ça y est ! Je viens de la renvoyer, c'est fini, elle est partie en déversant un torrent d'insultes. Je me sens rajeunir, redevenir l'homme que j'ai toujours été, un épicurien, amoureux de la légèreté et de la solitude. Bravo à ton *fqih*, il m'a sauvé !
– Ne crie pas victoire, attends quelques jours. Elle reviendra à la charge. Une femme blessée est une femme dangereuse et imprévisible.
– Oui, mais pourquoi m'a-t-elle ensorcelé ? Pourquoi avoir agi de la sorte à mon insu ? Je me défends, c'est tout. Tu ne vas pas me culpabiliser... »

Najat ne comprenait pas ce brutal changement chez Hamza. Elle lui téléphona plusieurs fois, mais il était toujours sur répondeur, lui laissait des messages tendres et affectueux, lui rappelant leurs scènes d'amour, leurs moments de rire et de joie. Elle ne le suppliait pas, mais faisait appel à la nostalgie. Elle n'osait pas passer chez lui de peur de se trouver nez à nez avec une de ces jeunes filles légères. Elle sombra dans une mélancolie qui l'inquiéta. Elle était amoureuse et rêvait de faire des enfants avec cet homme. Leurs vingt ans de différence ne la gênaient pas. Elle était persuadée que la cinquantaine chez les hommes était un bel âge. Elle fit l'inventaire de ses manies, des habitudes qu'elle ne supportait pas chez lui, pensant que cela l'aiderait à s'en détacher : « C'est un maniaque de l'ordre ; il est un peu radin ; il passe tous les jours au moins une heure auprès de sa mère ; il n'aime pas les enfants ; il ne sera pas fidèle ; il va bientôt être vieux ; il préfère la bière au vin ; il n'est pas très courageux... Mais je l'aime ! »

Elle se confia à sa mère :

« Je crois que je vais rester une *heboura*, une vieille fille dont personne ne veut. Je viens de rater une relation qui avait l'air de bien démarrer ; je suis tombée sur un homme mûr mais qui a une peur bleue des femmes. Pour lui, une femme c'est le symbole d'un enfermement, une prison. Il a été amoureux, généreux et même exceptionnel. Nous avons passé une semaine merveilleuse à Tanger ; je ne sais pas ce qui s'est passé de mystérieux dans cette ville, mais au retour, l'homme a changé, mais complètement, du jour au lendemain, il a changé et m'a parlé sur un ton que je ne lui connaissais pas. C'est incroyable, je savais que les hommes ne sont pas très courageux, mais lui a battu tous les records de lâcheté, il refuse même de me parler et de m'expliquer ce qui s'est passé.

— Ma fille, il n'a pas changé, on te l'a changé ! Nuance !

— Comment est-ce possible ?

— Tu sais bien de quoi je parle...

– Oui, mais il n'est pas le genre à avoir recours à ces choses-là.
– Ce n'est pas une question de genre. Les choses ne sont pas aussi simples qu'on croit. Les relations humaines sont complexes ; il y a entre les êtres du mystère, de l'opacité, de l'ombre et de l'incompréhension. Qu'est-ce qu'il y a de plus compliqué qu'une relation entre un homme et une femme ? À mon époque, chacun avait sa place : l'homme dehors, la femme à l'intérieur ; il y avait une sorte d'harmonie ; ce n'était pas parfait mais personne n'était tenté de quitter sa place. Les femmes ne se révoltaient pas ; elles faisaient mieux : elles agissaient par ruse et souplesse. Elles obtenaient ce qu'elles désiraient avec douceur et intelligence. Elles n'y parvenaient pas toujours. Aujourd'hui les choses ont changé ; les femmes sont devenues des rebelles, elles ne se laissent pas faire. Elles se battent comme elles peuvent. Certaines ont recours aux marabouts, à la sorcellerie... C'est plus courant qu'on croit.
– Alors tu penses que Hamza a lui aussi...
– Bien sûr, ma fille. J'en suis même certaine.
– Mais c'est un homme moderne, il aime le jazz et le cinéma classique, il boit et ne fait pas le ramadan, c'est quelqu'un d'occidental, comment veux-tu qu'il connaisse ces réseaux parallèles si éloignés de ses préoccupations ?
– Un homme aux abois est capable de tout.
– Mais il n'est pas aux abois.
– Il se sent piégé, attrapé comme un animal dans une cage. Il n'a rien à te reprocher, mais il cherche à retrouver sa liberté de jeune homme ; or toi, tu es là avec tes exigences, avec ton espoir, tu veux te marier, fonder une famille, avoir des enfants... Lui, il veut bien t'avoir dans son lit mais ne pas se sentir engagé. Alors, comme tout le monde il a eu recours à la sorcellerie !

– C'est pas possible, ça me dépasse, je ne le vois pas en train de faire ça.
– C'est simple ma fille, demain tu en auras la preuve. »

Quelques jours plus tard.
Najat ne savait quoi faire ni comment se conduire après les révélations du *fqih* Habib. Elle se sentait flouée, trompée, prisonnière de ses propres manigances. Elle décida d'oublier Hamza. Elle sentit le besoin de tourner cette histoire en dérision et l'appela au téléphone :
« Ton sorcier est bien plus fort que le mien ! Peux-tu me donner son adresse ? »
Hamza éclata de rire et ne fit aucun commentaire. Elle fut prise d'un fou rire puis raccrocha.

Homme sous influence

On l'appelle « le Cartésien » et parfois on ajoute « le Françaouis ». Anwar est un professeur d'université spécialisé dans les mathématiques appliquées et la physique nucléaire. La logique est son mode de fonctionnement. La rationalité, sa passion. Il souffre dans ce pays où ces deux denrées sont rares. Pourtant, il arrive à imprimer sa trace dans les travaux et recherches de ses étudiants, qui le respectent et l'estiment. Il ne sait pas d'où il tient cette rigueur et cette exigence, aussi bien dans la pensée que dans le comportement. Pour lui le monde est complexe, donc pas totalement intelligible. Il enseigne le devoir d'humilité face à tout ce que l'être ne peut comprendre, ajoutant le devoir de méfiance à l'égard de ceux qui vous proposent des explications toutes faites. Il cite souvent la phrase de Bergson : « L'intelligence est caractérisée par une incompréhension naturelle de la vie », qu'il complète par celle de Philippe Soupault : « Je crois au mystère. Mais je crains la raison qui n'est qu'incompréhension. » Il considère évidemment que le discours des charlatans brouille les pistes et trompe les gens sur la réalité des choses.

« Ce sont des ignorants prétendant donner des réponses aux questions les plus difficiles dans un monde insondable, ils sont en outre dangereux, utilisant l'islam à des fins inavouables ; le fanatisme et l'intolérance viennent de cette banalisation de l'ignorance ! »

HOMME SOUS INFLUENCE

Cet esprit scientifique le guide partout dans sa vie. Sa femme, une fille de Marrakech, ne supportait pas cet excès de rationalisme. Elle le provoquait en disant et faisant n'importe quoi. Ils ont fini par divorcer et depuis trois ans Anwar vit seul. Il publie les résultats de ses recherches dans les plus grandes revues scientifiques américaines, participe à des congrès un peu partout dans le monde et échange des informations avec un groupe de chercheurs indiens et pakistanais dont certains sont installés à Londres.

Il vit modestement, consacrant la plupart de son temps à l'étude et à l'enseignement. Il aime jouer aux échecs et lit tantôt des romans policiers, tantôt de la poésie. Il définit la poésie comme « une mathématique des émotions » et compare une formule scientifique à un vers réussi. Depuis son divorce, il entretient une relation sans passion avec Noufissa, une collègue de l'université, une jeune femme dont il admire le sens pratique, la subtilité et l'intelligence. Leur relation est paisible, il la décrit comme « une amitié amoureuse ou bien un amour amical ». Ils se voient deux ou trois fois par semaine, passent des vacances ensemble et s'aiment avec une tendresse sereine. Elle-même divorcée, elle vit avec son petit garçon de sept ans, qu'elle appelle « mon Titom » (mon petit homme).

Le 9 novembre, jour de ses quarante ans, il est réveillé par une forte migraine. En se levant, il marche sur une punaise et hurle de douleur. Il se dirige vers la salle de bain en boitant, prend un analgésique et se prépare pour aller à l'université.

Juste avant de quitter la maison, Noufissa l'appelle et lui demande si elle peut déjeuner avec lui. Il est étonné : d'habitude c'est le dîner qu'ils partagent ; à midi, ils ont peu de temps. En arrivant dans son bureau, la secrétaire lui apprend qu'une panne informatique immobilise toute l'université. Il se rend compte qu'il n'a pas sauvegardé sur son disque dur les derniers textes écrits. Cela l'inquiète et le rend nerveux. Il est même certain qu'ils sont perdus. Il téléphone à un de ses collègues, qui confirme cette crainte. Sa migraine continue de le harceler. Il a mal à la plante du pied gauche. Il se dit : « Je comprends pourquoi on dit se lever du pied gauche ! » Tout va mal. Une mauvaise journée. Quelque chose de funeste rôde autour de sa personne. Mais il ne croit absolument pas à ce genre de chose. Ce qui s'est passé est dû à une succession de coïncidences. Il ne faut en tirer aucune conclusion. Le hasard existe, la nécessité logique aussi. De toute façon quel lien établir entre une punaise dans le pied, une migraine et une panne d'informatique ? Aucun.

À midi, son amie arrive pour le déjeuner. Ils vont dans une pizzéria où le service est rapide.

Dès qu'ils sont assis, avant même qu'Anwar ne lui fasse part de ses petits tracas, elle lui dit :

« J'ai quelque chose à te dire, mais je ne sais pas comment ni par quoi commencer... »

Il a horreur de ces entrées en matière qui n'augurent généralement rien de bon. Il pense qu'elle a des ennuis de santé ou bien des problèmes d'argent. En quelques secondes, il passe en revue ces éventualités, les classe et imagine la suite à leur donner. La santé ? Le médecin chef d'Avicenne est son meilleur partenaire aux échecs. Il fera tout pour que Noufissa soit bien traitée. L'argent ? Il a mis de côté une somme en cas d'imprévus importants. Un esprit logique est aussi un esprit prévoyant. Il pense ensuite à des problèmes avec son « Titom ». Là, il n'y pourra pas grand-chose. Depuis le premier jour, il a décidé de ne jamais s'en mêler.

« De quoi s'agit-il ?

– J'ai rencontré quelqu'un, un homme disponible, amoureux fou et prêt à vivre avec moi tout le temps. Voilà, je te dis ça brutalement, ce n'est pas contre toi ; j'étais bien avec toi, mais il me manquait quelque chose, un peu de folie, de fantaisie, de passion... Notre relation était sympathique, mais elle ne me suffisait pas, tu comprends. Tu consacrais plus de temps à tes recherches qu'à nous, et puis j'ai envie de me marier, avoir d'autres enfants, j'ai trente-deux ans, cet homme me propose tout cela... Et puis Titom l'aime beaucoup...

– Mais on était bien ensemble !

– Oui, très bien, on ne s'est jamais disputés, on a toujours eu du plaisir à nous voir, mais c'était routinier, il me manquait la part de rêve... Tu es trop logique, je dirai même, sans vouloir te vexer, maniaque.

– Ah, la part de rêve ! Tu as raison, ma vie est un peu sèche, je manque de fantaisie, je suis trop rationnel, trop logique, je ne laisse pas beaucoup de place à l'imprévu, à l'imagination. Je sais, c'est mon défaut, mais je suis stable, sans mauvaise surprise, sans double langage, sans trahison... Ces épices-là ne font pas partie de ma vie, je sais que je suis réglo, honnête, mais tu me diras, en amour le rêve, les paillettes, les illusions, les étincelles comptent davantage...

– Je suis désolée, je ne voulais pas te faire de peine, ni te vexer. J'adorais faire l'amour avec toi, j'adorais jouer aux échecs avec toi, parler de religion, de science, mais il nous manquait les petites futilités de la vie, tu sais, ces petits riens qui donnent un peu de couleur aux choses...

– Es-tu amoureuse de cet homme ?

– Oui, très amoureuse.

– Cela date de quand ?

– Trois mois.

– Tu le voyais et tu ne me disais rien ?

– Je le voyais mais je ne le laissais pas me toucher. Je suis très honnête, je ne t'ai jamais été infidèle. Là je te quitte et je te le dis... Je ne mène pas une double vie.

– Veux-tu qu'on se revoie ou préfères-tu qu'on ne se voie plus ?
– Je préfère ne plus te voir, j'ai besoin de temps et de sérénité...
– Que Dieu te garde ! »

Il est sorti du restaurant avec l'envie de vomir. Il marche en traînant le pied, va dans les toilettes de l'université qui sont dans un état de saleté repoussant, met ses doigts dans sa bouche et rend tout ce qu'il a mangé. Il se sent mieux, la migraine est moins forte. Dans son bureau, un technicien est en train de triturer son ordinateur.
« Malheureux ! Qu'est-ce que vous faites ?
– J'essaie de sauver votre disque dur.
– Et alors ?
– Impossible, il a été grillé, c'est comme si un court-circuit avait tout bousillé. Je vais essayer cette nuit, parfois on arrive à retrouver des choses perdues. J'ai mes trucs pour ça...
– Des trucs ! Quels trucs ?
– Bouazza !
– Qui c'est ce Bouazza ? Un informaticien plus compétent que vous ?
– Non, c'est un muezzin qui a un pouvoir extraordinaire, il lit des choses, passe de l'encens sur la machine et généralement les choses se remettent à leur place.
– Vous voulez me faire croire qu'on peut réparer un ordinateur avec les paroles d'un charlatan, un analphabète, un sorcier ?
– Attention à ce que vous dites, professeur ! Si vous vous attaquez à ces gens, ils peuvent se venger de vous, alors n'en dites pas de mal.
– Attention ! Tout n'est pas explicable, c'est certain, mais de là à se jeter dans les bras des charlatans, il y a un fossé où je ne tomberai jamais.

– Disons que je suis plus marocain que vous.
– C'est quoi être marocain ? C'est introduire le charlatanisme à l'université ? C'est croire plutôt que savoir, c'est abandonner l'analyse au profit des superstitions stupides ? C'est s'installer dans la mentalité prélogique et croire qu'on peut résoudre des problèmes scientifiques avec les effluves d'encens ? Non, je vous dis non. Je me battrai contre cette faillite de la pensée et de l'intelligence. Laissez mon ordinateur là où il est, n'y touchez plus, sortez de mon bureau ! Ce sont des gens comme vous qui empêchent ce pays d'avancer et d'évoluer, c'est ce genre de croyances stupides qui fait que jamais nous n'entrerons dans la modernité, nous resterons sous-développés même si notre niveau de vie économique s'améliore.
– C'est votre point de vue, je le respecte.
– Dites-moi, avant de vous en aller, quelles études avez-vous faites ?
– Je suis ingénieur informaticien.
– Quel est l'imbécile de professeur qui vous a formé, pour ne pas dire déformé ?
– J'étais un de vos étudiants, monsieur.
– Quoi ? Mais comment avez-vous fait pour si mal tourner ?
– Je n'ai pas mal tourné, je m'adapte. Nous vivons dans une société semi-logique, une société où le rationnel voisine avec les superstitions, la magie, la sorcellerie, les croyances occultes, etc. Je ne suis pas débile, mais j'ai des doutes quant à la puissance rationaliste. Vous-même, vous dites qu'on ne peut pas tout expliquer, qu'il existe des zones d'ombre, des choses qui échappent à la rationalité. »

Accablé, malade, le corps endolori, Anwar rentre chez lui, prend un bain chaud, éteint la lumière et essaie de s'endormir. Il n'a jamais réussi à fermer l'œil avant minuit. Il réfléchit dans l'obscurité. Il entend une dispute chez les voisins, un couple infernal qui se bat souvent. Match nul ! Silence. Ensuite l'homme et la femme font l'amour. Elle crie. Lui aussi. Anwar se retourne dans son lit. Le sommeil ne vient pas. Il se lève, prépare une tisane, a envie de parler avec son ex-amie, téléphone puis raccroche, se promène dans l'appartement et trouve une veste en cuir qu'elle a oubliée. Elle viendra la reprendre ou elle ne viendra pas, elle a oublié, cette veste et peut-être d'autres objets, elle a déjà oublié où il habite, elle a effacé l'image d'Anwar de sa mémoire et l'a remplacée par une autre, c'est aussi simple que cela. Elle est pratique, les pieds sur terre. À propos, la plante de pied gauche lui fait mal, la punaise a laissé un trou, il espère que la pointe n'était pas rouillée, non, les punaises ne rouillent pas. Il se rassure, fait le bilan de la journée ; mauvaise la journée, il y a des jours comme ça où rien ne va, il n'y a pas de raison pour que les choses aient un lien entre elles, il se le dit et le répète. « Bon, soyons calme, Noufissa me quitte, c'est son droit. Elle a mal choisi le moment, mais elle ne pouvait pas savoir que mon disque dur a brûlé ni que mon pied est blessé. Mais pourquoi mettre fin à cette relation ? » Il se rend compte qu'il a toujours été quitté. Ce n'est pas une fatalité, la prochaine fois il prendra les devants et partira avant. Mais dans la tristesse de ce soir, il pense qu'il n'y aura pas de prochaine fois. Il croit pouvoir réparer l'ordinateur. En attendant, il note dans un cahier tout ce dont il se souvient, les formules, les hypothèses de travail, certaines conclusions. Dans quinze jours, il doit faire une communication au colloque international qui se tient à Princeton, il est obligé de retrouver ce qu'il avait consigné dans son ordinateur, alors il passe en revue les étapes de cette recherche. Ça l'occupe, il ne pense plus à Noufissa, il commence à avoir sommeil, il aime ces instants où les paupières deviennent lourdes et où il entre doucement dans la nuit. Mais le visage de Noufissa s'impose à lui, elle rit dans les bras de l'ingénieur informaticien, il se dit ce n'est possible, il pense à sa femme et l'imagine en train de faire du repassage, cette image s'impose à lui et on ne sait pas pourquoi, la nuit sera longue et difficile...

Le lendemain matin il a de la fièvre. Il vomit son petit déjeuner. Il a le teint pâle. Au moment de sortir, on frappe à sa porte.

« Excusez-moi, professeur, de vous déranger, vous devez avoir une fuite d'eau dans votre salle de bain. L'eau a traversé le plafond de ma chambre à coucher et nous sommes inondés... »

Il se précipite dans la salle de bain. Une flaque d'eau entoure la baignoire.

« Il faut qu'on fasse un constat...
— Mais où trouver un plombier par les temps qui courent ?
— Mon neveu connaît un boucher dont le frère est plombier. En fait ce n'est pas tout à fait ça, mais il bricole bien. Avant il était avocat, mais ici, à cause de la corruption, les avocats ne trouvent pas de travail.
— Je ne comprends pas le lien entre la corruption, le chômage des avocats, le plombier et la fuite d'eau...
— C'est très simple, les plombiers sont rares et sont très demandés, les avocats sont nombreux et n'ont pas beaucoup de clients, quant à la corruption, elle mine le système de la justice, ce qui fait qu'on prend un avocat pour la forme, car ton affaire sera réglée selon le bakchich que tu donnes au juge. L'avocat n'a même pas besoin de plaider...
— Je ne vous crois pas du tout, c'est une vision simpliste de la société marocaine. C'était peut-être vrai avant, aujourd'hui ça me paraît plus difficile de tout régler avec de la corruption...
— En attendant, il pleut sur mon lit !
— Alors appelez votre avocat et dites-lui que je ne donne jamais de bakchich, c'est un principe indiscutable.

D'ailleurs si tous les Marocains faisaient comme moi, il n'y aurait plus de corruption.
– Mais il n'est pas question de bakchich mais de réparation de votre baignoire...
– Dites bien au juge que je ne donnerai pas un centime... Tenez, je vous laisse les clés de l'appartement, faites venir votre juge-avocat-plombier...
– Vous êtes fatigué, professeur !
– Soyez gentil, gardez vos commentaires pour vous.
– C'est curieux, on dirait que vous n'êtes pas marocain. »

En entrant dans sa voiture, il se dit que, logiquement, la batterie devrait être à plat et les quatre pneus crevés. La voiture démarre normalement. En arrivant au parking de l'université, il trouve un camion garé à son emplacement réservé. Il va se garer dans la rue et signale le fait à sa secrétaire, qui lui apprend que l'ingénieur informaticien a emmené l'ordinateur.
« Vous confondez tout. Je vous parle de ma place de parking occupée par un camion qui n'a pas le droit de s'y mettre et vous me répondez que l'ingénieur, ce crétin marabouté, a emporté mon outil de travail ! Mais ce n'est pas logique tout ça !
– Je vous l'accorde, je vais m'occuper du camion. Vous me donnez vos clés pour que je gare votre voiture à sa place habituelle ?
– Là, vous êtes raisonnable et gentille. »
Cinq minutes après elle revient catastrophée :
« Professeur, j'ai réussi à faire déplacer le camion, mais votre voiture est bloquée par un sabot. Elle était mal stationnée, ou bien il fallait prendre un ticket au parcmètre.
– Attendez, asseyez-vous, prenez une feuille et écrivez : "Une punaise, une migraine, une rupture, un disque dur, une fuite d'eau, un sabot..."

– Ensuite, professeur ?
– Non, rien, j'espère qu'il n'y aura pas de suite. »
Après un moment :
« Dites-moi, mademoiselle Siham, êtes-vous superstitieuse ?
– Évidemment, comme tout être normalement constitué.
– Comment ça ?
– Je ne voyage jamais le mardi, je n'enjambe jamais un filet de sang, j'introduis toujours le chiffre cinq dans une conversation, ça protège. Par exemple, je dirai qu'il faut appeler le 555 pour qu'on vienne retirer le sabot de la roue et payer la somme de cinquante dirhams, en fait j'appelle le 444 et il faut payer 48 dirhams. J'ai vraiment peur du mauvais œil, alors, je porte sur moi en permanence une *khmissa*, une petite main en argent, et quand on me demande comment je vais, je ne réponds jamais "Très bien !", je laisse entendre que je suis fatiguée, un peu malade, sinon le mauvais œil des jaloux attaquera ma bonne santé, tous les vendredis je donne de l'argent à des pauvres pour qu'ils prient afin d'éloigner de moi les effets du *shitane*, le diable. À table, quand on me demande le sel, je ne le donne pas directement, je le pose devant la personne. Quand je rencontre un chat noir, je ferme immédiatement les yeux pour que cette image ne s'imprime pas dans ma mémoire. Bref, professeur, je fais attention. D'ailleurs je me demande si cette histoire de sabot ne vient pas des effets du mauvais œil de ce collègue que je ne nommerai pas et qui est très jaloux de vous. Vous savez, celui que les étudiants chahutent et qui n'arrive pas à publier ses recherches...
– Vous voulez parler de...
– Ne prononcez surtout pas son nom !
– Mais c'est de la folie !
– Non, c'est une précaution. Écoutez, professeur, dans ce pays, ceux qui réussissent sont jalousés. Leur succès prouve

l'incompétence des autres, alors quand on est malheureux, quand on n'arrive pas à percer, quand on tourne en rond, on devient mauvais. Ce n'est pas systématique mais, en général, les gens aiment bien que tout le monde soit de leur niveau. Quand quelqu'un dépasse, on lui coupe la tête, c'est une image, mais c'est le propre des pays où les élites sont si peu nombreuses.

– Vous croyez à ces histoires de mauvais œil ?

– Évidemment, j'ai été élevée par des parents qui passaient leur temps à lutter contre le mauvais œil. Il faut dire qu'on avait une voisine à l'œil très mauvais, il suffisait qu'elle regarde un homme sur un vélo pour qu'il trébuche et fasse une chute ! C'est très fréquent, ce genre de choses.

– Je pense que c'est en croyant à ces balivernes, en leur donnant de la crédibilité, qu'on les renforce et les gens se persuadent qu'elles ont de l'effet sur leur vie. Faites comme moi, n'y croyez plus et vous verrez le monde avec des yeux remplis de clairvoyance.

– C'est votre point de vue, je le respecte, pour le moment il faut que j'appelle le 555 pour qu'on vienne enlever le sabot autour de la roue de votre voiture, il faut payer cinquante dirhams !

– Vous êtes incorrigible ! Voici cinquante dirhams, et surtout appelez le bon numéro ! »

Il s'installe dans son bureau en se disant que ces Marocains sont étranges. L'ingénieur informaticien arrive, l'ordinateur dans les bras. Il est content :

« Professeur, dites *"Bâze !"*

– Quoi ? C'est quoi encore cette histoire ?

– Enfin, dites-moi "Bravo !"

– Pourquoi vous le dirais-je ?

– Parce que j'ai réussi à sauver votre disque dur.

– C'est impossible. C'est comme si vous transformiez de la cendre en matière dure.
– C'est ce que nous avons fait.
– Nous ?
– Oui, mon complice Bouazza le muezzin et moi.
– Donnez-moi cette machine, il faut que je vérifie par moi-même ! »
L'ordinateur fonctionne normalement. Anwar retrouve ses derniers écrits. Tout est impeccable. Il transpire, essuie la sueur sur son front, regarde fixement l'ordinateur puis l'ingénieur, réfléchit et demande :
« Comment avez-vous fait ?
– J'ai ouvert la machine, j'ai vérifié puis changé les éléments qui ont brûlé. Pendant ce temps-là, le muezzin faisait de son côté son travail avec de l'encens, des prières balbutiées et ça a marché. Il faut dire qu'on y a passé la nuit. Le matin, j'ai accompagné Bouazza à la petite mosquée et nous avons fait ensemble la prière de l'aube. C'était merveilleux !
– Vous avez prié, c'est bien, mais où aviez-vous mis l'ordinateur ?
– Dans la petite mosquée !
– Je suis troublé, je ne sais quoi vous dire, en tout cas merci.
– Professeur, je suis à votre disposition, c'est un honneur de vous rendre service, je vous admire beaucoup et je prie souvent pour que vous ayez le Nobel !
– Le Nobel pour un mathématicien marocain ?
– Et pourquoi pas ? On l'a bien donné à un physicien pakistanais et à un chimiste égyptien !
– Oui, mais ils travaillaient dans des équipes américaines. Merci en tout cas pour votre aide.
– Que Dieu vous garde ! Et je vous le redis, si vous avez besoin de quoi que ce soit, je suis là, et mon ami le muezzin aussi. Vous savez, il intervient dans tous les domaines, mais quand il ne peut rien, il le dit tout de suite. »

Il a du mal à reprendre son travail. Il pense à cette succession de faits en un temps si court et se dit qu'il a besoin de repos. Il a envie d'appeler Noufissa et de lui proposer un week-end à la palmeraie de Marrakech dans un petit hôtel sympathique. Mais elle ne voudra pas. Il ouvre son agenda et le feuillette. Il tombe sur Amina, une jolie femme, médecin. Dans le temps, elle a été amoureuse de lui. Elle trouverait bizarre qu'il l'appelle. Non, il renonce à téléphoner à ses anciennes amies. Pendant qu'il réfléchit, la secrétaire entre dans son bureau et lui rend les clés de la voiture et deux dirhams de monnaie. Elle est excitée, contente d'avoir libéré son auto. Il remarque, pour la première fois, qu'elle a de belles jambes. Il s'imagine avec elle dans un lit, puis se dit : « Ce n'est pas raisonnable ! » Il appelle son ami suisse Roland et lui propose une partie d'échecs. Il sait que cela le détendra de jouer et aussi de revoir son vieil ami qui fait l'éloge de l'homme élégant, de la mort douce, du suicide serein, de Louise Brooks, des palaces avec piscine, des jeunes filles asiatiques au teint pâle et à l'apparence fragile. Il aime bien discuter avec lui, faire le point, comme il dit. Malheureusement il n'est pas là, peut-être qu'il est au chevet de sa mère mourante. Il se dit : « Ce soir, je vais voir un bon film. » Il le verra chez lui ; les cinémas de la ville sont dans un piteux état. Au moment où il introduit dans le magnétoscope la cassette du film de Fritz Lang *L'Invraisemblable Vérité*, le téléphone sonne.

« C'est Noufissa, mon fils a quarante de fièvre, je suis paniquée, peux-tu venir m'aider ? »

Il s'habille et le voilà avec son ami médecin au chevet de l'enfant. Noufissa a changé. Il essaie de la prendre dans ses bras pour lui témoigner de la tendresse comme il faisait d'habitude. Elle le repousse gentiment mais fermement. Il est un peu vexé et s'en veut d'avoir eu ce geste. Il n'a pas encore réalisé que Noufissa ne lui appartient plus. Cette contrariété s'ajoute aux autres qu'il encaisse depuis deux jours. Il est persuadé que quelque chose d'anormal se trame dans son dos, mais il n'ose pas y penser ni envisager qu'il puisse être victime de ce genre d'action irrationnelle. Ce qui lui a mis la puce à l'oreille, c'est l'affaire de sa femme de ménage.

Sadia est une brave femme, analphabète mais très intelligente et intuitive. Elle travaille chez lui depuis plus de cinq ans et tout se passe parfaitement entre eux. Elle connaît bien ses habitudes, ses manies, ce qu'il aime, ce qu'il n'aime pas. Elle s'occupe de lui avec délicatesse. Or le matin du 10 novembre elle est arrivée plus tôt que d'habitude, a fait rapidement le ménage, a déposé les clés de l'appartement sur la table à manger et a dit à Anwar :

« Je vous quitte, professeur !

– Pourquoi ? Que se passe-t-il ?

– Vos ennemis, et ils sont nombreux et coriaces, ont eu raison de moi !

– Je ne comprends pas...

– Ils ont réussi à me dégoûter de cet appartement et du travail avec vous. Pourtant je n'ai rien à vous reprocher ; au contraire, j'ai toujours été très contente d'être à votre service. Mais vos ennemis ont bien travaillé, ils ont réussi à me détourner de vous !

– Comment ? Ont-ils doublé votre salaire ? Vous ont-ils fait peur ?

– Je ne les connais pas, je ne les ai jamais vus. Ils m'ont jeté un sort et voilà, ça a marché.

– Comment le savez-vous ?

– J'avais du mal à venir chez vous ces derniers temps. Je ne trouvais pas d'explication logique, simplement, quand j'entrais dans l'appartement je voyais tout en noir, je n'avais qu'une envie, m'en aller.

– Oui, mais comment avez-vous su que mes ennemis...

AMOURS SORCIÈRES

– J'ai consulté le *fqih* de mon bled, il a été formel : cette maison est maudite et son occupant est sous influence néfaste. D'ailleurs j'ai trouvé des choses étranges sous votre lit, des écritures, des papiers entourés de cheveux et contenant des poudres grises. Dans la salle de bain, j'ai un jour ramassé une serviette hygiénique pleine d'épingles. Je l'ai jetée dans la poubelle sans trop me poser de questions.
– Puisque vous savez d'où ça vient, pourquoi vous me quittez ?
– Je suis ensorcelée, je suis possédée, et le seul moyen pour que je retrouve mon état normal c'est de m'en aller, autrement dit, obéir au sort qu'on m'a jeté. Une fois cette histoire terminée, je vous promets, professeur, que je reviendrai, mais je ne sais pas combien ça prendra de temps. Vous avez intérêt à réagir, à faire quelque chose pour annuler la malédiction que vos ennemis ont lancée contre vous. »

Il est seul à présent dans cet appartement sale. Il regarde autour de lui et voit tout en noir. Il a envie de s'en aller, de quitter ce lieu maudit et de changer de quartier et peut-être même de ville. Il ne se sent pas bien. Tout cela le trouble et accroît son malaise. Il ne sait pas ce qui lui arrive. Jusqu'à présent ses cinq ans d'analyse l'ont aidé, l'ont protégé contre les agressions venant d'un peu partout. Son esprit est fort parce qu'il a été rompu au doute. Sa raison est ancrée dans le socle solide d'une excellente formation scientifique aussi bien française qu'américaine. Il a toujours essayé de concilier son esprit rationnel avec les incohérences et contradictions de la vie quotidienne. Mais tout doit avoir un sens. Il ne souffre pas de rester bloqué dans quelque chose d'illogique. Il prend une feuille de papier et inscrit les contrariétés qui se sont succédé ces deux derniers jours :
- la punaise ;
- la migraine ;

- le disque dur ;
- Noufissa ;
- le dégât des eaux ;
- le sabot ;
- la femme de ménage.

Cet inventaire à la Prévert le fait sourire. Il souligne « Noufissa » et « femme de ménage », puis dresse la liste de ses ennemis connus ou potentiels :
- Latif, un ami d'enfance qui a cessé de lui adresser la parole le jour où il a reçu le Grand Prix de la recherche scientifique décerné par la Harvard University ;
- Mounir, un collègue qu'il avait aidé à entrer dans son centre de recherche et qui lui a écrit une lettre dans laquelle il l'accuse de lui avoir volé des éléments d'un article qu'il préparait pour une revue américaine ;
- Malek, le doyen de la faculté de sciences. Jaloux de lui pour le simple fait qu'Anwar mesure un mètre quatre-vingt-cinq alors que lui ne dépasse pas un mètre soixante !
- Réda, l'ancien mari de Noufissa. Jalousie normale ;
- Rédouane, musicien et peintre raté, mythomane et alcoolique. Il est simplement mauvais et ne supporte personne qui ne partage pas son malheur. Son obsession est de casser tous ceux qui réussissent et risquent de le démasquer ;
- Abdelkhalek, un escroc qu'il a poursuivi en justice et qui a été condamné à trois ans de prison ;
- Sadek, un ami qu'il a aidé matériellement et psychologiquement et qu'il a fait embaucher dans une grande société ;
- Walid, le voisin qui bat sa femme et avec qui il a eu des mots durs.

Ceux-là sont des ennemis qui se sont déclarés. Il reste à trouver les autres. Les autres ? Une nébuleuse de ratés et de pauvres types incapables d'assumer leur impuissance. Ils ont forcément le mauvais œil et n'hésitent pas à lui vouloir du mal. Il remarque qu'il n'y a pas de femme dans cette première liste. Il pense aux femmes avec lesquelles il a eu des relations plus ou moins brèves et qui pourraient lui en vouloir. Mais il s'est toujours bien conduit avec elles, du moins le pense-t-il. « Justement, se dit-il, tous ces anciens amis m'en veulent parce qu'ils me sont redevables de quelque chose, parce que je leur ai rendu des services, parce que je me suis bien conduit avec eux. On dit bien "après un bienfait attends-toi à recevoir son contraire"! Les femmes? Il faut aussi les passer en revue!

- Noufissa, non, ce n'est pas une ennemie. On s'est aimés, on s'est quittés sans drame... Non, elle est incapable de me vouloir du mal. Elle a été correcte même si j'ai été surpris par la brutalité de son départ.

- Khadija, la belle et plantureuse infirmière que j'avais connue au moment de la mort de mon père. Elle adorait le sexe et ne se contentait pas d'un seul homme. Je le savais, je ne la jugeais pas mais j'avais préféré arrêter notre relation. Elle n'était pas contente, mais de là à vouloir me détruire, non, je ne crois pas...

- Véronique, une coopérante mal dans sa peau. Notre relation n'a pas dépassé trois mois. Non, exclue de la liste.

- Maria, la meilleure amie de mon ex-femme. Elle adorait mener une double vie: elle était mariée et venait me voir après avoir administré un somnifère à son mari. Elle aimait le risque, mais serait incapable de comploter contre moi parce que notre lien n'était pas sérieux. »

Il s'arrête, fait un dessin reliant tous ces prénoms, s'imagine nu au milieu, caressé par toutes ces femmes, célébré, aimé, adoré... Puis l'image de Malika, son ex-épouse, vient se mêler à cette réunion. Elle porte un blouson de cuir noir qui lui moule le corps et, de son talon aiguille, elle piétine le corps des autres femmes. Elle est dans une rage terrible. Elle bave, crie, manie le fouet, frappe en se déchaînant comme si le démon l'habitait. Cette image l'effraye. Il se lève, boit un verre d'eau, fait quelques pas dans l'appartement et entend la voix de sa femme, un bourdonnement strident. Il se souvient des scènes de jalousie qu'elle lui faisait sans raison. « Jalousie morbide », avait dit le psychiatre. Elle cassait tout et a voulu attenter à la vie d'Anwar plusieurs fois. Elle ne supportait pas qu'il lui échappe, qu'il puisse s'enfermer dans son bureau et passer des heures à écrire et à faire des mathématiques. Elle avait un système de défense imparable : tout était de la faute des autres. La folie s'était emparée d'elle et la poussait à faire des choses graves, par exemple pénétrer dans son bureau à l'université et hurler sa rage devant les étudiants, les secrétaires et les collègues. Elle le traitait de tous les noms et l'accusait d'être impuissant. Le divorce a été prononcé assez rapidement. Malika a disparu. De temps en temps Anwar a de ses nouvelles par son frère, qui tient une pharmacie en bas de chez lui. Il lui dit qu'elle se soigne et qu'elle tente de refaire sa vie.

Fait-elle partie de ses ennemis ? Il réfléchit, griffonne quelque chose sur la feuille, puis décide que tout cela appartient au passé, un temps révolu ; logiquement, elle n'a plus accès à son univers. Que faire à présent de cette histoire de coïncidences de petits malheurs ? Faut-il les traiter par l'indifférence et le mépris comme ferait tout homme rationnel, ou bien accepter d'aller au-delà et risquer d'entrer dans un monde flou, confus et surtout totalement basé sur l'irrationnel ? Comment est-il plausible qu'un homme de sciences, un homme qui a érigé la Raison au-dessus de tout, qui ne croit qu'à ce qu'il voit et qui se prouve de manière scientifique, comment cet esprit cartésien, froid et déterminé, va-t-il accepter le fait que ses problèmes ont été provoqués par de la sorcellerie ? S'il met le doigt dans cet engrenage, il est fini, c'est un aveu de défaite, c'est une défaite personnelle.

La sorcellerie est un monde à part, un monde parallèle et impénétrable. Il sait qu'il est aussi complexe et mystérieux que certaines données de la physique. Il sait aussi qu'il y a des degrés dans la manipulation des esprits. Il refuse de pousser la porte de cet univers qui gouverne un monde qu'il côtoie et qu'il préfère ignorer. Ses convictions religieuses excluent ce monde. Dieu est une puissance spirituelle qui ne peut se mêler à ces élucubrations où le diable a la part belle. Il sait que l'homme fidèle à la parole divine est exposé au mal du fait même de son innocence et de la confiance qu'il donne facilement aux autres.

Quand il était petit, son père lui conseillait de réciter avant toute épreuve le verset du Trône, contenu dans la sourate « La Vache », connue pour ses vertus protectrices : « *Dieu est le seul Dieu vivant et éternel. Il n'est touché ni par la somnolence ni par le sommeil. Il possède ce qui est dans les cieux et ce qui est sur la terre. Qui peut intercéder auprès de lui sans sa volonté ? Il sait ce qui était avant le monde et qui sera après. Les hommes ne connaissent de sa majesté suprême que ce qu'il veut bien leur en apprendre. Son trône sublime embrasse les cieux et la terre. Il les conserve sans effort. Il est le Dieu grand, le Dieu très haut.* »

Il connaît par cœur ces versets et il lui arrive de les dire. Mais il ne s'agit pas de superstition, ni de malédiction. Il lit souvent le Coran pour la beauté de sa poésie et évite de l'interpréter de manière littérale.

Le 11 novembre, alors qu'il est en train d'imprimer les données de ses recherches qui ont failli disparaître dans l'ordinateur, l'ingénieur informaticien entre dans son bureau.

« Je voulais juste vérifier si vous avez pu tout récupérer de ce qu'il y avait dans votre disque dur.
– Apparemment, tout y est. C'est formidable, vous êtes très doué.
– J'avoue que sans l'aide de Bouazza je n'aurais pas réussi à tout arranger !
– Je ne vous comprends pas : vous avez fait des études scientifiques, vous avez appris que sans logique on ne peut pas avancer et vous voulez me faire croire que des interventions d'ordre religieux ou spirituel ont pu régler un problème strictement technique !
– Professeur, c'est vous-même qui nous avez appris que "l'intelligence c'est l'incompréhension du monde". Il reste des domaines obscurs, mystérieux, des choses que l'entendement n'arrive pas à expliquer ni à comprendre. Disons, professeur que je joue sur les deux tableaux, la science d'un côté, le mystère de l'autre.
– C'est un point de vue qui se veut une conception pragmatique du monde. Je sais que tous les peuples à travers la planète cultivent des croyances étranges, croyances variant d'un pays à un autre ou même d'une région à une autre. Il existe même un ouvrage de plus de deux mille pages recensant toutes les superstitions dans le monde. Ce qui est remarquable dans ce livre, c'est qu'on apprend qu'il n'existe pas une société qui n'a pas recours à la superstition et à la pratique d'une certaine sorcellerie. C'est normal, l'homme est un être angoissé, alors il passe sa vie à éloigner ou à justifier cette angoisse par des éléments surnaturels sur lesquels il n'a pas prise mais qui le confortent dans sa volonté d'expliquer l'inexplicable. La science est là pour apporter la preuve et pour démontrer ce qu'elle avance. Le surnaturel fait l'impasse sur la preuve et la démonstration, il suffit de croire, de faire confiance à la personne manipulant ces éléments surnaturels.

– Professeur, est-ce que vous croyez au mauvais œil ?
– Non.
– Pourquoi ?
– Je ne peux enseigner les mathématiques appliquées, faire des recherches poussées dans le domaine de la physique et croire à l'œil qui porte malheur... Il faut être cohérent.
– Mais ce sont deux choses différentes. J'ai un cousin (appelons-le K. R., car prononcer son nom dans ce lieu pourrait provoquer une catastrophe) qui a le mauvais œil, il a un regard qui précipite les événements malheureux. Il suffit que je le rencontre et qu'il me regarde fixement durant quelques secondes pour qu'il m'arrive des drames.
– Par exemple ?
– Je venais d'acheter de nouvelles chaussures, je les avais mises dans le magasin, en sortant je le rencontre, j'ai pris peur, il m'arrête et me dit : "Ah les belles chaussures, elles te vont très bien !" Je le remercie et m'en vais. Quelques mètres plus loin, je glisse sur une aubergine pourrie et m'étends par terre. Je me suis foulé la cheville et j'ai marché avec des béquilles pendant deux semaines ! Le même K. R. a emmené son fils voir un ORL, lequel venait de s'équiper de nouveaux appareils. En entrant chez le médecin, il lui dit : "Ah, ils sont magnifiques tes appareils, tout neufs, ils brillent..." Quand le médecin a voulu intervenir sur l'oreille du gamin, la machine est tombée en panne ! C'est véridique, professeur. J'ai des dizaines de cas de drames provoqués par K. R. Il est connu dans la ville ; les gens l'évitent. C'est lui qui a provoqué l'incendie du cinéma Lux, vous vous en souvenez ?
– Comment ? À moins qu'il soit en plus un pyromane !
– Le jour de l'ouverture de la salle de ce cinéma, il passait par là, il s'est arrêté et a simplement dit : "Oh que de lumière, que de lumière ! C'est trop !" Un court-circuit a eu lieu immédiatement et la salle a flambé. Heureusement, il n'y a pas eu de victimes, les gens n'étaient pas encore

HOMME SOUS INFLUENCE

entrés à l'intérieur, ils attendaient les autorités pour l'inauguration.
– Que voulez-vous prouver avec ces exemples ?
– Que le mauvais œil existe et qu'il peut faire mal. Regardez, professeur, je porte toujours sur moi ce talisman pour me protéger. J'y crois ; le jour où je l'oublie dans la poche d'une autre veste, je me sens vulnérable et parfois j'ai des problèmes ! Depuis que je me suis confié à Bouazza, je me sens protégé, plus fort. Deux choses donnent de la protection : la bénédiction des parents, c'est très important, d'ailleurs le Coran en parle, et puis les talismans des gens doués pour sonder l'insondable, pour percer le mystère et l'invisible ! »

Anwar se remet au travail. Il est en retard. Il a déjà reçu son billet d'avion et son visa pour se rendre au colloque de l'université de Princetown, aux États-Unis. Il lui suffit de terminer l'essentiel, la rédaction des principaux éléments de sa découverte. Il y pense depuis des mois et même des années. Il croit qu'il est arrivé à un niveau indépassable. Mais les troubles de ces derniers temps font planer une ombre sur ce projet primordial. Il a du mal à rassembler ses idées et à poursuivre son travail.

Le lendemain il consulte son médecin et ami :
« Je me sens fatigué, j'ai l'esprit un peu troublé, je dors mal, je manque de vivacité, j'ai l'humeur un peu froissée. »
Après l'avoir ausculté, le médecin lui dit que tout va bien, que sa tension est bonne, son cœur aussi, et que ses inquiétudes n'ont pas de raison d'être. Il lui prescrit un tranquillisant à base d'extraits de valériane et d'aubépine à prendre avant de dormir.

Il n'est pas rassuré. Quelque chose le tracasse. Il s'imagine dans la ligne de mire de K. R., qu'il ne connaît pas mais qui pourrait avoir été un étudiant à la faculté. Il repense à la succession de ses petits malheurs, des contrariétés qui l'ont mis mal à l'aise. En bon scientifique, il voudrait vérifier un certain nombre de choses, pousser la curiosité jusqu'à aller voir ce que dit et fait le fameux *fqih*. Il se dit : « Après tout, ça n'engage à rien. » Pour avoir le cœur net, il décide d'en parler avec l'ingénieur informaticien.

« J'ai réfléchi à ce que vous m'avez dit, et je pense qu'un homme de science doit s'aventurer aussi dans des lieux où la science a été mise à l'écart. Je ne dis pas mise en échec, mais ignorée et éloignée, c'est tout.

– Voudriez-vous rencontrer K. R. ?

– Non, lui ne m'intéresse pas. S'il porte malheur, c'est probablement dû à des coïncidences trop rapprochées. Non, celui que je voudrais voir c'est votre muezzin, le *fqih*… Bou… Bouzawa…

– Bouazza !

– Oui, Bouazza. Il m'intrigue et j'aimerais parler avec lui.

– Il va falloir attendre et prendre rendez-vous. Il travaille tout le temps. Il est très demandé. Des gens viennent de tout le Maroc pour le voir. Il est très réputé, c'est un homme simple qui a un don, il voit des choses que le commun des mortels ne voit pas, et il sait arrêter les méfaits du mauvais œil et autres agissements du diable.

– Je voudrais que ce soit très discret, pas besoin de m'afficher avec lui, vous vous rendez compte ? Je n'aurais plus de crédibilité si on apprenait que le professeur Anwar consulte des charlatans… même si je ne fais qu'une démarche scientifique.

– Je peux vous organiser une rencontre chez vous. Je vous l'amènerai jusqu'à votre domicile. »

Une certaine effervescence s'empare d'Anwar. Cela ressemble à la fébrilité du moment où la recherche brûle, juste avant la découverte. Il se sent nerveux et impatient. Il est tout près du but. Le soir même il se remet au travail, confiant et heureux. Il avance bien et est persuadé qu'il va vaincre ses ennemis. Il n'ose pas espérer une victoire totale mais rêve d'une revanche sur ceux qui ont essayé de lui nuire et d'entraver sa recherche. Dans ces moments de fragilité psychologique, l'être humain, qu'il soit illettré ou savant, jeune ou vieux, intelligent ou non, s'accroche à la bouée qu'on lui lance. Il se voit au milieu des vagues luttant contre des courants froids qui risquent de l'engloutir. Ce sentiment de danger et la perspective d'être sauvé par une bouée venue d'un autre monde troublent Anwar. Il doute et se dit que c'est le propre de l'homme scientifique. En fait il se rassure et n'oserait pas en parler avec ses éminents collègues indiens et pakistanais. Quoique...

Le soir de la consultation est arrivé. Il fait quelques exercices de yoga juste avant l'heure fatidique, respire profondément et s'installe dans son bureau. Le *fqih* est ponctuel. Anwar apprécie beaucoup les gens respectant l'heure du rendez-vous. Ils se saluent, gênés.
« Voulez-vous boire quelque chose ?
– Un grand verre d'eau. »
Ils sont face à face autour du bureau. Bouazza se lève.
« Vous n'habitez pas seul dans cet appartement.
– Je suis seul.
– Non, je veux dire que l'appartement est infesté de choses néfastes déposées ici par vos ennemis. Je le sens. Nous ne sommes pas seuls, ici.
– Mais je vous assure, il n'y a personne d'autre que vous et moi, même la femme de ménage m'a quitté, elle a prétexté que mes ennemis l'avaient détournée de moi...
– Professeur, je vais vous dire ce que je vois, ce que je ressens à cet instant même : vous êtes un homme poursuivi. Ce que nous appelons dans notre langage "la poursuite", c'est lorsque plusieurs mauvais œil se rassemblent, se conjuguent

pour entraver toutes les actions. Vous avez amassé un maximum d'ondes négatives, qui vous poursuivent partout où vous allez et vous compliquent l'existence. Cela d'une part. De l'autre, vous avez quelqu'un qui creuse minutieusement un sillon où il espère vous enterrer. Cette personne a été très proche de vous, je la vois mais je ne distingue pas ses traits, en tout cas elle fait tout pour vous nuire, vous casser et au besoin vous récupérer, ça je ne peux pas vous l'affirmer, il me faudra du temps et de l'étude pour le vérifier. »

Anwar écoute sans faire de commentaire.

Le *fqih* lui demande d'aller soulever le matelas sur lequel il dort. Ce qu'il fait. Il y trouve un talisman plié en huit et ficelé avec des cheveux de femme.

« Allez dans la salle de bain, ouvrez l'armoire se situant à gauche du miroir en entrant, vous trouverez là-bas un autre talisman. »

Anwar s'exécute comme s'il était sous hypnose. Il trouve effectivement un papier plié en quatre et entouré d'une ficelle trempée dans du sang.

« Nous allons dans un premier temps annuler les effets de ces choses-là. Vous allez les brûler immédiatement. Ensuite, je vous donnerai d'autres talismans pour vous protéger contre la poursuite et surtout contre les effets d'autres choses que je n'ai pas encore découvertes et qui doivent agir. Ce que je sais, c'est que la personne qui vous veut du mal, en dehors des jaloux et des ennemis du travail qui ne supportent pas vos succès, c'est une femme. Vous ne la voyez plus depuis quatre ou cinq ans, elle est petite de taille, brune, a une forte poitrine et des cheveux très courts.

– C'était mon épouse ! »

Anwar ne se rend pas compte de ce qu'il dit. Mais la description est tellement précise qu'il est obligé de reconnaître qu'il s'agit bien de Malika, son ex-femme.

HOMME SOUS INFLUENCE

« Elle est aidée, n'agit pas seule, elle s'agite beaucoup et cherche par tous les moyens à revenir dans votre cœur. »

Après un silence, le *fqih* ose une nouvelle révélation :

« Parmi vos ennemis, je vois un homme trapu, gros, le visage bouffi par l'alcool, riant aux éclats pour n'importe quoi. C'est un démon, il est très dangereux, il vous tourne autour depuis plus de deux ans, veut votre disparition. Cet homme est plus dangereux que tous les autres. Il est armé, je veux dire qu'il fait travailler des sorciers, ce qui est interdit par l'islam, mais lui ne connaît ni foi ni loi, il s'habille toujours en noir, et vit avec l'argent des autres.

– Oui, je vois, je vois, dit Anwar en murmurant.

– Professeur, permettez-moi de me retirer. Je me sens très fatigué. Votre maison est infestée par le démon. Mais cette nuit, vous dormirez bien. Je vous verrai dans dix jours, le temps que je travaille sur votre cas et que je trouve les parades nécessaires à tout le mal qu'on vous veut. »

Après cette visite, il se sent soulagé et moins nerveux. Il se dit qu'un homme de science doit s'intéresser à tout et pousser la curiosité jusqu'à ses dernières limites. Il n'y a pas de honte à cela. Comment continuer à condamner les croyances et pratiques irrationnelles sans les analyser de près ? Cela ne faisait pas partie du domaine de ses recherches, mais la succession des contrariétés l'a poussé à se poser des questions et oser une consultation auprès de celui qu'il traitait de « charlatan ».

Le lendemain à l'université, son regard croise celui de l'ingénieur informaticien. Les deux hommes marquent un temps d'arrêt exprimant une certaine gêne puis une petite complicité.

Le fait que son ex-femme ait essayé de lui jeter plusieurs sorts ne l'étonne pas. Cela fait partie de sa culture. Mais comment a-t-elle fait pour introduire chez lui des talismans et gris-gris sous le lit ou dans l'armoire ? Seule la femme de

ménage aurait pu rendre ce service à Malika. Ce qui expliquerait son départ. Quant à « la poursuite », il a du mal à y croire même s'il sait qu'il est jalousé et détesté par la plupart de ses collègues. Comment une volonté de mal peut-elle agir directement sur une personne ? Il imagine ses ennemis unis dans une même détermination, celle de lui nuire et de l'empêcher de progresser dans ses travaux. Encore faut-il que cette volonté devienne concrète, se traduisant par des faits, des actes. Son père lui disait :
« Le mauvais œil existe, même le Prophète l'a constaté. »
Il se met au travail en chassant de son esprit toutes ces idées. Tout d'un coup, il pense à Bouazza. Il le voit dans sa djellaba en laine, avec ses lunettes et sa barbichette qui le font ressembler à Trotsky puis se dit : « Tiens, il n'a plus donné signe de vie. » Il ne s'inquiète pas outre mesure de ce silence et repense aux réactions de ses amis s'ils venaient à apprendre ses dernières démarches. Il se rassure en se disant que c'est un pari qui ne l'engage pas beaucoup. Le surnaturel existe. La sorcellerie aussi. Toutes les cultures ont leur part d'irrationnel. Si l'intervention d'un charlatan peut l'aider pour ne plus être atteint par la haine des envieux, il ne la rejettera pas. Évidemment il ne compte pas sur Bouazza pour affiner ses recherches en mathématiques, ni pour convaincre Noufissa de reprendre leur relation, ni pour faire revenir la femme de ménage et encore moins pour le rendre sympathique aux yeux de tous ceux qui ne supportent pas sa réussite. Pour lui cette consultation agit comme un *placebo*. Il fait semblant d'y croire, en même temps il se laisse gagner par le doute. En fait il aimerait bien savoir si Bouazza a un réel pouvoir de changer le cours des choses. Il demande à l'ingénieur informaticien de rappeler son ami. Il a honte. Il sent qu'il est en train de trahir ses principes, en même temps il est perturbé et a besoin d'être rassuré, apaisé. Le voyage en Amérique est proche. Bouazza

se manifeste en lui donnant rendez-vous le jeudi soir, le jour où il prend l'avion.
« Je pars jeudi matin, est-ce qu'on ne pourra pas se voir la veille ?
– Ce sera difficile. Je n'aurai pas achevé le travail sur votre cas. Vous savez, vous êtes un homme complexe, traversé par des courants contradictoires, vous êtes la cible d'ondes négatives de plus en plus féroces. J'ai rarement eu à traiter un cas aussi compliqué. Je veillerai toute la nuit de mardi à mercredi en espérant que j'arriverai à mettre en place tout le dispositif de nettoyage dont vous avez besoin...
– C'est quoi ce "dispositif de nettoyage" ?
– Il faut que j'arrive à mettre en échec les actions néfastes dont vous êtes l'objet. Pour cela, il est essentiel que vous deveniez hors d'atteinte, or jusqu'à présent vous avez été un homme sous influence. Le démon travaille. Il faut que vous partiez avec une sérieuse protection. Les ondes négatives de vos adversaires deviennent féroces au moment où vous accomplissez une action qui vous apporte une plus grande reconnaissance.
– Vous avez raison, ce colloque en Amérique est très important. Il est déterminant. En plus je suis le seul Arabe à avoir fait une telle découverte. C'est vous dire que mes ennemis vont tomber malades. Les Arabes n'aiment pas que d'autres Arabes réussissent surtout sur un plan international.
– Ne dites pas ça ! Nous sommes très fiers de ceux qui font honneur à la nation arabe et musulmane dans le monde, mais il y a toujours des jalousies de la part de gens malheureux.
– Nous sommes une société malade. Nous sommes forts pour trahir et détruire ceux qui travaillent sérieusement. Il faudra qu'on se l'avoue et qu'on se remette en question. Si nous sommes sous-développés, si notre parole n'est pas

entendue aujourd'hui dans le monde, ce n'est pas la faute des autres, c'est notre faute, notre problème. Enfin, nous continuerons cette discussion une autre fois. Je vous attends mercredi soir, vers dix-neuf heures. »

Anwar est dans un état d'esprit ambivalent. Tantôt il rejette l'idée d'être « sous influence », tantôt il veut crever cet abcès, aller jusqu'au bout de l'irrationnel et voir ce que cela donne sur le terrain. Après tout, il vit cela comme une expérience de l'étrange et de l'infondé. Sa curiosité est vive.

Bouazza arrive à l'heure. En entrant dans le salon, il se déchausse et dit à Anwar :

« Avez-vous fait vos ablutions ?

– Non, pourquoi ?

– Nous allons faire une prière ensemble avant de vous délivrer les écrits dont vous aurez besoin pour votre protection.

– Je suis désolé, mais la prière est pour moi un acte strictement personnel. Je n'ai pas à prier avec vous.

– Toujours cette logique !

– Non, c'est une question de conviction personnelle. La religion doit rester dans les foyers et dans les cœurs, elle n'a pas à s'exhiber dehors. Chacun est responsable de ce qu'il fait.

– Permettez que je prie. »

Bouazza sort alors de son sac un encensoir où il fait brûler différents encens tout en faisant le tour de l'appartement.

« Cela fait fuir les djinns. C'est important pour ce qu'on a à faire.

– Mais qu'est-ce qu'on a à faire ?

– Arrêtez votre suspicion. Laissez-vous aller, cessez de tout faire passer par la machine logique. »

Après un moment, Bouazza enlève ses lunettes, les nettoie puis s'adresse à Anwar :

HOMME SOUS INFLUENCE

« Je ne suis pas un voyant ; seul Dieu sait ce que sera l'avenir. Cependant j'ai eu l'intuition que votre amie, la femme que vous fréquentiez, reviendra. Pas tout de suite, dans quelques mois. Épousez-la, je veux dire, régularisez votre situation. Oubliez la femme de ménage. Oubliez aussi vos ennemis. Avec les talismans que je vous ai préparés, vous êtes protégé tout en sachant que l'unique protection qui vaille est celle de Dieu. Ce sont des écritures, portez-les sur vous, retirez-les quand vous allez aux toilettes. Voilà, nous nous reverrons à votre retour. »

Anwar tend à Bouazza une enveloppe où il avait mis mille dirhams.

« Tenez, pour vous remercier.

– Non, je refuse de prendre de l'argent. Je préfère que vous aidiez mon fils à trouver du travail ; il est diplômé en physique et il est au chômage. Il fait partie de ce groupe de « chômeurs diplômés » ; ils viennent d'entamer une grève de la faim pour que le gouvernement s'occupe d'eux. »

Anwar range l'enveloppe dans sa poche et se trouve ramené à une réalité douloureuse.

« Je ferai tout ce qui est possible pour aider votre fils et ses camarades. Je vous promets que je m'en occuperai dès mon retour. »

Dans l'avion, Anwar est bardé de talismans. Il se surprend à les serrer dans ses poches alors que l'hôtesse montre les consignes de sécurité. Il se sent protégé mais pas tout à fait libre. Il repense au fils de Bouazza en lisant un article dans un quotidien marocain où il est question de cette grève de la faim, et il s'étonne que les pouvoirs du muezzin ne soient pas assez forts pour sortir ce chômeur du désespoir.

L'histoire ne dit pas si le grand succès qu'a eu sa communication à Princeton est dû à ses vingt ans de recherches et de travail acharné ou aux talismans du *fqih* Bouazza. Qu'importe ! L'une des plus grandes revues scientifiques américaines s'engagea à publier ses travaux. De retour au Maroc, il a commencé par déménager, et a engagé un immigré philippin pour s'occuper de la maison et faire le ménage. Il a réussi à faire engager le fils de Bouazza dans son équipe. Il se prépare à recevoir Inge, une collègue australienne rencontrée à Princeton. Il sent qu'une relation saine est possible avec une femme venue d'une contrée si lointaine. Quant au muezzin, il est devenu un ami, quelqu'un avec qui il aime discuter des relations entre science et religion.

Mabrouk interprète vos rêves

Il s'est installé dans une boutique minuscule à l'entrée de la médina, face à la mer, et s'est dit : « La vie est plus forte que la douleur. » Auparavant il avait accroché une pancarte peinte en bleu sur laquelle il avait écrit en arabe et en français : « Mabrouk interprète vos rêves ».
Avant, il lui arrivait de se faire passer pour un écrivain public. Il rédigeait des lettres d'amour et répondait au charabia administratif que lui apportaient les gens de son quartier qui ne comprenaient rien aux formules toutes faites que la municipalité s'ingéniait à recopier des circulaires datant du protectorat français. Mabrouk n'était pas plus savant que ses clients, mais après trente années passées dans le bureau des réclamations des postes, il savait comment lire ce genre de littérature.
Depuis qu'il avait pris sa retraite et surtout depuis qu'il avait perdu sa femme dans un accident de la route, Mabrouk s'ennuyait et cherchait le moyen de s'occuper et d'être utile. Il aimait les gens, avait de la patience, et leur rendait service chaque fois qu'il pouvait. Il n'avait en lui aucune méchanceté, ne médisait de personne et ne se plaignait jamais. C'était un homme bon, tellement bon que sa femme le lui reprochait parfois. Il ne savait pas dire non et allait au-devant des demandes des gens. Il lui arrivait d'avoir affaire à des personnes ingrates qui abusaient de sa

gentillesse. Il n'était pas dupe et disait qu'il était serviable parce que le Coran recommande au croyant de venir en aide à ceux qui en ont besoin. Il disait :

« Je fais ce que je peux pour rien, pour Dieu et je n'attends rien des hommes, d'ailleurs il faut être fou d'en attendre quoi que ce soit ! »

Petit, il accompagnait son père, qui était un conteur professionnel. Il aimait l'écouter et le voir en train de subjuguer la foule. Lui aussi aimait raconter des histoires et il ne s'en privait pas. Ses collègues à la poste lui en réclamaient. Il inventait tout ou presque tout. Il lui suffisait d'une anecdote ou d'une image pour laisser libre cours à son imagination et à sa fantaisie.

Avec les rêves, il devait contrôler cette tendance de décoller de la réalité, créant de toutes pièces un monde à part aussi merveilleux qu'insaisissable. Il disait :

« Un rêve est flou et précis, léger et pesant, grave et inquiétant, c'est le peuple du sommeil qui s'agite, parle à tort et à travers. »

Sa première cliente s'appelait Warda. Elle avait de grands yeux noirs, une belle poitrine et des mains très fines. Dès qu'elle s'assit face à lui, il fit un effort pour être sérieux et surtout pour ne pas trop fixer ses seins. Il était capable de la déshabiller, devinant son corps et s'imaginant dans un lit avec elle. Il l'écouta tout en regardant la mer au loin.

« Je ne sais pas si vous serez capable de lire entre les lignes de mon rêve, un rêve étrange et obsédant, quelque chose qui ne peut pas rester sans explication. C'est comme une énigme.

– Justement, Mabrouk est là pour ouvrir les portes des symboles et des mystères. Racontez-moi votre rêve et surtout soyez précise, ne négligez aucun détail, car les détails sont très importants.

MABROUK INTERPRÈTE VOS RÊVES

– Voilà, c'est le rêve de cette nuit, il est encore tout frais et très net. Je marche sur la plage, je suis toute seule. C'est la fin de la journée. Le ciel est très beau, il est ocre, mauve. La lumière est douce. Je vois quelque chose qui brille, je m'approche et me baisse pour le ramasser. C'est un morceau de charbon. Je suis déçue. Je continue ma marche. C'est la nuit, je vois un autre objet phosphorescent. Je me baisse pour le ramasser. C'est une étoile brûlante. Au moment où je la touche, j'ai mal et je me réveille. »

Warda était émue. Elle fixa Mabrouk et attendit son explication. Lui regardait toujours la mer. Il craignait d'être déconcentré. Il lui demanda si elle avait un enfant.

« Oui, il s'appelle Karim ; il est beau, intelligent mais très turbulent. »

Après un moment de réflexion, il osa lui donner son interprétation :

« Votre mari est souvent absent. Vous concentrez tout sur votre enfant. Vous essayez de le retenir, de le posséder parce qu'il est votre unique amour, mais il faut le laisser libre. Si vous le gardez de force auprès de vous, il devient mauvais et vous déçoit. Mais si vous consentez à le laisser libre, il devient brillant et lumineux ; il faut apprendre à ne pas l'étouffer, l'aimer sans trop s'en approcher, ne pas trop le serrer. Tant que vous ne le touchez pas, votre fils est un astre. Ceci est une interprétation ; il y en a d'autres, probablement plus compliquées. »

Warda était presque satisfaite. Karim lui donnait du souci. Un adolescent précoce mais rebelle. Elle avait un autre rêve, qu'elle hésitait à raconter, un rêve qu'elle faisait souvent. Elle décida de le dévoiler une autre fois.

Hamid hésita avant de s'asseoir en face de Mabrouk. L'air jovial, les yeux brillants, il posa son cartable de professeur de lettres et dit :

« Tu vas me trouver ridicule si je te raconte mon rêve !
– Pas du tout. Chaque rêve est une maison et, comme on dit, "chaque maison est une saison", alors vas-y, raconte.
– Alors voilà, je marche sur la jetée, je saute d'un bloc de pierres à un autre. Je n'ai pas peur. J'ai envie de m'envoler. Soudain je vois quelque chose qui brille. Je quitte la jetée et je cours sur la plage. Mes yeux ne quittent pas la chose qui brille. Je pense que c'est un diamant que le dernier rayon de soleil, le fameux rayon vert, fait briller. Je me baisse pour le ramasser. C'est un morceau de fer rouillé. Je le jette et continue de marcher. Là je vois un objet qui brille plus que le premier. Je me précipite pour le ramasser. C'est une pierre rougie par le feu, on aurait dit un morceau de lave d'un volcan. Je me brûle, je crie et je me réveille. »

Mabrouk était surpris. Il demanda à Hamid s'il connaissait Warda.

« La belle qui était là ?

– Oui, la femme du chauffeur de taxi collectif, celui qui fait la navette Essaouira-Marrakech.

– Elle est sublime. Pourquoi me demandes-tu ça ?

– Non, comme ça, pour rien. »

Mabrouk se dit qu'ils ne s'étaient pas concertés pour raconter le même rêve. Il demanda à Hamid de revenir le voir après deux jours.

Il ferma la boutique et partit à la mosquée pour la prière de l'après-midi. Il était préoccupé par cette coïncidence. Comment expliquer que deux personnes fassent le même rêve ? Il posa la question à son oncle, imam de la mosquée. Il réfléchit puis dit :

« Il faut s'aimer beaucoup pour faire le même rêve. Seul l'amour sincère et vrai est capable d'ouvrir les portes de nos demeures intérieures. On appelle cela l'intuition. Le rêve est une copie floue de la vie ; il occupe notre sommeil et nous fait voyager là où on ne peut pas aller. Dieu seul sait ce qu'il y a dans nos cœurs. Le rêve nous donne l'illusion de pénétrer dans cette maison intérieure qui nous ment gentiment. Alors, si deux êtres font le même rêve, c'est qu'ils sont dans le même destin. »

Une jeune touriste aux yeux bleus et à la peau claire s'arrêta devant la boutique de Mabrouk, et hésita à s'avancer. Sa mère, une femme d'une quarantaine d'années, la poussa en lui disant :
« Vas-y, ça pourrait être drôle, en tout cas exotique ! »
La jeune fille, toute émue, prit place. Mabrouk apporta un autre tabouret pour la mère et leur offrit du thé à la menthe. Il était fier d'avoir des clientes étrangères. La fille rougissait facilement. Elle avait du mal à parler. La mère prit la parole :
« Ma fille a fait cette nuit un rêve étrange ; elle me l'a raconté et je n'arrive pas à l'expliquer. Peut-être que vous pourriez nous éclairer, vous qui êtes d'Essaouira. J'ai l'impression que cette ville imprime des rêves particuliers dans l'esprit des gens de passage. »
La fille interrompit sa mère et se mit à raconter :
« C'est le crépuscule ; je suis dans cette ville, en tout cas la ville où le rêve se passe se nomme Essaouira. La lumière est rouge et mauve. Je marche toute seule sur la plage. Les remparts sont loin. Le vent est froid, mais je suis bien. Non, je n'étais pas seule sur la plage. J'ai vu une silhouette qui sautait sur la jetée et une autre au bout de la plage. Mais ce n'est pas l'essentiel. Donc je marche et tout d'un coup, qu'est-ce que je vois ? Une étoile de mer sertie de perles et de diamants. Je me baisse pour la voir de près, et là, j'ai eu un haut-le-cœur ; ce n'était pas une étoile, il n'y avait ni perles ni diamants, c'était... J'hésite à le dire, c'était une crotte de chameau. J'ai continué à marcher et là je vois de

nouveau quelque chose qui brille. Méfiante, je ne me baisse pas, je la regarde sans la toucher ; c'est une étoile de shérif américain rougie par le feu, mais je la palpe. Elle me brûle, je hurle et me réveille en sueur. Voilà, vous voyez ce que je veux dire ? Enfin je ne voudrais pas vous déranger, mais comment interprétez-vous ça dans votre pays ? »

Silence et embarras. Il s'excusa auprès des deux étrangères de ne pouvoir interpréter ce rêve sur-le-champ. Elles étaient déçues. Il leur donna rendez-vous le lendemain juste avant le coucher du soleil. Il ferma sa boutique de peur de voir arriver d'autres personnes ayant fait le même rêve et s'installa au café, fuma une pipe de kif et se mit à réfléchir à voix haute :

« Qu'est-ce qui est brillant de loin et terne de près ? Qu'est-ce qui attire par la lumière et déçoit dès qu'on le touche ? Qu'est-ce qui est souvent décevant ? Qu'est-ce qui produit l'illusion ? Ce ne peut être un astre. Les étoiles habitent dans le ciel et ne descendent jamais sur terre. Les mirages se produisent dans le désert en plein jour. Or le rêve de toutes ces personnes se passe au moment du crépuscule. Les mirages n'existent que dans la tête du marcheur qui a soif. »

Après avoir passé en revue plusieurs interprétations, il se leva et dit :

« Ça y est, je sais : la ville est sous influence ! Un malin génie s'est emparé du sommeil des gens et les manipule selon ses désirs. Il faut faire quelque chose. »

Deux jours plus tard, quand il ouvrit sa boutique, il fut pris de somnolence. Des ombres traversèrent la place où il se voyait endormi. Des bribes du rêve de ses clients l'effleurèrent. Des ˉormes transparentes gonflées par le vent allaient et venaient dans le ciel. Elles descendaient sur le sable, se baissaient et ramassaient des morceaux de miroir qu'elles déposaient au pied du dormeur. Il reconnut parmi elles Silence, un personnage d'une bande dessinée que lisait son

fils et là il eut la clé de tous ces rêves de lumière et de ténèbres. En se réveillant, il se trouva entouré par Warda, Hamid et les deux belles étrangères. Ils attendaient sans se parler. Il leur dit :
« Je vous pose une devinette : qu'est-ce qui est brillant de loin et terne de près ? »
Ils se regardèrent et ne dirent pas un mot.
« C'est simple, mes amis ! C'est l'amour mal compris ! Nous sommes tous victimes de l'illusion que produit en nous ce sentiment. Aimer serait simple si nous n'étions tentés de posséder l'être qui nous intéresse. Or dès qu'on tend les bras pour embrasser et retenir, on étouffe l'être aimé. Votre rêve a été dicté par le vent du sud, celui qui rapporte au nord les histoires malheureuses survenues aux gens du désert. Eux, ce sont des nomades, ils sont libres et ne peuvent supporter d'être possédés. Quand on les prive de liberté, ils deviennent fous et font le malheur. La leçon que la sagesse nous enseigne est simple : il faut aimer sans étouffer ! »

Mabrouk sentit que ses explications n'étaient pas convaincantes. Il lisait de la déception dans le regard de ses clients. Que faire ? Il décida d'aller consulter le grand charlatan de la ville, Achab, connu pour tout expliquer, tout savoir, tout voir, tout deviner, tout vendre, tout faire. Un homme baraqué qui prétend avoir été boxeur, champion du monde de lutte, trapéziste, marabout et surtout grand voyant. Il se définit lui-même ainsi :

« Je suis le charlatan le plus crédible et le plus proche de la vérité, simplement parce que j'ai beaucoup voyagé. J'ai vécu, j'ai inventé des choses, j'ai sauvé des vies, j'ai menti pour faire partir la tristesse, j'ai volé pour donner aux pauvres, j'ai escaladé des montagnes, j'ai coupé des arbres, j'ai marché dans la neige et j'ai même fait le pèlerinage à La Mecque ! Je n'ai aucune honte d'être un charlatan, je rends service et je joue cartes sur table. »

Dès qu'il vit Mabrouk il se moqua de lui :
« La souris vient à la montagne ! Quel bon vent t'amène ? Le vent d'Essaouira n'est pas mauvais, mais il faut se méfier, parfois il agit en traître, enfin, dis-moi ce que je peux faire pour toi...
– Je suis embêté, j'ai ouvert une petite boutique pour interpréter des rêves et dès le premier jour je suis tombé sur un cas particulier.
– Ah, ce qui t'amène c'est l'incompétence ! De quoi te mêles-tu ? Tu es un brave homme, un type plutôt gentil et même honnête et tu veux frayer avec les durs, les fourbes, les méchants, alors que tu n'es qu'un margoulin, un petit vendeur d'illusions. Laisse tomber, tu n'es pas de taille à t'occuper des rêves des autres. Tu n'y connais rien. Cela dit, que puis-je faire pour toi ? »
Mabrouk était à peine étonné :
« Qu'est-ce qui est brillant de loin et terne de près ? »
Achab cria sans même réfléchir :
« La gloire, mon cher, la gloire ! Il suffit de si peu pour qu'elle se transforme en cendre, en poussière, en sciure, en moisissure. Ceux qui ont de l'ambition le savent. Ils descendent dans leur mémoire à la recherche de l'astre qui brille, symbole du souvenir le plus beau, le plus excitant, celui qui reste inégalé. Quand ils remontent à la surface de la terre ou, si tu veux, quand ils descendent du ciel sur terre, tout leur paraît fade et éteint. Alors, mon ami, dis-toi bien que seule la gloire nous encombre de tant d'illusions. Va le dire à ceux qui ont fait des rêves sur la lumière étincelante et la tristesse de la déception. Et cesse de t'aventurer là où tu t'égares. Crois le vieux charlatan. Il a plus d'un tour dans son sac. »

Mabrouk retira la pancarte bleue, effaça « interprète vos rêves » et écrivit à la place « écrivain public ».

Un jour Achab vint le voir et lui dit :
« Le charlatan a des problèmes. Peux-tu m'aider ?
– Bien sûr.
– J'ai reçu une lettre d'une belle italienne ; elle s'était foulée la cheville et je l'avais remise en place. Elle était tellement contente de ne plus avoir mal qu'elle m'a envoyé un cadeau accompagné d'une lettre. Je voudrais que tu la lises et que tu lui répondes. Tu sais bien que je ne sais toujours pas lire et écrire. Alors, tu me donnes un coup de main et je te donnerai un peu de son cadeau. C'est de l'huile d'olive vierge. Tu vois, tu es plus utile en écrivain public qu'en interprète des rêves, et tu gagneras beaucoup d'argent si en plus tu écris quelques talismans pour venir en aide aux femmes qui cherchent à garder auprès d'elles leur mari.
– Comment ? Je ne suis pas un sorcier.
– Un écrivain est aussi un sorcier. Il suffit pour ça d'utiliser quelques prières et dits du Prophète. Les gens croient ce qu'on leur dit. Ils ont besoin d'être rassurés. Si je savais écrire, c'est le métier que j'aurais fait. Attention, il ne s'agit pas de donner du poison ou des herbes dangereuses. Non, tout est dans les mots, rien que les mots. Il faut suggérer, donner quelques pistes. Tu ne prends pas de risque, et puis les gens ont tellement besoin d'avoir un pied dans l'inconnu, tu sais, là où la raison ne fonctionne pas. Tu seras comme un médecin qui prescrit des béquilles. Voilà, des béquilles, c'est ça, tu les aideras à vivre, à avoir de l'espoir et peut-être que tes prières écrites avec de l'encre sépia auront de l'effet. Tout est possible à condition d'y croire. Notre religion interdit la sorcellerie, ça tu le sais. Achète de l'encre sépia, une plume en roseau, laisse pousser ta barbe, pas trop, il faut la tailler comme faisait le Prophète, mets-toi du khôl autour des yeux, comme le Prophète, ça impressionne et ça met en confiance, porte une djellaba blanche et munis-toi d'un chapelet. Je te ferai connaître. Je dirai aux

AMOURS SORCIÈRES

femmes que tu viens de rentrer du Sud, là où les grands *fqihs* berbères travaillent, je leur dirai que tu es le disciple de Moulay Omar, celui qui dénoue les sorts les plus durs, celui qui bouleverse des vies et qui bloque les portes aux djinns.

Quelques semaines plus tard, le nom de Mabrouk était connu de la plupart des femmes d'Essaouira. D'écrivain public, il était passé à un autre stade sans changer le panneau bleu : casseur de mauvais sort ; guérisseur ; conseiller conjugal ; écrivain de lettres d'amour, etc.

Depuis cette transformation, sa boutique ne désemplit pas. Ce qui ne l'empêche pas de proposer de temps en temps d'expliquer des rêves, rappelant que « le rêve d'un homme fait partie de la mémoire de tous ».

L'homme absent de lui-même

J'ai froid, ma peau colle sur les os, mes membres tremblent et j'en suis heureux. Je vis dans un petit village aux environs de Louvain. Le ciel est gris. Il pleut presque toute l'année. Il neige durant quelques semaines. Le chauffage est tombé en panne et je n'ai pas envie de le faire réparer. J'aime la sensation de froid, de sentir tout mon corps grelotter, et le frotter énergiquement pour qu'il se réchauffe un peu. J'ai ainsi, à tous les instants, la preuve que je suis vivant, que mon existence n'est plus fantomatique, que mes sens sont vifs. À présent, quand je me regarde dans le miroir, je suis rassuré : c'est bien mon visage qui grimace et qui sourit, c'est bien mon image qui se reflète dans cet objet qui ne me renvoyait qu'une absence, un vide, il y a de cela quelques mois.

Si aujourd'hui j'existe, que je ne doute plus de mon identité, c'est simplement parce que je suis aimé. Tous les jours, des yeux gris et tendres se posent sur moi et me redonnent vie. Évidemment, moi aussi je suis amoureux, mais cela peut n'avoir aucune conséquence si par ailleurs personne ne vous aime.

J'éprouve le besoin de vous raconter mon histoire, de vous convaincre. Mon rêve c'est de m'installer sur une place publique, à Marrakech ou à Fès, et faire de chaque auditeur un complice jusqu'à tomber sur un écrivain qui ferait de ma vie un conte. Je brûle de vous faire entrer dans mon ancienne demeure, cette vieille peau ayant enveloppé un corps qui avait tendance à s'absenter ou à se faire avaler par une femme, mon épouse, qui crut se débarrasser de moi en me niant et en me rendant invisible. Son indigestion lui a causé des complications physiques et psychiques. Depuis que j'ai quitté le foyer conjugal, son état de santé n'a cessé de se détériorer. On m'a dit qu'elle souffrait de constipation sévère, qu'elle s'était mise à fumer en vue de faciliter le transit. Non seulement elle se sent habitée, mais elle ne s'appartient plus. Elle est dépossédée de son énergie, de ses défauts, de sa méchanceté. J'avoue que je n'ai rien fait pour la soulager. Ce fut ma petite vengeance.

   À présent que j'ai retrouvé toutes mes capacités physiques et mentales, que j'ai pu reconstituer mon corps et mon visage, récupérant mes sens, mon humour et ma fantaisie, il ne me reste plus qu'une étape pour redevenir un être normal : mettre de l'ordre dans mes nuits, nettoyer le flux de mes rêves, qui ont tendance à se mélanger avec la réalité et à brouiller les pistes. Enfin, je suis heureux, heureux parce que j'ai froid, ce qui signifie que bientôt ma bien-aimée viendra en courant réchauffer mon cœur de sa présence. Elle poussera cette porte, enveloppée dans une tunique noire, elle sera nue sous sa robe de satin rouge cramoisi, se jettera sur moi et frottera son corps chaud contre le mien, me couvrira de baisers tout en me serrant fort dans ses bras, mettra son nez sous mes aisselles pour sentir l'odeur d'homme, léchera ma peau, et nous ferons l'amour dans l'exquise peur du danger, le terrible danger d'être surpris dans cette vieille cabane cernée par le froid et le silence de la mort.

   J'ai raconté mon histoire à un troubadour de passage en Belgique. Je me suis confié à lui sans bien le connaître. J'ai

peut-être été imprudent. Il m'a écouté tout en jouant de la flûte. À la fin, voyant la pâleur de mon visage, les petits tremblements de la main et du menton dus aux médicaments qu'on m'administre plusieurs fois par jour, il s'est levé, m'a serré dans ses bras et m'a murmuré dans l'oreille :
– Je te promets, j'écrirai ton histoire et j'irai la raconter dans les villes et villages du Maroc, je la dirai en arabe dialectal, en berbère, en français et même avec la gestuelle du mime. Ne crains rien, le message arrivera là où tu le souhaites. Adieu mon ami.

Deux amis traversent la place de France à Tanger et s'apprêtent à entrer au café de Paris. Bachir est médecin généraliste. Hassan est expert-comptable dans une société de porcelaine. Ce sont des amis d'enfance. Ils sont très différents. Le médecin est un bon vivant, un homme à femmes dont la devise est : « La vie est plus courte qu'on croit. » L'autre est angoissé, se ronge les ongles et se plaint tout le temps. Sa devise : « On ne change jamais. » Il y a longtemps que Bachir a renoncé à aider son ami à changer certains de ses comportements. Une moto roulant à toute allure a failli renverser Hassan. Bachir l'a tiré vers le trottoir, étonné que son ami n'ait pas vu venir la moto.
« Si, si, je l'ai vu, c'est lui qui ne m'a pas vu !
– Je t'ai sauvé la vie !
– Encore une fois tu m'arraches à la mort.
– Tu n'as toujours pas appris à nager ?
– J'ai appris à flotter sur l'eau, tu sais, comme les morts qui remontent à la surface.
– Si tu sais flotter, tu peux nager.
– Non. Je suis un cas. Quand mon corps flotte, ce n'est pas moi qui suis dedans, c'est quelqu'un d'autre, en tout cas c'est l'impression que j'ai. »

AMOURS SORCIÈRES

Ils s'installent autour de leur table habituelle et de lui-même, le garçon leur sert deux cafés serrés.

Bachir :

« Tu as l'air endormi, Mme Durant, notre prof de maths, aurait dit "absent" !

– Je ne suis pas du tout endormi, absent, peut-être... absent, sans doute.

– Qu'est-ce que ça veut dire ?

– Je vais utiliser une expréssion lue quelque part et qui s'applique parfaitement à mon état : "Un homme absent de lui-même, de l'histoire, de la vie, et de la mort."

– C'est trop pour un seul homme !

– Ne te moque pas. Je suis sérieux.

– Tu te souviens de ce que nous disait notre prof de physique, M. Pupier ?

– Oui, je sais : "Nous naissons avec quelques millions de battements de cœur et nous les dépensons selon notre rythme."

– Oui, mais si tu t'absentes de la vie, tes battements de cœur se ralentiront jusqu'à s'arrêter. Il disait aussi : "Un cœur qui bat au ralenti devient paresseux." C'est bon de lui faire faire des efforts, des exercices agréables.

– C'est ce que tu as fait hier, j'imagine.

– Oui, elle a vingt-deux ans, elle vient de divorcer et adore faire l'amour. Son mari l'a répudiée parce qu'il trouvait qu'elle était vicieuse, elle aimait trop ça. Elle a une langue magique. Certains hommes ont peur des femmes qui aiment trop le sexe. Et toi ?

– Moi, quoi ? Si j'aime le sexe, si je fornique avec de jeunes divorcées ? Non, depuis le temps qu'on se connaît...

– Ne te vexe pas, tu te souviens de la période où tu traquais ta belle-sœur ? Tu en étais fou, tu étais devenu méconnaissable, un autre homme, présent à lui-même, à l'histoire, à la vie, et à mille lieues de la mort...

– Tu veux parler de Sakina ? »

L'HOMME ABSENT DE LUI-MÊME

Il soupire :

« Ah, la belle Sakina, la superbe Sakina ! Et dire que ce nom veut dire "calme et sérénité" ! Je préfère le mot *sakine* qui veut dire "couteau" en dialecte. Enfin disons qu'elle m'a marqué terriblement.

– Elle t'a égorgé ! Enfin tu passes aux aveux.

– Elle était provocatrice. Son père l'avait compris très tôt et l'avait mariée l'année même de son bac. Il s'est débarrassé d'elle : avant c'était lui qui était responsable de sa vertu ; en la mariant, il a passé le relais à ce brave homme, un cousin par alliance je crois, qui l'a répudiée au bout d'un an. Il allait devenir fou. Aujourd'hui, on dit qu'elle s'est calmée, elle a épousé un homme d'affaires belge et vit à Louvain. Il est beaucoup plus âgé qu'elle.

– Tu es bien renseigné !

– Tu sais, depuis que je l'ai connue, je ne suis plus le même homme ; à l'époque, c'était une bombe sexuelle. Dès qu'elle entrait dans une pièce, tous les hommes perdaient leur calme, elle les déshabillait, je veux dire les déstabilisait. Elle avait un effet sur moi que je n'ai jamais retrouvé ni avec ma femme ni avec aucune autre. Sa simple présence me donnait des brûlures, je veux dire des érections. Je me retenais pour ne pas la toucher. Mon cœur battait très fort. Son corps dégageait un parfum qui faisait sur moi l'effet d'un aphrodisiaque puissant. Sa peau sentait bon, elle sentait les draps mouillés par l'amour et les larmes. Elle réveillait en moi quelque chose de profond et lointain, un autre être en moi, un autre homme qui sommeillait en moi, un homme sans inhibitions, sans complexes, un homme sauvage, un homme libre. Elle me faisait exister. Je rêvais de m'exciter, je veux dire m'*exiler* avec elle dans un pays lointain.

– Tes yeux brillent quand tu parles d'elle. Tu n'as pas l'air bien. Tu bafouilles. J'espère que tu n'es plus hypocondriaque.

– Quand on est hypocondriaque, c'est pour la vie ! Tu devrais le savoir, toi qui es médecin. Je ne suis pas hypo, mais nostalgico.
– Alors qu'est-ce qui ne va pas ? Sakina te manque ? Des comme elle, il y en a partout.
– Elle me manque tellement... Et mon corps m'abandonne, c'est ça, mes membres me trahissent, ils s'absentent, me font faux bond, je ne peux plus compter sur eux.
– Y compris "le patron" ?
– "Le patron", comme tu dis, se lève et cherche les lèvres de Sakina, la langue de Sakina, la salive...
– Arrête, tu me déranges...
– C'est toi qui as évoqué "le patron".
– Donc, tu es toujours amoureux d'elle ?
– Tu te souviens de ce qu'on disait quand on tombait amoureux ? On disait "je suis mordu".
– Aujourd'hui les jeunes disent "accro" ou *addicted* !
– Je préfère la morsure. C'est plus physique, plus parlant. Mon corps est plein de morsures, il y a des vides, des trous. Ce sont les traces de l'amour qui s'en est allé.
– Tu aurais dû faire comme moi : ne jamais tomber amoureux. Les filles viennent, on passe un bon moment, et puis on ne fait pas de discours...
– Et ta femme ? Tu l'aimes ?
– Oui, bien sûr, mais c'est un amour traditionnel ; elle se doute bien que je vois des filles, mais elle ne voudrait pas perdre la face en essayant de me surprendre. Elle ferme les yeux, ne veut pas savoir. C'est une forme d'intelligence. Un jour, une patiente qui cherchait à me nuire est allée lui raconter que mes fréquents voyages à Casablanca n'étaient pas que professionnels. Elle l'a envoyé balader. Il y a un équilibre à préserver dans une famille, je fais tout pour cela. Évidemment j'aime ma femme, je n'imagine pas la vie sans elle. Nous perpétuons la bonne vieille tradition.

L'HOMME ABSENT DE LUI-MÊME

– Mais tu la trompes tous les jours ou presque.
– Je ne suis pas amoureux des filles que je vois à la sauvette. Ces filles ne représentent aucun danger pour notre couple. La tromper, ce serait avoir une double vie, être amoureux d'une autre femme. Non, je vois des filles et je les oublie, parfois je ne leur demande même pas leur nom. Je te dis, c'est pour maintenir un certain équilibre.
– L'équilibre, je ne sais pas ce que c'est. Et si elle en faisait autant ?
– Non, c'est impossible. J'ai confiance en elle.
– Tu appelles ça l'équilibre !
– Arrête de me faire la morale. Venons-en à toi, que se passe-t-il ?
– Pince-moi s'il te plaît.
– C'est nouveau, ça ! Où veux-tu que je te pince ?
– À la main droite. Pince fort, je ne sens rien.
– Tu ne veux pas que je prenne une aiguille ?
– Prends ce que tu veux, mais j'ai besoin de vérifier quelque chose. »
Bachir lui serre la main. Pas de réaction.
« Je ne sens rien.
– Ta main n'est plus sensible.
– À présent, fais la même chose avec mon bras droit.
– Le mieux est que tu viennes consulter à mon cabinet ou que tu ailles chez notre ami Sellam, le rhumatologue.
– Non, pas la peine, je connais mon mal. En fait, je ne suis pas malade. Je suis en train de devenir invisible, plus précisément transparent.
– Tu te moques de moi !
– Non, pas du tout. Cela dure depuis un bon moment.
– Mais moi je te vois ! Tu as même pris un kilo ou deux depuis la fin du ramadan. Bon, qu'est-ce qui te fait dire que tu es invisible ?
– Ma femme ne me voit plus. Elle entre par exemple dans

la salle de bain, fait sa toilette, et ne se rend pas compte que j'y suis déjà.

— Tu le lui as fait remarquer ?

— Ce n'est pas la peine. Elle ne m'entend pas. Le matin elle se lève et ne me dit pas bonjour. Elle passe juste à côté de moi et fait tout comme si je n'étais pas là. Elle prépare le petit déjeuner comme si elle était seule. Elle s'habille, prend ses affaires et, en sortant pour aller au travail, ferme la maison à clé. Heureusement que j'en ai le double. C'est une drôle d'impression : être là avec le sentiment de ne pas être là !

— Elle te boude, c'est tout, quand elle ferme la porte à clé, elle sait pertinemment que tu as ton trousseau et que tu peux sortir. Elle est maniaque et pense que si elle ne ferme pas tout, on lui volera ses affaires.

— Oui, je t'assure qu'elle se comporte comme si je n'existais pas. Quand quelqu'un me demande au téléphone, je l'entends dire : "Il n'habite plus ici."

— Et le soir, comment ça se passe ?

— Je ne dîne jamais le soir. On se met au salon, elle regarde la télé puis, quand elle en a marre, elle l'éteint et va se coucher. Elle ne se demande pas si cette émission m'intéresse ou si j'ai envie de continuer à regarder la télé.

— Mais pourquoi ne pas avoir une discussion avec elle, te lever et changer de programme à la télé, lui faire savoir que tu es là, présent ?

— Je parle et elle ne réagit pas. Je suis en train de devenir non seulement invisible mais aussi inaudible.

— As-tu essayé de pousser un grand cri, le cri de Tarzan ?

— Non, j'ai fait mieux. L'autre jour, je me suis assis au milieu du salon, juste en face d'elle, j'ai retiré ma chemise, je l'ai imbibée d'alcool pur et j'y ai mis le feu. Elle n'a pas bronché. J'ai profité de la bouteille d'eau qui était à côté pour éteindre le feu. Une autre fois je me suis mis à marcher sur les mains, la tête à l'envers. Elle n'a même pas ri.

L'HOMME ABSENT DE LUI-MÊME

– Si tu es vraiment invisible, mets-toi devant la télé quand elle regarde ses émissions. Tu verras qu'elle réagira.
– Il faudra que j'essaie.
– Et au lit, vous faites l'amour ?
– Cela fait plus d'un an qu'on ne se touche plus.
– Vous faites chambre à part ?
– Non, l'appartement est petit. On est obligé de dormir dans la même chambre. Parfois je dors dans le salon, mais c'est très inconfortable.
– Pas de caresses, pas de gestes affectueux entre vous, rien, même pas un petit "bonne nuit" ?
– Non. Elle dort et prend toute la couverture. Parfois elle se met en travers du lit. J'ai ses pieds sur mon ventre. Elle ne doit pas le savoir. Je suis creux.
– Et "le patron" ne se manifeste pas ?
– Si, je fais des rêves érotiques où il se déchaîne, des choses plutôt pornographiques.
– Et la famille de ta femme ?
– L'autre jour, ses parents, ses trois frères et sa sœur ont débarqué à la maison ; c'est moi qui leur ai ouvert la porte. Personne ne m'a salué. Ce n'est pas de leur faute, ils ne me voyaient pas. Ils pensaient que la porte s'ouvrait automatiquement.
– C'est dans ta tête que ça se passe. Il faut consulter le docteur Hakim, c'est un bon psychiatre.
– J'y ai pensé, mais je n'en ai pas besoin, car je sais tout, je vois tout, j'analyse tout. Si je suis devenu invisible, c'est en grande partie de ma faute, je n'ai pas su imposer ma présence quand il le fallait, j'étais entièrement accaparé par Sakina ; quand ma femme s'en est rendu compte, elle m'a avalé. Maintenant c'est trop tard. Je ne suis plus dans son champ de vision.
– Et tu voudrais y être ?
– Non, je ne crois pas.

– Tu y prends du plaisir ?
– Disons que ça m'arrange.
– Dans quel sens ?
– Ma femme est petit à petit devenue une ennemie. Elle a fait tout pour me contrarier, pour me créer des problèmes, elle s'est vengée ainsi. Le point culminant de sa vengeance a été de m'avaler. Voilà comment je suis devenu invisible.
– Je ne te comprends pas, tu m'as souvent parlé d'elle en des termes élogieux.
– Oui, je ne voulais pas reconnaître qu'il y avait une petite guerre civile à la maison. Cela a duré plus de deux ans, jusqu'au jour où elle a décidé que je n'existais plus.
– Et toi, tu as obéi comme un petit chien ! Tu as joué son jeu.
– Je n'ai pas obéi, j'étais curieux de savoir jusqu'où elle était capable d'aller.
– Tu t'attendais à ce qu'un jour elle ramène un homme à la maison et s'envoie en l'air devant toi !
– Non, elle n'est pas infidèle. Elle dépense son énergie à me faire disparaître en douceur. C'est sa façon de réagir, de me faire mal. Elle a dû consulter un de ces charlatans qui lui a donné une poudre ou une herbe à l'effet magique.
– Tu ne crois pas à ces absurdités ?
– Moi, non, mais elle oui. Un jour, j'ai surpris une discussion au téléphone entre elle et sa mère ; elles se parlaient par codes utilisant souvent le mot *"toutia"*, un mot inventé pour désigner la sorcellerie.
– Elle a dû être profondément blessée pour qu'elle se venge de la sorte.
– Probablement. Sakina !
– Tu n'aurais pas pu avoir une histoire discrète avec sa sœur ?
– Oui, mais mes sentiments m'ont trahi. Elle me faisait l'effet dont je t'ai parlé et ça se voyait tout de suite, je per-

L'HOMME ABSENT DE LUI-MÊME

dais mes moyens dès que je la voyais. Quand elle était mariée et se disputait avec son mari qui la battait, elle venait se réfugier chez nous. Elle dormait dans le salon. Ma femme prenait systématiquement des somnifères. Dès qu'elle tombait dans un sommeil profond, je me levais sur la pointe des pieds, j'allais dans la cuisine et je mettais l'interrupteur général de l'électricité sur "arrêt". Je me dirigeais ensuite dans l'obscurité vers Sakina, j'étais guidé par mes instincts et je la consolais.

– Pourquoi tu débranchais la lumière de la maison ?

– C'était par prudence, au cas où ma femme se lèverait ; l'obscurité me protégeait.

– Je n'y avais pas pensé. C'est une bonne astuce.

– Tu sais, faire l'amour avec Sakina à dix mètres de mon épouse m'excitait énormément.

– Comment a-t-elle découvert ton manège avec sa sœur ?

– Mon corps me trahissait : dès que Sakina était dans la maison, je changeais, j'étais souriant, heureux. Ma femme remarquait que cette présence me transformait et surtout faisait de moi un homme qu'elle ne connaissait pas. D'où la décision de se venger et d'annuler ce corps.

– Mais Sakina est partie.

– Oui, elle est partie, mais je vis dans son souvenir. Tu comprends, j'ai été tellement heureux avec elle, j'ai connu l'amour, la beauté, la lumière, la grâce, le danger, les frissons de l'amour volé, clandestin... Tout ce que ma femme n'a pas su me donner. Pour elle c'est une blessure qui ne disparaîtra jamais. Elle est jalouse et rancunière.

– Tout ça dans l'obscurité ?

– Non, on se retrouvait chez sa grand-mère aveugle, dans une petite maison à la médina.

– La grand-mère ne se rendait compte de rien ?

– Non, elle perdait la mémoire.

– Et ta femme, comment réussit-elle à te rendre invisible ?

— En ne me voyant pas, en se persuadant que je ne suis pas là. Elle a dû elle aussi prendre une poudre pour ne plus me voir.

— Mais il faut réagir, faire quelque chose... Et si toi aussi tu faisais comme si elle était invisible ?

— J'essaie, mais je sens que je suis bloqué. De toute façon, je suis considéré comme mort ou disparu.

— Comment ça ?

— En cherchant l'autre jour un document dans son tiroir, je suis tombé sur une attestation de décès, signée par l'officier de l'état civil délégué, un certain Mohamed Lamsaroui : je suis mort le 4 février 2000 à 16 heures.

— Il y a exactement un mois. Tu m'inquiètes, tu es sérieux ?

— Non, c'était l'attestation de décès de son père, il s'appelait aussi Hassan. Mais durant quelques secondes, c'est mon nom que j'ai lu.

— Tu n'es pas mort ! Tu es juste parano.

— Je ne suis pas mort puisque je suis là, mais est-ce que je suis vivant ?

— Le mieux est que je parle avec ta femme ; je suis tout de même ton meilleur ami.

— Elle te dira que je suis parti, que j'ai quitté le domicile conjugal, parce que je suis devenu fou. Elle ajoutera que je raconte n'importe quoi, elle saura te convaincre que je n'ai plus ma tête, qu'elle ne sait pas où je suis, elle te demandera de l'aider à me rechercher et à m'interner. Elle a peut-être raison, je suis devenu l'homme absent de lui-même, je suis vidé, je suis comme une coquille vide, je pense encore, mais pour combien de temps ? Tous les matins je me demande si cette absence à la vie a été programmée ou bien si je suis simplement victime de ma lâcheté et du désir fou de Sakina...

— Prends la fuite ! Ne reste plus dans cette situation rocambolesque ; si tu t'en vas, ta femme ne s'en rendra même pas compte, puisque pour elle tu n'existes pas ou tu es déjà parti.

– J'y pense de plus en plus ; j'ai fait mon testament, j'ai réglé mes dettes, j'ai rangé mes affaires dans un coin et j'ai déposé au consulat de Belgique une demande de visa. Le mari de Sakina a besoin d'un expert-comptable. »

Ainsi disparut Hassan. Aucun avis de recherche n'a été publié dans la presse locale.

DEUXIÈME PARTIE

Amours contrariées

Ils s'aiment

J'avais rendez-vous avec Omar au café de la Résistance, face à la gare. On avait décidé de faire le voyage ensemble pour discuter de nos interventions au colloque sur la poétique dans l'œuvre de Kateb Yacine, le grand romancier et poète algérien. Il a toujours été un sujet d'étude, mais depuis qu'il est mort on dirait qu'on lui trouve plus de talent qu'avant. Quoi qu'il en soit, Kateb Yacine reste notre meilleur écrivain. Quand je pense à lui, je me rappelle l'anecdote qu'il m'avait racontée un matin d'avril 1984 dans un bar du dix-huitième arrondissement de Paris. Il s'agit de son retour en Algérie en 1973, après une longue absence. Il rencontre un paysan de Sidi Bel Abbes qui lui demande :
« Tu es écrivain ?
– Oui, répond Kateb, c'est même mon nom, je suis *kateb*, celui qui écrit. »
Alors le paysan le prend par le bras et lui intime l'ordre de s'asseoir :
« Puisque tu es écrivain, assieds-toi et écoute-moi ! »
Cela n'a rien à voir avec l'histoire que je m'en vais vous raconter, mais j'aime bien Kateb et son paysan.
Un colloque de plus ! Le fait qu'il devait se dérouler au Club Méditerranée de Marrakech nous amusait. Discuter du meilleur écrivain francophone du Maghreb dans un club de vacances est une idée saugrenue. Il serait venu pour faire un

scandale, une sorte de provocation entre le politique et la poésie, une saine colère contre l'ordre établi, que ce soit celui de l'université ou celui de la francophonie, cette « gueule du loup » où il s'était engouffré en 1945, juste après le massacre de Sétif. Je me souviens aussi de Kateb à Hydra, où Melina Mercouri et Jack Lang avaient réuni des écrivains de la Méditerranée. C'était au printemps de 1982. Kateb avait trop bu. Il se leva et fit l'éloge de Staline. Certains riaient, d'autres étaient gênés, ne lui connaissant pas ce côté provocateur. Melina le suppliait se taire et lui en rajoutait.

Omar est arrivé accompagné d'une jeune femme élégante, souriante et surtout d'une beauté lumineuse. Je ne l'avais jamais vue. Mon collègue était très discret sur sa vie, évitait les plaisanteries graveleuses quand on se retrouvait dans la salle des professeurs, ne faisait pas de commentaires sur ses étudiants, mais était intarissable sur les contes des *Mille et Une Nuits*, auxquels il avait consacré une excellente thèse de doctorat. Quand il me présenta la femme qui lui tenait le bras, je sentis que nous n'allions pas parler que de littérature. La femme eut un moment d'étonnement puis dit :

« Ah, c'est vous ! Je m'appelle Assia, mais Omar m'appelle Asia depuis notre premier séjour en Chine. »

Assis face à moi dans le compartiment, ils se tenaient par la main comme de jeunes amoureux. Omar avait à l'époque la cinquantaine bien installée et Asia devait avoir quatre ou cinq ans de moins que lui.

Très courtois, parlant à voix basse, il était aux petits soins pour elle. De son côté, elle répondait avec humour et tendresse à ces gestes. De temps en temps, elle portait à ses lèvres la main d'Omar qu'elle ne lâchait pas et la baisait. Quelques instants après c'était lui qui renouvelait le baiser de la main. Entre deux phrases, ils se disaient des mots tendres :

« Quel bonheur d'être à tes côtés en cette belle journée !

– Quelle joie que tu aies accepté de m'accompagner à Marrakech, ville que tu aimes moyennement ! Je suis certain que mon intervention sera bien accueillie grâce à ta présence.
– Tu te sens bien, ma chérie ? »
Elle fermait un instant les yeux et murmurait comme dans une confidence :
« Je suis bien.
– Mais que serai-je sans toi ?
– Une ombre sans vie...
– Mon amour pour toi est aussi grand que l'immensité de mes rêves !
– Moi je t'aime depuis le premier jour et je n'ai jamais cessé d'éprouver pour toi ce sentiment merveilleux qui me remplit, me comble et me donne de la vie !
– Mon amour, tu exagères !
– Ce n'est pas moi qui exagère, c'est mon amour pour toi qui est grand et qui trouve les mots assez pâles pour l'exprimer. »
Après un silence, elle lui fit remarquer :
« On dérange ton ami.
– Le bonheur ne fait pas de mal, il est même contagieux. »
Il s'excusa ensuite de s'être laissé aller à ces mots doux en public, puis insista sur l'envie qu'il avait de communiquer son bonheur aux autres :
« Tu sais bien, mon ami, dans notre société, ce genre d'épanchement est proscrit par une sorte de pudeur qui ressemble à de la censure, ou pis encore, une pudeur basée sur le vide. Les gens n'osent pas s'avouer qu'ils s'aiment, en revanche ils ne se gênent pas pour étaler en public leurs différends, ou ne prennent même pas la précaution de fermer la fenêtre quand ils se disputent à domicile. Nous nous sentons, Asia et moi, des étrangers dans notre propre pays, n'est-ce pas, l'amour de ma vie ? »

AMOURS CONTRARIÉES

J'écoutais ces déclarations et je me demandais : « C'est quoi ce cinéma ? certes je ne connais pas bien Omar, c'est un bon collègue de la faculté et aussi un bon cinéphile, mais je ne savais pas qu'il était si sentimental. » J'avais envie de lui dire que moi aussi je me sentais étranger, mais pas dans mon pays, seulement dans mon foyer ! Comme par masochisme, je me souvenais de la dernière discussion avec ma femme, cela ressemblait à une montée d'acidité dans l'œsophage : « Où as-tu caché la télécommande de la télé ? » cria-t-elle.

J'étais en train de préparer mon cours sur Montaigne et voilà qu'elle surgit dans mon minuscule bureau comme une furie pour réclamer un truc dont je ne me sers presque jamais.

« Où l'as-tu cachée ? C'est ça, tu veux me faire rater mon feuilleton, pour te venger, c'est ça. Tu n'es qu'un minable, un pauvre type, un faux jeton qui se cache derrière les livres ! »

Cela faisait longtemps que j'avais décidé de ne jamais lui répondre ni tenir compte de ses insultes. Notre vie était devenue plate, étroite, bref d'une grande médiocrité. Nous ne faisions aucun effort pour nous ménager l'un l'autre, nous ne nous respections plus. Une limite avait été dépassée. Une question, même simple, était perçue comme une agression, une provocation. Rien n'était simple. Plus rien n'allait entre nous. La dégradation des liens était lente et irrémédiable. Dans la société où nous vivons, ce genre de faillite est fréquent. On n'en parle pas, on dissimule les choses, on soigne certaines apparences, puis la vie continue. Il m'est difficile de vous dire comment et pourquoi nous en sommes arrivés là. Le fait est que nous ne nous entendons plus, que nous n'avons plus aucun centre d'intérêt commun, que nous faisons chambre à part ou, plus précisément, moi je dors dans le salon sur un matelas dur et inconfortable et lui laisse la chambre à coucher pour elle toute seule. Quant à nos

ILS S'AIMENT

enfants, ils sont mariés, vivent leur vie avec certainement plus d'élégance que nous.

Je la laissai hurler, réclamant cet objet avec une nervosité hystérique. Je m'étais interdit de lui répondre, d'entrer dans son jeu sadique, car la recherche de cette télécommande n'était qu'un prétexte pour déclencher une nouvelle dispute où j'allais de nouveau entendre le catalogue de ses griefs, allant de l'absence de tendresse entre nous jusqu'à mon refus de fêter les anniversaires de ses sept sœurs étalés sur l'année, me rappelant le manque de considération que j'avais à l'égard de ses nombreux frères vivant avec des problèmes inextricables, me reprochant de passer plus de temps avec mes livres qu'avec elle ou avec nos enfants...

Au bout d'un moment, je me suis levé pour chercher un ouvrage de linguistique. Elle se précipita sur moi et me fit sortir du bureau pour que je lui cherche cette maudite télécommande. Sans dire un mot, je me dégageai et avançai sans me presser en direction du meuble où était posée la télé, je la débranchai, j'ouvris ensuite la fenêtre du salon donnant sur la cour, je regardai bien si personne n'y passait, je revins vers la télé, je la pris sans dire un mot, ma femme fut interloquée, elle ne savait pas ce que j'allais faire, elle attendait en m'observant, n'en croyant pas ses yeux, et surtout elle était surprise par mon calme et ma détermination; j'avançai péniblement avec l'appareil entre les bras, me dirigeai vers la fenêtre et le lâchai dans le vide. Un bruit sec et magnifique. Un bruit de liberté et de joie intérieure. Un bruit que je réentends souvent et qui me tient compagnie. Ah, cet appareil qui s'écrase contre le sol, se brisant en une dizaine de morceaux! Cette boîte à images devrait s'éteindre toute seule quand l'abrutissement des gens arrive à son maximum ou simuler une panne, parce que trop c'est trop! Cette chute, quel superbe spectacle, bref et intense! Un geste gratuit, un geste de liberté qui en disait long sur ma souffrance intérieure. Je refermai la fenêtre et retournai à mon bureau reprendre l'analyse du chapitre premier du Livre II des Essais dont le titre m'enchantait : *De l'inconstance de nos actions*. J'ai attendu la nuit pour faire le ménage dans la cour. Je fermai la porte à clé et mis des boules Quies dans les oreilles. J'imaginais qu'elle pleurait.

J'eus envie de raconter cette histoire au couple amoureux, mais pourquoi gâcher leur lune de miel ? J'étais dans mes pensées quand j'entendis Omar me dire :
« Au fait, pourquoi ta femme ne t'accompagne pas ?
– Ma femme ? Ma femme...
– Tu n'es plus marié ?
– Hélas je suis toujours enchaîné à cette femme qui déteste la littérature, les livres, les bibliothèques et n'aime que la télé.
– Tu n'exagères pas un peu ?
– À peine.
– Moi, je ne conçois pas un déplacement sans Asia. Elle illumine tout ce que j'entreprends. Tu n'as pas idée de la chance que j'ai. Je me sens protégé par son regard, par sa présence. Quand je fais une conférence, j'ai intérêt à être bon, car elle m'écoute, je crains sa critique et j'aime en même temps qu'elle critique ce que j'écris. Tu te rends compte de cette chance ?
– Oui, je m'en rends bien compte. C'est normal. Asia, j'imagine, ce n'est pas ta femme, c'est ta maîtresse ? »
Omar et Asia furent pris d'un fou rire.
« Asia, ma maîtresse ? Oui, c'est ma maîtresse, ma femme, mon épouse, ma moitié, mon rayon de soleil, mon amie, elle est tout ça et plus.
– Omar est mon meilleur ami et complice, c'est l'homme de ma vie et je sais que je suis la femme de sa vie. Nous sommes liés à la vie à la mort, pour le meilleur et pour le pire.

ILS S'AIMENT

– Oui, pour le pire aussi, et nous sommes bien placés pour le savoir...
– Et cela dure depuis combien de temps ?
– Depuis vingt-deux ans, trois mois, une semaine et quatre jours ! »
J'eus envie de me lever et d'aller tirer sur la sonnette d'alarme. Faire arrêter le train et faire constater aux machinistes, aux contrôleurs et aux voyageurs un phénomène extraordinaire : de l'amour qui a survécu aux vicissitudes de la vie quotidienne ! C'est un événement qui mérite une sonnette d'alarme. Mieux, j'aurais aimé les filmer, les photographier, faire une thèse sur leur histoire, la publier dans la rubrique « Science-fiction », la narrer comme un merveilleux conte des jours et des nuits... Faire une tournée de conférences en me basant sur leur expérience, démontrer, preuve à l'appui, que la Lune et Mars peuvent se rencontrer et produire du bonheur...
– Depuis vingt-deux ans ! Vingt-deux ans de mariage, de vie commune, de vie quotidienne et puis cette fraîcheur, cette jeunesse, cet amour qui se dit et se voit dans vos yeux ! C'est un miracle, c'est exceptionnel, comment avez-vous fait pour échapper à la lassitude, à l'usure, à la monotonie ? C'est quoi votre formule, votre secret ?
Ils se regardèrent amoureusement puis Omar me dit :
« C'est une longue histoire.
– Si vous êtes restés ensemble c'est parce que vous avez des enfants ?
– Non, pas d'enfants, pas de prétextes, nous sommes ensemble parce que nous le désirons de tout notre cœur. Il n'y a pas de mystère, nous sommes ensemble parce que nous nous aimons. C'est aussi simple que ça.
– Oui, ça je le sais, je l'ai assez remarqué. Mais quel est votre secret ?
– La vie.

– La vie et ses épreuves, ajouta Asia.
– Donc pour maintenir vivant un amour, il faut qu'il traverse des épreuves difficiles et qu'il en sorte vainqueur !
– Oui, en principe. Car il arrive que des épreuves cassent le lien. Il suffit de devoir affronter une situation dramatique pour que tout se brise. Le couple peut ne pas résister aux épreuves.
– Je vous pose la question parce que mon couple n'a pas manqué d'épreuves et il ne vaut pas un clou sur le marché des sentiments. Au contraire, chaque fois que j'ai eu des problèmes, d'ordre professionnel ou de santé, ma femme prenait la fuite ou même en profitait pour me compliquer les choses et m'enfoncer. Je me souviens qu'un jour j'attendais des résultats d'analyses pour savoir comment évoluait mon hépatite. J'étais assez angoissé et déprimé, or elle a choisi ce moment-là pour me menacer en ces termes :
"Si jamais on découvre que tu as le sida, je te ferai traduire en justice ; je t'empêcherai de voir les enfants ; je te casserai !"
– C'est de la méchanceté.
– Ou de l'inconscience, dit Asia.
– Pour moi c'est de la haine, c'est l'amour qui n'existe plus, c'est l'amour qui a déserté notre couple et la sécheresse a pris sa place, ou bien c'est l'amour déserté qui se venge.
– Il doit y avoir une raison pour ça !
– Oui et non. Je pense que le problème est ailleurs. C'est une question culturelle. J'ai épousé une fille issue de famille modeste, de braves gens, comme on dit, avec une semi-culture, avec des préjugés, des complexes, des frustrations. Je m'en suis rendu compte trop tard. On avait déjà deux enfants et puis j'ai manqué de courage à l'époque où j'aurais pu arrêter cette relation merdique. Attention, ce n'est pas parce qu'elle vient d'un milieu modeste que tout a

foiré entre nous. Notre incompatibilité aurait dû se manifester plus tôt. Peut-être que j'étais aveugle ou je ne voulais pas voir les choses en face. J'étais tombé amoureux de ses yeux, de sa belle chevelure, de son élégance physique – grande de taille –, de ses silences attentifs... »

Le train s'arrêta un bon quart d'heure, ce qui permit aux vendeurs ambulants d'y monter et de proposer un tas de choses : des boîtes de Kleenex, des briquets, des perroquets qui parlent, d'autres qui chantent, des cigarettes au détail, des sandwiches au poulet, d'autres au thon, des calendriers avec la photo de La Mecque, des étuis pour téléphones portables, des fèves à la vapeur, des œufs durs, des savonnettes, de la crème à raser, des stylos, des verres en plastique, des colombes qui s'embrassent... Et des mains de mendiants tendues. Certains exhibaient des ordonnances de médecin, d'autres la photo d'un petit garçon malade et qui a besoin d'argent pour une opération chirurgicale...

En observant ce cirque de la misère, nous n'avions plus envie de parler de nos histoires d'amour et de haine. Ce Maroc-là nous fait mal, on dit que c'est le résultat de plusieurs années de sécheresse, c'est aussi le résultat d'inégalités criantes, d'injustice sociale.

Lorsque le train redémarra, Asia se pencha sur moi et me dit :

« Si votre femme vous empoisonne la vie c'est que vous l'avez blessée, vous lui avez certainement manqué de respect, quelque chose d'essentiel s'est brisé définitivement entre vous, alors il reste les récriminations, le ressentiment, les plaintes et les reproches. Il vaut mieux vous séparer, si je puis me permettre un conseil...

– Je suis de votre avis, mais à mon âge tout est si difficile, si compliqué, je n'ai pas la force, pas le courage d'engager une guerre avec cette femme. Elle est primaire et archaïque, elle est blessée et réagit comme un animal blessé. Au début je lui parlais, je lui expliquais les choses, je me montrais très compréhensif. Elle refusait tout. Ce n'est pas une personne qui dialogue. Elle est adepte du fait accompli. Un jour elle arrive et m'apprend qu'elle a changé l'école des enfants parce qu'elle s'est disputée avec le directeur de l'établissement. En les inscrivant dans une école privée, je me trouvais dans l'obligation de faire des heures supplémentaires pour joindre les deux bouts. Un autre jour, elle m'annonce que nous passerons l'été dans une maison qu'elle a louée dans le Haouz, l'arrière-pays de Marrakech, là où il fait quarante degrés à l'ombre. Elle a déjà versé des arrhes ; trop tard pour annuler ce projet. Elle me met souvent dans la situation où je n'ai plus rien à dire. En fait notre couple a échoué parce qu'elle a décidé que je n'existais plus ; ce fut sa tactique, sa vengeance. Cela dit, je ne crois pas que mon couple soit une exception, c'est bien le vôtre qui me paraît en être une. »

Le train s'est arrêté de nouveau. Il n'y avait pas de gare. On entendit des machinistes parler. Le contrôleur nous dit qu'une vache est sur la voie et qu'elle refuse de s'écarter :

« On essaie de la déloger mais elle résiste ; je ne savais pas que les vaches connaissaient le suicide ; elle a dû être maltraitée par son propriétaire et a voulu mettre fin à ses maudits jours, ça arrive, il n'y a pas que les humains pour en avoir assez de la vie, certains animaux tombent en dépression, oui, c'est mon neveu vétérinaire qui me l'a affirmé, il a étudié en Russie, là-bas la dépression est aussi fréquente que la migraine, elle touche tout le monde, même les arbres ! »

La vache finit par sortir de la voie et le train reprit sa route. Omar, songeur, la main droite dans la main gauche de sa femme, se mit à raconter son histoire :

ILS S'AIMENT

« La dépression ça arrive, ça ne prévient pas, c'est comme la passion, c'est comme une maison qui s'écroule sur vous et vous ne bougez pas, vous n'essayez pas de vous dégager, de repousser les grosses pierres qui vous font mal, de sortir la tête de dessous les décombres pour respirer et vous sauver. C'était le 8 février 1991, j'étais assis dans le fauteuil bleu, je venais de lire les journaux, je devais aller à l'université, je savais qu'il fallait m'habiller, prendre mon cartable et me diriger comme d'habitude à la faculté des lettres, mais j'étais incapable de bouger, mon corps n'obéissait plus à mon cerveau, j'étais collé à ce fauteuil, je ne faisais même pas l'effort de me lever, je savais d'instinct que quelque chose me condamnait à rester là, dans cette position et à ne rien faire, à ne rien dire. Asia était partie à son cabinet, elle avait une affaire délicate à plaider ce jour-là. Je n'ai pas bougé, le journal qui était entre mes mains est tombé de lui-même, j'avais la tête penchée en avant, je respirais normalement, je ne pensais plus, mon cerveau s'était vidé, ma volonté s'était absentée et je ne réagissais pas. À un certain moment j'eus envie d'uriner, tout naturellement, j'urinai dans mon pantalon comme un vieillard incontinent, un handicapé qui aurait perdu toute son autonomie. Je sentais l'urine chaude inonder mes cuisses puis mes jambes ; je ne faisais rien pour l'éviter. Je me suis assoupi. J'étais lourd et je n'avais aucune force en moi. Dans ces moments-là, on ne se pose pas de questions. On attend, on ne sait pas ce qu'on attend, et on a l'impression que ça peut durer des années. Ce fut l'unique idée qui traversa mon esprit, une sorte de certitude, j'étais parti pour une immobilité de plusieurs mois et années. Le soir, quand Asia est rentrée, elle a poussé un cri d'horreur, croyant que j'étais mort d'une crise cardiaque. Elle s'est jetée sur moi, j'avais la bouche ouverte, je bavais, elle mit sa tête contre mon cœur et fut à moitié rassurée. Elle essaya de me parler, de me ranimer. Au fond de moi je me disais : "Allez, bouge, fais-lui plaisir", mais rien ne se passait. Le médecin, un ami, dit tout de suite : "C'est une dépression. Ce n'est pas un malaise passager, c'est une maladie grave qui se soigne avec le temps, la patience et la présence."

Asia et le médecin me transportèrent dans notre chambre et je m'endormis profondément plusieurs jours. Chaque fois que j'ouvrais les yeux, il y avait le visage lumineux d'Asia qui se penchait sur moi. Cela a duré dix-huit mois. Je n'avais envie de rien et je sentais que je n'avais besoin de rien. J'étais passé de l'autre côté de la vie et je me voyais en train de dépérir lentement comme quelqu'un d'étranger au monde, étranger à lui-même, je n'étais plus du monde des vivants, des désirants, des combattants, j'étais vidé de tout. Il m'arrivait d'ouvrir un livre qu'Asia me mettait entre les mains, un de ces livres que je relisais avec plaisir dans le temps. Je m'efforçais de lire et il arrivait quelque chose d'extraordinaire qui ne me choquait même pas : les mots disparaissaient au fur et à mesure que mes yeux les lisaient. Je vidais les pages, je les rendais blanches par le seul fait de les lire, mais je ne comprenais rien de ce que mes yeux balisaient. Un phénomène analogue se produisait quand Asia me tendait un miroir : je ne voyais pas mon image ; il y avait une forme, mais vide, c'était comme un tableau de Magritte. Parfois il me semblait reconnaître le visage de Borgès ou de Romain Gary. Plus tard, je comprendrai pourquoi ces deux hommes hantaient mon miroir : le premier parce que c'était un farceur, un brouilleur de pistes, le second parce qu'un jour une jeune femme me prit pour lui dans une rue déserte. Elle était persuadée qu'il était revenu ou qu'il ne s'était jamais suicidé. Sachant ma passion pour le cinéma d'Orson Welles et de Fritz Lang, Asia m'installait devant la télévision et me passait un de leurs films. Je regardais mais je ne voyais rien, ou plutôt je voyais des images se succéder et je ne faisais pas le lien entre elles, je ne pouvais pas suivre l'intrigue ni même me rendre compte de la qualité de la mise en scène, alors je m'endormais, je fermais les yeux. Je ne racontais rien à Asia parce que j'oubliais tout immédiatement. J'étais devenu un sac de pierres promis à d'autres pierres. Sans la présence, la patience, l'intelligence du cœur et de l'esprit d'Asia, je n'aurais pas survécu. Cette épreuve nous a révélés à nous-mêmes. Nous savions que nous nous aimions, mais grâce à la dépression nous avons pu mesurer la qualité, l'immensité de notre amour. »

Après un moment de silence où je remarquai que les yeux d'Omar étaient humides, Asia mit sa tête contre son épaule et dit :
« C'est une épreuve que je ne souhaite à personne. Il faut une force formidable pour résister, pour lutter contre cette noirceur qui creuse son lit dans ton propre corps jusqu'à en faire ta tombe. La dépression c'est la mort qui devient paresseuse, c'est la maladie de cette mort qui occupe tout, le corps, l'âme... Après on se pose des questions, on se demande d'où ça vient, pourquoi c'est arrivé... Il faut chercher dans les profondeurs de l'âme, dans les arcanes de l'inconscient. Pour cela on n'y arrive pas seul, il faut un accoucheur, une bonne écoute, mais cela ne suffit pas. Omar a décidé d'écrire, de creuser un peu plus le sillon de l'enfance et de la famille. L'écriture c'est comme une thérapie... »
J'eus envie de leur dire : « En fait vous vous aimez parce que la mort a failli vous séparer ! » Mais je renonçai à faire ce genre de commentaire. Ils s'aimaient simplement parce qu'ils avaient eu la chance dès le premier jour de tomber sur la complicité idéale qui unit deux êtres de manière forte. La dépression a peut-être révélé la puissance de ce lien, mais même sans cette épreuve, ces deux êtres se seraient aimés

avec autant de force. Leur amour n'a pas été détourné de son chemin par d'autres affections comme celles qu'on ressent pour les enfants ou pour d'autres membres de la famille. Chacun est resté à sa place. Cet amour est basé sur la gratuité absolue, le don réciproque non programmé.

Asia me dit qu'elle aimerait bien rencontrer ma femme et écouter sa version des choses. Je n'avais aucune envie de la lui présenter. Elle se mettrait dans une colère noire et me reprocherait d'étaler nos problèmes devant des étrangers.

« J'essaierai, mais je sais qu'elle n'aimerait pas parler de ça, d'autant plus qu'elle pense que c'est passager, elle croit qu'un jour je lui reviendrai et je suis certain qu'elle consulte de vieux charlatans qu'elle charge de me jeter le sort qu'elle choisit pour nous. Comme je ne crois absolument pas à la sorcellerie et autres pratiques, je ne crains rien, je suis hors d'atteinte, sauf si elle me fait avaler des herbes toxiques, ce qui arrive fréquemment dans la campagne. Les gens meurent subitement et on décide que c'est leur destin, alors qu'ils ont été empoisonnés par des trucs préparés par des sorciers. Le plus dur c'est que nous n'arrivons plus à nous parler. Lorsque je critique ses comportements qui me paraissent irrationnels, elle ne s'énerve même pas, elle me regarde et dit sur le ton de la pitié :

"Ce n'est pas toi qui parle, c'est l'autre en toi, celui qui est habité par le mauvais sort jeté par tes ennemis !"

– Mais ce n'est pas une vie ! Faire attention à ce qu'on mange parce qu'on soupçonne son conjoint d'avoir recours à la sorcellerie, être suspecté chaque fois qu'on parle, c'est dur...

– Oui, mais je fais avec. Je suis fatigué. Je m'enferme dans mon bureau et je lis, c'est mon plaisir, ma joie, ma belle solitude. »

ILS S'AIMENT

J'étais dans mes pensées quand Omar me donna une petite tape sur l'épaule :

« On est arrivé ! La lumière de Marrakech est unique au monde, elle est merveilleuse, c'est dommage qu'elle soit parfois accompagnée de grosses chaleurs. »

Après le colloque, Omar et Asia partirent faire une virée dans les premières dunes du Sahara. Je retournai à Casablanca en autocar. Le voyage était long et pénible. En arrivant à la gare routière, je pris un taxi et lui demandai de me laisser à l'hôtel Fane. La chambre sentait le moisi. Le ménage n'avait pas été bien fait. Le papier peint se décollait par endroits. Je repris ma valise et partis chez mon frère, qui était ravi de me voir. Quelques jours plus tard, je louai un petit appartement à côté de la faculté des lettres ; je profitai d'un moment où ma femme était dehors et déménageai une partie de ma bibliothèque. J'ai pris les livres essentiels, ceux nécessaires pour le travail, et certains autres dont je ne me séparais jamais. Je n'ai pas emporté mes habits, considérant qu'ils faisaient partie d'un passé malheureux. Je n'ai pas laissé de lettre d'explication. Je n'avais aucune envie de justifier ce départ. Comme cadeau d'adieu, je lui fis livrer un appareil de télévision gigantesque.

La femme de l'ami de Montaigne

Je suis là, dans cet appartement où tout est à l'abandon, un espace sans vie, je regarde des images de ski sur un écran immense et je ne pense à rien, je pense plutôt au vide, celui de ma vie, celui laissé par mon mari. Je crois qu'il m'a quittée, en tout cas il n'est pas rentré depuis qu'il est parti à son colloque à Marrakech ou Agadir, je ne m'en souviens plus. Je l'ai entendu donner rendez-vous à son ami de l'université. Il est parti sans rien me dire. Moi non plus je ne lui ai rien demandé. Il a fait son sac, a ramassé des livres dans son bureau qu'il a fermé à clé puis il a claqué la porte sans même dire « au revoir » ou « adieu ». Peut-être qu'il ne m'a pas vue ou alors il a murmuré quelque chose que je n'ai pas entendu.

Depuis qu'on m'a livré cet immense poste, je n'aime plus regarder la télévision. Je m'ennuie et mon esprit ne retient rien des images qui défilent. Je suis perdue face à cette fenêtre qui me parle de l'Alaska, de l'élevage des poulets, des Jeux olympiques et d'histoires qui ne m'intéressent pas du tout.

Il faut dire que mon mari est parti il y a longtemps. C'est à cause de cet écrivain que j'avais étudié en classe et dont je n'ai rien retenu si ce n'est une passion pour un ami auquel il s'identifiait totalement. Oui, c'est à cause de monsieur Montaigne. Il a accaparé mon mari, il l'a détourné de moi,

LA FEMME DE L'AMI DE MONTAIGNE

de la maison, de mes parents, de nos amis. Dès qu'il rentrait de la faculté, il s'enfermait dans son bureau et n'en sortait que pour aller dormir sur le canapé du salon. Il avait acheté plusieurs éditions des *Essais*. Il y en avait dans toute la maison. Un jour j'ai ouvert ce livre au hasard et j'ai essayé de lire quelques phrases. C'était impossible de les comprendre. Elles étaient écrites en français ancien. Mon mari s'était spécialisé dans cette langue. Il aurait mieux fait d'améliorer son arabe ou de simplifier son français pour nous comprendre. On aurait dit qu'il s'était exilé dans l'époque où on parlait ou du moins on écrivait cette langue ancienne. Au début j'essayais d'être compréhensive, je ne voulais pas empêcher mon mari de faire son travail. Je me disais que c'était temporaire, le temps de préparer un cours ou une conférence, ça n'allait pas durer des mois et des années. Il était dévoré par cette passion. Il faisait une thèse. Il fouillait cette œuvre de manière obsessionnelle. Montaigne avait élu domicile dans notre propre maison. En plus du bureau, il occupait une grande partie du salon. Je n'étais plus chez moi. Il lui arrivait parfois d'étaler ses fiches sur les matelas du salon arabe. La femme de ménage n'avait pas le droit de nettoyer cette partie de la maison. Il y avait des feuilles pleines d'écriture sur les tapis, d'autres collées au mur. Les différentes éditions des *Essais* étaient ouvertes et posées sur les canapés à côté d'autres livres ayant traité le même sujet. Il avait osé couvrir notre photo de mariage avec ses brouillons. Ma tête avait disparu, on ne voyait que mes pieds. C'est dire dans quelle estime il tenait ce souvenir historique! Quand je rentrais le soir, je le trouvais absorbé par ses études. Il était agenouillé en train de réviser des passages écrits. Il ne me voyait même pas. Il faut avouer que je ne le saluais pas. Je marchais sur la pointe des pieds et m'enfermais ensuite dans la cuisine où je me préparais à manger, ensuite je me mettais devant la télé pour suivre mes

feuilletons préférés. Les histoires à l'eau de rose me détendent. Je sais que ce n'est pas très bien vu, mais j'aime les histoires d'amour surtout quand elles finissent mal. La mienne n'est même pas une histoire d'amour. Disons que c'est l'histoire d'un malentendu. J'aurais dû épouser mon cousin, mais il avait tout le temps mauvaise haleine.
Ainsi mon mari était devenu indifférent à tout ce qui n'était pas Montaigne. Il n'était plus là. Alors il m'arrivait de parler seule. Je traversais le salon sans le voir et lui non plus ne me voyait pas. Il n'y avait plus rien entre nous. Tout était usé. Quand nous nous sommes mariés, il m'avait parlé d'un livre qu'il aimerait un jour écrire autour de la solitude. Je crois qu'il en avait le titre, quelque chose comme « Éloge de la solitude ». Je croyais qu'il plaisantait. Je lui disais :
« Mais mon chéri, avec moi tu ne seras jamais seul ! »
Il riait et me répondait par une phrase d'un homme de théâtre russe qui disait à peu près ceci :
« Si vous craignez la solitude, ne vous mariez jamais. »
J'avais beau répéter cette phrase, je ne la comprenais pas ou plutôt je refusais d'accepter son sens. Dans mon esprit un homme et une femme se marient pour ne devenir qu'un seul et même être. J'ai tout fait pour réaliser cet objectif. Être un au lieu de deux. Nous ne nous sommes pas entendus sur le calcul. Lui disait :
« Nous sommes deux, chacun a son identité, son individualité, moi, c'est moi, toi, c'est toi ! »
Il martelait ces mots avec une certitude qui me faisait pleurer. Je comprenais qu'il ne voulait plus de moi et qu'il me rejetait. Ma mère a réalisé avec mon père cette magnifique unité et ils ont été heureux. C'est vrai que ma mère exagère un peu, son homme n'a pas souvent son mot à dire. Il se tait et se rallie à l'avis de sa femme. Il lui arrive de s'énerver un moment puis tout rentre dans l'ordre. Le mariage c'est ça, c'est cette harmonie où tout rentre dans l'ordre. J'ai

LA FEMME DE L'AMI DE MONTAIGNE

dû être maladroite. Je n'ai pas su m'y prendre avec mon propre mari. Il aurait fallu que je lise tout Montaigne, que je m'implique dans ces études ardues et compliquées, que j'aille jusqu'à apprendre le français ancien et devenir sa complice. Il aurait dû lui aussi s'intéresser à mes rêves, à mes illusions. Au lieu de cela j'ai suivi le conseil de ma mère et me voilà aujourd'hui affalée face à un écran d'une télévision fabriquée par des Coréens pour que je me distraie, pour que je passe le temps en attendant le retour de mon mari parti probablement avec Montaigne vivre dans une autre époque, une autre vie.

Ma famille est mon seul réconfort. C'est pour cela que mes parents, mes frères et sœurs viennent souvent me voir. Quand on se retrouve tous autour de la table et qu'on raconte des histoires, qu'on rit et qu'on se laisse aller, je me sens renaître. Je redeviens une femme épanouie. Ma famille me donne ce que mon mari n'a pas su ou voulu me donner. C'est vrai qu'ils débarquent sans prévenir, mais chez nous c'est ainsi, on ne prévient pas quand on rend visite. Ce sont les étrangers qui avertissent de leur passage, pas la famille. Mon mari ne supportait pas ces arrivées impromptues et massives. Il les recevait mal, leur parlait à peine, et parfois il quittait la maison. J'avais honte et ne savais comment l'excuser. Un jour, alors que je lui demandais des explications sur son comportement, il a répondu ceci :

« J'ai épousé une femme, pas une tribu ! »

Je ne voyais pas de quelle tribu il parlait. Ma famille n'est pas une tribu. Je lui ai dit à mon tour :

« Nous sommes des Marocains, pas des Suédois ! »

Après, nos échanges se sont raréfiés et nos silences sont devenus des grimaces dans un visage où les traits principaux ont disparu.

La beauté est une fatalité supérieure à celle de la mort

En se réveillant, Salem se dit : « Si tout est écrit, alors à quoi bon se lever, sortir, travailler, courir, mentir, espérer, etc. ? » Son rêve l'a encore troublé. Ce n'est pas la première fois qu'il voit sa femme sur une terrasse blanche, surexposée à la lumière, sans aucun son, étendant des draps de couleur et semblant envoyer des signes à un inconnu. Elle le voit, lui fait signe de s'en aller et de la laisser. Elle lui dit quelque chose qu'il n'entend pas. Il rebrousse chemin, se donne une claque sur la joue et bredouille des mots étranges. Il lève la tête et lit une publicité qui défile sur un écran suspendu par deux chimpanzés ivres : « Tout est écrit ; il n'y a rien à faire ; pour vos messages faites confiance à Sony et à la bière Casablanca… » Les mots repassent à l'envers pendant que les singes pleurent de rire. Un cheval peint en vert traverse la rue. Il se réveille les cheveux ébouriffés, la bouche pâteuse et les yeux à moitié ouverts. Ce rêve l'a de nouveau contrarié. Chaque fois qu'il mange des lentilles au dîner, il fait le même rêve. Il ne voit pas le rapport entre les deux choses mais décide de se faire préparer un grand plat de lentilles aux tomates et aux oignons, espérant connaître la fin du rêve.

Sa femme dort encore. Elle est sur le ventre, sa chemise de nuit en satin ne la couvre pas entièrement. Il passe la main droite sur ses fesses nues. Elle ne bouge pas, ne sent rien. Il l'observe encore un moment et rage de ne pas lire dans son sommeil. Peut-être qu'elle fait le même rêve que lui, peut-être qu'elle est dans une chambre avec l'inconnu qui lui caresse les fesses. Il s'approche d'elle, sent sa nuque puis fourre son nez dans sa chevelure épaisse. Il passe son bras sous sa taille et la serre contre lui. Il lèche le lobe de son oreille droite. Elle se dégage doucement de son étreinte, change de position et continue de dormir. Il se persuade qu'elle fait semblant d'être plongée dans le sommeil. Pour en avoir le cœur net, il monte sur elle et glisse son pénis entre ses fesses. Elle pousse un petit cri de plaisir et s'arrange pour qu'il la pénètre en douceur. Elle se laisse faire tout en gardant les yeux fermés. Après l'amour, elle tend la main pour retenir son homme puis s'endort heureuse, un léger sourire sur les lèvres.

Pendant qu'il se rase, il remarque des ouvriers sur des échafaudages en train d'installer une enseigne publicitaire juste en face : « Vous en avez rêvé... Sony l'a fait ». En vain il cherche des traces de chimpanzés. « Mais qu'a fait ce Sony ? » se demande-t-il. Rien. Il sourit et prend sa douche en chantant l'hymne national. Cela le détend et l'aide à réfléchir. Il est content, même si son rêve le poursuit de ses images concoctées par le diable. On lui a dit quand il était petit que le diable traverse la nuit facilement et vient jeter de mauvaises pensées dans la tête des innocents. Il a toujours cru que sa femme était l'innocence même. Mais le diable a ses entrées même chez les personnes les plus honnêtes.

Au petit déjeuner, il pose la question à sa femme :
« As-tu fait des rêves cette nuit ?
– Avant ou après l'amour ?
– Qu'importe le moment.
– Oui, bien sûr j'ai fait des rêves, mais je ne m'en souviens pas très bien.

– Puis-je t'aider ?
– Si tu veux.
– Alors voilà, ça se passe sur la terrasse d'une maison inondée d'une blancheur éclatante... une maison sur une colline donnant sur la mer.
– Oui, une terrasse très illuminée, c'est vrai, j'étends le linge...
– Non, tu étends des draps de manière à faire passer un message à quelqu'un qui t'attend, un homme, un inconnu installé sur une chaise en osier sur la terrasse voisine... Il fait croire qu'il regarde la mer, mais c'est toi qu'il observe.
– Non, il n'y avait pas d'homme dans mon rêve.
– Réfléchis, il est habillé d'un costume blanc et porte un chapeau blanc...
– Il avait une moustache très fine ?
– Je ne l'ai pas vu de très près.
– Alors c'était une image, juste une image inventée par ton imagination.
– Tu t'es jetée dans ses bras.
– Moi ? Non ! C'était une autre femme ; moi j'étais à l'autre côté de la terrasse, le dos à la mer, je regardais les gens passer et j'ai vu une jolie femme peu vêtue embrasser un homme à la moustache fine.
– C'est curieux, mais il me semble que c'était toi, tu portais la robe noire qui te moule bien les hanches.
– Tu te trompes, j'étais en chemise de nuit et je regardais le spectacle. Mais mon amour, arrête de m'ennuyer avec ce rêve ; qu'est-ce que tu en sais de ma vie inconsciente ?
– Chérie, je ne t'aurais pas parlé de ce rêve si ce n'était la huitième fois que je le fais en l'espace d'un mois.
– Tu as peur qu'il soit prémonitoire ! Tu n'as rien à craindre ; je suis une femme fidèle, c'est une question d'éducation. N'oublie pas, je suis de Fès.

LA BEAUTÉ EST UNE FATALITÉ...

– Tu veux me faire croire que les femmes de Fès ne trompent pas leurs maris ? »

Il dit cela pour se rassurer. Un doute subsiste. Il aime sa femme et ne réussit pas à éviter d'être affreusement jaloux. Elle l'aime aussi, à sa manière, lente, sans excès, sans bruit. Ils n'ont pas d'enfants et s'entendent bien. Il décide de voir Philippe, l'homme aux intuitions fines et fortes, celui qui lit les lignes de la main. Il est grand, élégant et très sensible. Quand il ne voit rien, il ne dit rien. Quand il voit une catastrophe, il ferme la main et parle d'autre chose. C'est ce qui est arrivé à Salem. Philippe a fermé sa main droite après l'avoir longuement observée. Mauvais signe. Salem insiste pour savoir, pense que sa femme a un amant, qu'elle ne l'aime plus, qu'elle fait semblant de jouir quand ils font l'amour. Il se persuade que le cours de gymnastique qu'elle prend tous les jours à la sortie du travail ne dure pas deux heures comme elle dit mais une heure seulement. Le reste du temps elle le passe avec son amant. Quand elle rentre le soir, tout en l'embrassant il la sent, la renifle comme un chien. Il cherche une odeur d'homme sur sa peau. Il s'en veut d'en être arrivé là. Un jour, pendant qu'elle était dans la salle de bain, il a marqué avec un feutre un de ses bas. Le soir ses yeux se sont fixés sur le mollet de sa femme. La marque n'y était plus. Elle avait changé de bas dans la journée. Elle s'était déshabillée. Elle avait couché avec un homme. Son imagination alla vite. Il décida de l'arrêter et demanda à sa femme ce qu'elle a fait la journée. Elle lui appris qu'elle a dû acheter de nouveaux bas parce que ceux qu'elle avais mis le matin étaient filés.

Il se lève, marche dans la maison, revient vers Philippe et le supplie de lui dire ce qu'il a vu :

« Je suis prêt à tout entendre ; tu peux me dire la vérité : elle me trompe, je suis cocu, oui, parfaitement, cocu. Je ne suis pas le seul, Hamid a divorcé, Farid a frappé l'amant de sa femme et a fait de la prison pour coups et blessures, Ahmed a séquestré son épouse dans une casbah du Sud marocain, mais moi je ne ferai rien, j'aime ma femme et je ne peux pas lui faire du mal même si elle me rend fou de jalousie. Alors dis-moi ! »

Philippe reprend sa main, réfléchit un instant puis demande à Salem s'il avait vu un film des années quarante où un célèbre avocat se fait prédire une catastrophe par un voyant.

« Non, ça ne me dit rien.

– Ce que je vois ne me plaît pas ; j'espère me tromper. »

Salem craint pour sa santé. Il se souvient de son amie Aurore sauvée par Philippe. Lors d'un dîner où des mains se tendaient pour être lues, Philippe remarqua une belle femme, le regard un peu hautain, les bras croisés. Il s'approcha d'elle et lui demanda de lui donner sa main droite. Elle refusa. Il insista. Elle finit par accepter. Ce qu'il vit le rendit blême. Il la conjura d'aller voir son médecin le plus vite possible. Ce qu'elle fit le lendemain. On découvrit un cancer du sein à son début. Grâce à l'insistance de Philippe, elle avait été sauvée. Salem repense à Aurore et se dit qu'il doit couver une maladie grave.

« Non, il ne s'agit pas de maladie ; tu es en bonne santé, ta ligne de vie est bonne, mais celle de la chance est barrée d'une croix, je n'aime pas ça, ce que j'ai vu m'inquiète.

– Qu'as-tu vu ? »

Philippe demande un verre d'eau, se lève, veut parler, hésite puis dit à Salem :

« Tu vas tuer quelqu'un. »

Salem éclate de rire. Il n'a pas d'ennemis, n'a jamais eu envie de faire mal à qui que ce soit. Il reconnaît que sa jalousie est une mauvaise affaire, mais il ne voit personne autour qu'il souhaiterait éliminer. Il est certain qu'il n'a pas le profil d'un tueur. Comment cet homme sans histoires serait-il amené à commettre un crime ? Il passe en revue les petits problèmes qu'il rencontre dans son travail, se demande si Philippe ne lui joue pas un tour. Il repense à sa femme et essaie de ne plus douter de sa fidélité. Alors que signifie son rêve ? Il essaie de l'analyser : il se souvient de sa mère lui disant que les femmes que leurs maris enfermaient montaient sur la terrasse et se parlaient entre elles en utilisant des draps de couleur : blanc, c'est le calme plat ; bleu ciel, c'est une légère amélioration de leur situation ; jaune, c'est la tempête de sable, la colère et les cris ; vert, c'est un désir de fuite et de trahison ; rouge, c'est le malheur, les coups, la violence ; enfin le drap déchiré, c'est la répudiation annoncée.

Lui et sa femme s'aiment tendrement et ne connaissent pas ce genre de crise. Mais rien ne prouve que leur bonheur sera éternel. Il pense que Philippe a dû voir dans les lignes de la main que sa femme le trompe et que de ce fait il serait amené à tuer l'homme qui ose poser la main sur la peau de sa bien-aimée. C'est plus grave qu'il ne pensait. C'est un double malheur. Il pose directement la question à son ami :

« Ce sera l'amant de ma femme que je devrai tuer ?

– Non, parce que ta femme n'a pas d'amant, ça, je peux te le garantir. Je la connais très bien. Elle n'aime que toi. Non, mon cher ami, je vois un crime. Faisons en sorte de l'éviter. »

Cette prédiction plonge Salem dans une grande mélancolie. Il s'invente des histoires, se voit en train de guerroyer comme dans un film de cape et d'épée, de courir pour échapper à un fou qui le menace d'un poignard, de sauter de terrasse en terrasse. Puis il se voit plutôt en héros persécuté, en homme décidé à sauver son amour, sa vie. Durant ses insomnies, il passe en revue les personnes dont la disparition rendrait un grand service à l'humanité : Ben Laden ! Ah s'il pouvait le retrouver et le tuer ! Non, il faut d'abord le juger comme Milosevic... Quelque chose lui dit que le meurtre qu'il devra commettre ne sera pas politique. Il se cherche des ennemis. Il est comme tout le monde, il doit avoir des ennemis. Il voit la tête de Myto, un camarade du lycée, petit, myope, d'une laideur repoussante, malin et très méchant. Il détestait tous ceux qui avaient quelques centimètres de plus que lui, ceux qui avaient du succès avec les filles et ceux qui jouaient mieux que lui au football. Sa méchanceté était sa façon d'exister. Il aurait voulu être footballeur ou acteur. Il occupa le poste de censeur en chef à la télévision. Sa spécialité consistait à envoyer des lettres anonymes de dénonciation. Pour Salem il incarnait le mal, un mal servi par une intelligence incontestable. Il reprochait tout à Salem : son mètre quatre-vingt-deux, sa chevelure châtain, ses yeux clairs, son éloquence en classe, sa sympathie, etc. Quand ils étaient étudiants, c'était Myto qui informait la police sur tout ce qui se passait à la faculté. Salem a eu un contrôle fiscal après avoir été dénoncé par Myto. Il ne le voit plus mais sait qu'il continue de lui tourner autour en vue de lui nuire. C'est peut-être lui qu'il devra tuer. Malgré tout ce qu'il a fait, il ne veut pas sa mort. Il en parle avec Philippe, qui lui fait remarquer que nous avons tous quelqu'un dont on souhaite la disparition, quelqu'un de proche ou de lointain. Salem a beau chercher, il ne trouve personne. Son imagination court, dépasse sa pensée, va plus vite que le temps et s'arrête sur son image dans un miroir. Ce qu'il y voit lui fait peur : le visage d'un homme fini, un visage défait, des yeux profonds et tristes, des rides... Il ne se reconnaît pas. Il a de la fièvre, réveille sa femme et lui demande d'appeler un médecin. Il est incapable de lui dire de quoi il souffre. Il n'a mal nulle part. Il ne se sent pas bien. Elle le calme en le prenant dans ses bras, lui masse le front et les tempes. Il est apparemment rassuré. Dès qu'il s'endort, le même rêve revient : la terrasse blanche, sa femme, cette fois-ci nue, étend des draps de couleur, l'homme en blanc saute de terrasse en terrasse, elle

LA BEAUTÉ EST UNE FATALITÉ...

ouvre ses bras et le serre avec fougue et volupté. Il se réveille en sursaut et jure de ne plus s'endormir. Pour ne plus rêver il ne faut plus dormir. Il va vivre debout, prenant des excitants, des anti-sommeil. Il va devenir fou. Sa femme le laisse se débrouiller avec ses manies et ses angoisses. Elle pense qu'il se monte tout un scénario ridicule. Il devrait consulter un psychiatre.

Ce n'est pas dans la tradition de la famille.

« Alors un sorcier, un marabout, un charlatan... » Elle a honte d'y avoir pensé, pourtant, elle commence à être inquiète. Salem n'est plus le même. Il lui arrive de délirer. Cela fait trois jours qu'il n'a pas été à son cabinet ; ses associés protestent. Des affaires s'accumulent sur le bureau ; des clients appellent et le réclament. Ils ne veulent que lui comme avocat. Salem sombre dans la mélancolie et peut-être dans une dépression. Philippe vient le voir et essaie de le rassurer, relit sa main et lui dit qu'il s'est trompé. Salem ne le croit pas. Sa femme n'est pas au courant de cette histoire. Philippe lui en parle. Elle éclate de rire. Comment un avocat qui ne jure que par le droit et la loi peut-il croire ces balivernes ? Philippe est gêné. Il n'ose pas lui rappeler le nombre de fois où elle lui a demandé de lui lire les lignes de la main.

Philippe lui donne à lire un texte de Borgès, « Le Miracle secret ». Il a souligné les phrases suivantes : *La réalité ne coïncide habituellement pas avec les prévisions, il en déduisit que prévoir un détail circonstanciel, c'est empêcher que celui-ci se réalise.*

Fidèle à cette faible magie, il inventait, pour les empêcher de se réaliser, des péripéties atroces ; naturellement il finit par craindre que ces péripéties ne fussent prophétiques : misérable dans la nuit, il essayait de s'affirmer en quelque sorte dans la substance fugitive du temps.

Salem ne dit rien. Il relit le texte puis décide d'oublier cette affaire. Il se douche, se rase, chante l'hymne national,

puis s'habille et part à son cabinet. À l'entrée de l'immeuble des gens l'attendent. Ils l'interpellent en lui demandant des nouvelles de sa santé. Un homme en djellaba grise s'approche de lui et lui demande des allumettes. Salem ne fume pas. L'homme le tire violemment vers lui et lui plante un couteau dans le ventre. Salem s'effondre. L'homme ne bouge pas, attend la police. Il est maîtrisé par des gens. Il leur dit :
« Cet homme a ruiné ma vie ; il n'a que ce qu'il mérite. »
La blessure n'est pas profonde. Les jours de Salem ne sont pas en danger. L'homme a été arrêté et refuse de s'expliquer. Salem l'aurait-il mal défendu dans un procès ? Il ne figure pas parmi ses clients. Serait-il une vieille connaissance rancunière ? Il ne se souvient pas de l'avoir connu. Alors, peut-être que Salem a été l'amant de sa femme. La police la convoque. C'est une femme d'une beauté grave et même inquiétante. Elle arrive au commissariat dans une djellaba lui moulant le corps. Elle est peu maquillée. Son élégance, ses yeux très noirs, ses gestes gracieux mettent tout le monde mal à l'aise. Rarement un bureau de police aura reçu une si belle femme. Elle ne nie pas avoir des relations avec l'avocat. Elle refuse d'en dire plus, ajoutant juste ces mots :
« C'est notre jardin secret. »
Averti par la police, l'ami Philippe se rend à l'hôpital où Salem se repose. Pas un mot à sa femme. La police s'est engagée à respecter « la paix du foyer conjugal ». On lui racontera que Salem a été victime d'un déséquilibré, un homme sans travail et sans domicile fixe. L'affaire sera classée. La belle infidèle a demandé le divorce et songe à changer de travail et de ville. Quant aux prévisions de Philippe, elles n'ont pas été si éloignées de ce qui s'est produit. Il n'y a pas eu mort d'homme ni de scandale dans la famille. Tout rentre dans l'ordre et Salem a changé de rêve. Depuis cette agression il rêve de l'autre femme, le poursuivant sur les

LA BEAUTÉ EST UNE FATALITÉ...

terrasses de la ville armée de sa beauté scandaleuse. Les chimpanzés sont de retour : ils sont en plastique et tiennent au-dessus de l'immeuble en face une pancarte où est écrit « La beauté est une fatalité supérieure à celle de la mort ». C'est ainsi que la publicité vante les vertus d'une crème antirides. Quant à son épouse, elle dort l'entourant de ses bras de peur qu'il lui échappe.

La femme de Salem

Je m'appelle Kenza. Salem, mon mari, m'appelle tantôt Kniza – « petit trésor » – tantôt Shemssi – « mon soleil ». Sa mère ne m'appelle pas ; elle me hèle :
« Toi, femme ! »
Je ne lui en tiens pas rigueur. J'ai trente-trois ans, j'aime mon homme mais je ne suis pas celle qu'il croit. Il ne me connaît pas très bien et je me demande s'il se connaît lui-même. Cela fait huit ans que nous vivons sur une sorte de malentendu dont on ne parle jamais. Au début de notre mariage, sa jalousie ne me dérangeait pas. Comme tout le monde, je me disais que c'est une preuve d'amour et d'attachement. J'ai tout fait pour le rassurer, l'apaiser, chasser le doute de son esprit. Il me semble que les hommes sont beaucoup plus compliqués que les femmes. Et en même temps ils sont sans mystère. Je suis couturière et de ce fait j'ai peu de contact avec eux. Je vois surtout des femmes. Certaines me racontent leur vie, surtout quand elles sont malheureuses et cherchent à se venger ou à entreprendre quelque chose pour s'en sortir. Elles me réclament des adresses de sorciers, de marabouts, de voyantes. Je me souviens de Fattouma, une femme de Tafilalet à la peau presque noire, elle pleurait parce qu'en voulant empêcher son mari d'aller avec d'autres femmes, elle s'était trompée de poudre et l'avait rendu impuissant. Une autre a rendu

fou le sien et n'arrivait plus à retrouver le charlatan qui lui avait donné des herbes à faire avaler à son homme. J'ai remarqué que celles qui ne disent rien sont celles qui trompent leur mari et multiplient les amants. Elles n'ont pas besoin de sorciers. Leur vengeance est silencieuse. Cela se voit dans leur attitude souvent hautaine, ou dans leur rapport à l'argent. Elles ne discutent pas les prix. Celles qui n'osent pas franchir le pas de la trahison pleurent, se plaignent et finissent par être pathétiques.

Le salon de couture et le hammam sont les deux lieux où les femmes parlent, se confient, se laissent aller et dévoilent leurs secrets. Je les écoute, leur parle parfois, mais je ne me sens pas concernée par leurs histoires ; mon esprit est ailleurs.

Je suis obsédée par une image tirée d'un rêve. J'ai tout fait pour l'oublier, pour la remplacer, mais elle est tout le temps là. Salem ne se doute de rien, ne sait pas ce qui me préoccupe, ce qui nourrit mes nuits et me fait vibrer tout en m'angoissant. Moi aussi il m'arrive de me réveiller et de le regarder dormir, sauf que moi, je lis dans son sommeil et je capte ses rêves. Il m'amuse le matin quand il essaie de savoir de quoi j'ai rêvé. Je nie et le laisse avec sa curiosité.

L'image est celle d'une femme de mon âge sauf qu'elle est plus belle que moi et sa chevelure dorée lui couvre le dos et les fesses. Elle se jette de notre terrasse, tombe en morceaux dans la rue, se ramasse sans que personne n'intervienne, remonte par une échelle extérieure vers la terrasse et se rejette dans le vide. Il n'y a pas de sang, pas de blessures, pas de cris. Image brisée et silencieuse. La femme me parle parfois mais je ne l'entends pas. Elle vole avec grâce et élégance. Je suis fascinée et intriguée. Qui est-elle ? D'où vient-elle ? Que veut-elle dire ? Cela dure depuis trois mois. Mon sommeil est systématiquement visité par cette image. Toutes les nuits. Il y a quelques jours, elle m'a prise dans ses bras et m'a emportée avec elle dans sa chute. Je n'ai rien senti. J'ai volé puis je suis tombée sans rien me casser. Elle m'a regardée puis m'a murmuré quelque chose dans l'oreille. Je crois qu'elle m'a commandé une robe blanche en vue de faire le chemin du paradis. Le pire c'est que le lendemain je me suis mise à dessiner la robe et à choisir le tissu. La nuit d'après, le soleil était à son zénith ; elle m'a fait asseoir en face d'elle et m'a parlé. Là je l'ai entendue. Elle m'a dit que le tissu devait être de la soie et que les dessins devaient être tissés par des mains de jeunes filles et représenter des papillons rares. Ensuite elle a enjambé le mur et s'est jetée de nouveau dans le vide.

C'est un rêve sans homme. Pourtant je sens une présence masculine. Une odeur d'homme se dégage de cette femme dès qu'elle apparaît. Elle est grande de taille et ses yeux sont verts. Elle a de petits seins durs et des fesses charnues. Quand elle marche, on dirait qu'elle danse. Quand je la vois, elle ne me laisse pas le temps de lui parler. Elle change de parfum à chaque apparition.

J'ai essayé d'interpréter ce rêve récurrent. J'ai eu peur. Cette image toute blanche pourrait être l'autre visage de la mort ou bien de la folie. Elle me trouble et je n'ose pas en parler à Salem, qui va s'imaginer que la femme est un homme et que c'est une façon déguisée de le tromper. Moi aussi j'ai donné ma main à lire à Philippe. Il m'a raconté des histoires du genre « ta ligne de vie et ta ligne de chance ne se quittent pas ; plus tard tu auras un petit problème de santé sans gravité ; tu peux être tranquille, tu es une femme douée pour le bonheur ».

Cette nuit j'ai dormi les yeux ouverts. Salem a été inquiet. Je lui ai dit que je n'ai pas sommeil et que je refuse de prendre des somnifères. Je n'ai pas fait de rêve mais j'ai eu des hallucinations. La femme m'est apparue, elle est entrée par la porte, s'est assise sur le bord du lit, m'a pris la main et m'a fait signe pour que je la suive. Je me suis débattue et elle a disparu.

Le matin, en faisant ma toilette, j'ai remarqué des bleus sur mon poignet et bras gauche. Elle s'était agrippée à ce bras-là, je m'en souviens. Pourtant je ne crois pas aux fantômes ni aux revenants ; j'ai passé une mauvaise journée ; j'ai été agacée par les femmes qui exposaient leurs problèmes de sexualité insatisfaite. J'ai été nerveuse et sans patience. Le manque de sommeil, puis ces images de la femme qui se jette dans le vide et remonte sur ma terrasse se sont mêlées avec celles que j'ai vues en hallucination.

Au moment de fermer l'atelier, une femme voilée de la tête aux pieds s'est présentée. J'avoue que je n'apprécie pas beaucoup ce genre de déguisement sous prétexte que nous sommes des musulmanes. Ce cache-femme noir n'appartient pas à nos traditions. Je me demande d'où ça vient. On m'a dit que ce sont des femmes d'intégristes qui sont passés par le Pakistan ou le Yémen. Elle me dit en arabe classique :
« Je viens chercher ma robe. »
Je lui ai répondu que je ne me souvenais pas avoir eu sa commande ni ses mesures. Elle s'est étonnée puis a ajouté :
« Souvenez-vous, une robe blanche en soie avec des papillons rares tissés sur le côté par des petites mains... »

Ma gorge est sèche, mes jambes tremblent et j'essaie de ne pas perdre connaissance. Je me maintiens debout en m'appuyant sur le bureau. Je lui demande d'enlever son voile et de se présenter. Elle esquisse un geste comme si elle faisait de la prestidigitation. Le voile noir qui la couvre entièrement tombe. Je suis stupéfaite. Je ne sais pas si c'est une femme ou un homme. Costume blanc, chemise et cravate blanches. Je remarque une moustache fine. Peut-être qu'elle est juste dessinée au crayon noir. Je n'ose pas m'approcher pour vérifier. La voix est féminine, l'allure masculine, le tout troublant. Je lui redemande son nom. La personne tire de sa poche un jeu de cartes et me fait signe de la tête d'en choisir une. Je sors un neuf de trèfle noir. Une autre carte. Un valet noir. Je me sens prisonnière, incapable de bouger et de me défendre. Je suis fascinée et contrariée. Je sens un poids sur la poitrine. J'ai du mal à respirer. Sans rien me dire, la personne remet son voile et disparaît. Je m'effondre sur la chaise et n'arrive pas à comprendre ce qui vient de se passer. Peut-être que je m'étais assoupie et que j'ai de nouveau rêvé. Non, la personne a laissé un parfum persistant de clous de girofle, auquel je suis allergique. Il me donne tout de suite mal à la tête. En outre, elle a laissé sur le bureau les deux cartes plus une troisième représentant une tête de mort. Je bois un verre d'eau. Je me lave le visage et appelle Salem. Il n'est pas à la maison. J'arrête un taxi et lui demande de m'amener avenue de la Résistance. Le taxi se dirige vers le cimetière des Moujahidines. Je proteste, il ne répond pas. À l'entrée, la personne en noir – peut-être une autre – m'attend. Elle me tend la main, je résiste, je hurle, je cours, une moto venant à toute vitesse me renverse et je me retrouve à l'hôpital avec un traumatisme crânien, un bras et une jambe cassés.

Après deux semaines d'hospitalisation et une convalescence qui dure encore, je me sens totalement guérie : je ne fais plus le même rêve. Je sais que j'ai frôlé la mort et que plus jamais je ne boirai le thé à la menthe et à la verveine dite « Louisa » préparé avec un soin particulier par ma belle-mère.

Séduction

« Raconte-moi une histoire d'amour, une histoire orientale, une belle histoire d'amour, de jalousie, de sang et de mort ! Raconte-moi une histoire sinon je te tue ! »
Elle dit ces mots avec une douceur étrange. Ses yeux sont légèrement mouillés, son regard est triste et tout son corps tendu vers les bras de l'homme qui la courtise depuis quelque temps.
« Je suis comme une plante, si tu ne m'arroses pas, je dépéris. J'ai besoin que tu m'arroses de mots et de phrases qui racontent une histoire. Je ne serai à toi que si ton histoire me bouleverse, si elle me fait verser des larmes. Si tu y arrives, je me donnerai à toi corps et âme. Comme dit le poète : "Il est des fleurs qu'on appelle pensées / J'en ai cueilli qui poussaient dans mes songes."
– Sinon ?
– Sinon, je te tue !
– Mais tu sais bien que je ne suis pas un écrivain ni un conteur encore moins un poète, je suis banquier, je passe mes journées dans les chiffres, mon oreille collée au téléphone avec les principales places boursières du monde. Comment veux-tu que je me transforme en charmeur et poète ?
– Alors tant pis pour toi. Moi, je n'ai pas besoin d'argent. J'ai besoin de sentiments, de mots, des mots qu'il faut savoir choisir, des fleurs qu'on appelle soucis, des

roses qu'on appelle présence, des songes qui habitent les arbres, des chansons qui font danser les statues, des étoiles qui murmurent à l'oreille des amants… J'ai besoin de poésie, cette magie qui brûle la pesanteur des mots, qui éveille les émotions et leur donne des couleurs nouvelles. Les mots choisissent des combinaisons inattendues et nous procurent de l'ivresse et de la joie, nous emportant dans des lieux oubliés des hommes. Voilà, mon cher, ce dont j'ai besoin.

– Mais nous pourrons trouver un arrangement, une sorte de marché, je te lis des histoires écrites par les plus grands écrivains et tu te donnes à moi.

– Non, pour lire je n'ai pas besoin de toi. J'ai l'impression que tu ne m'as pas bien comprise. J'ai besoin pour être séduite d'un conteur, un fabuleux diseur d'histoire. C'est mon exigence ; certaines ont besoin de dîner au champagne, de limousine, de bijoux en or, moi je n'ai besoin que de mots, mais pas n'importe lesquels !

– Tu es dure avec moi.

– C'est toi qui l'as voulu ; tu es venu plusieurs fois à la librairie, tu cherchais des livres d'économie, puis un jour tu m'as proposé de faire un tour avec toi en voiture ; nous sommes allés à la Corniche et tu as cru que cela me suffisait pour tomber dans tes bras.

– Tu es belle, tu es superbe mais tu mets la barre très haut.

– Je n'insiste pas. Les filles sont de plus en plus jolies au Maroc ; ça doit être la démocratisation qui les rend plus belles et plus libres. Certaines se feront une joie d'aller avec toi, parce que tu es beau, tu as de l'argent et de la prestance.

– Donne-moi quelques jours…

– Prends le temps que tu voudras. Je suis là, assoiffée de mots et de mystère. »

Quelques jours plus tard, il revient :

SÉDUCTION

« Ce que je vais te raconter mériterait de figurer dans *Les Mille et Une Nuits*.
– Tu prends des risques, car je connais bien ce livre. Cela dit, il faut un cadre adéquat.
– J'ai tout prévu, j'ai réservé une suite au Hayet, je leur ai dit que je me fiance...
– Tu n'as pas compris. Une belle histoire n'a pas besoin de luxe et de confort. Mon idée est de prendre le train entre Casablanca et Tanger ; le trajet dure cinq heures ; on aura tout le temps pour réaliser notre rêve.
– Mais nous serons dérangés par des voyageurs indélicats, des curieux, des gens qui vont se mêler à l'histoire, des mendiants qui monteront aux arrêts...
– Ce serait formidable.
– Je n'ai pas l'habitude de parler en public. Je ne suis pas un conteur de Jama'a El Fna !
– C'est dommage !
– Une fois arrivés à Tanger, tu accepteras une suite au Minzah ?
– Cela dépendra de ce que tu m'auras raconté, en outre cesse de me parler comme un guide touristique.
– Tu es difficile ; tu vends ta beauté très cher.
– Je ne vends rien du tout. Disons que c'est une exigence dont tu n'as pas l'habitude. Écoute ce que dit Aragon :

> Si tu veux que je t'aime apporte-moi l'eau pure
> À laquelle s'en vont leurs désirs s'étancher
> Que ton poème soit le sang de ta coupure
> Comme un couvreur sur la toiture
> Chante pour les oiseaux qui n'ont où se nicher.

– Plus tu te refuses à moi, plus j'ai envie d'abandonner...
– Ce n'est pas vrai, c'est exactement le contraire, je ne me refuse pas à toi par calcul ou caprice ; sache que mon désir n'est éveillé que par des contes et des histoires racontés

par un homme. C'est presque chimique. C'est peut-être un défaut mais je suis assez fière de cette particularité. Éveiller un désir, ce n'est pas une question de technique, c'est plus subtil. Qui peut dire où cela commence, quelle étoile fait de sa chute une source d'eau et de lumière ?

– Ton désir dépend des mots. Je n'arrive pas à comprendre... Laisse-toi aller...

– Je ne te demande pas de comprendre, mais de réveiller mon désir.

– Tu ne préfères pas les caresses ?

– Les caresses, c'est physique. Le son des mots, la magie qui surgit de leur rencontre, les couleurs qui planent au-dessus de nos rêves, l'imagination, la merveilleuse liberté qui danse dans notre esprit, c'est mental.

– Tu es cérébrale. Un corps sublime avec une tête très compliquée. Voilà.

– Je ne te juge pas. On arrête là ; toi, tu retrouves ta banque, moi ma librairie.

– C'est ce qu'on appelle une déformation professionnelle. Tu es contaminée par tous ces livres qui t'entourent quotidiennement. Tu te crois dans un roman. Au lieu de vivre, tu passes ton temps à réciter des poèmes, mais c'est grave, tu es atteinte d'un syndrome étrange ; dans le milieu boursier on dirait...

– Ce n'est pas une maladie. J'aime les livres comme toi tu aimes les opérations boursières.

– C'est un fantasme alors.

– Je déteste ce mot. On l'utilise à tort et à travers. Ce n'est ni une maladie ni un fantasme, je suis ainsi et personne ne me changera. Je trouve dans la poésie ce qu'aucun homme n'a su me donner.

– Je vais devenir fou ; je suis amoureux d'une des filles les plus compliquées du Maroc ; il a fallu que je tombe sur elle ! Je suis devenu incapable de me concentrer dans le travail,

SÉDUCTION

je pense à toi tout le temps, ton image m'obsède, ta voix m'obsède, ton parfum m'obsède.

– Tu n'es pas amoureux, tu me désires, c'est différent ; je pourrais t'aimer, pour cela il faut que tu t'y prennes autrement. Un peu d'imagination, monsieur le banquier...

– De l'imagination ? Je ne sais pas ce que c'est.

– Fabrique-moi du rêve, fais-moi rêver, planer, donne-moi des raisons pour te trouver unique, merveilleux, intelligent.

– Tu me vexes.

– Au revoir, monsieur le banquier. Quand tu te sentiras prêt, tu sais où me trouver, la librairie est ouverte même le dimanche. »

Trois mois plus tard.

Une foule est amassée devant la librairie fermée. La police essaie de disperser les curieux. Les commentaires fusent de partout :

« Une femme si belle, si gentille, élégante et cultivée, comment est-ce possible ?

– Il ne faut jamais se fier aux apparences. Au fond on ne la connaissait pas. On ne sait même pas de quelle ville elle venait.

– Moi je dirai de quelle planète, parce que sa beauté était intimidante et les hommes qui ont essayé de la séduire renonçaient vite et il y en a même qui ont pris la fuite ; je connais un brave homme qui a changé de ville, il était prêt à quitter sa femme et ses enfants pour vivre avec elle, mais on ne sait pas ce qui s'est passé.

– Elle aimait plus les livres que les personnes. Ce que je comprends, car dans ce pays bien-aimé, il n'y a pas de place pour une femme libre ; ici tu es une maman ou une putain !

– Elle n'était pas mariée, mais tous les hommes la courtisaient.

– Elle était bizarre, sa beauté étrange faisait descendre

les oiseaux du ciel, qui lui chantaient une sérénade. Il paraît qu'en automne les oiseaux migrateurs s'arrêtaient un instant, vers la fin de l'après-midi, et se regroupaient pour exécuter un ballet magnifique dans le ciel, juste devant sa librairie ; elle sortait et les regardait, émue. Elle savait qu'ils étaient là pour elle.

– Et pourtant cette femme de tant de sensibilité, cette créature exquise a fait quelque chose d'atroce.

– Moi j'aimais ses yeux gris, sa peau blanche, transparente, sa chevelure noire... Mais je n'ai jamais osé l'aborder, je venais à la librairie et j'achetais des livres que je ne lisais pas.

– Mais qu'est-ce qui s'est passé ? Qui peut me raconter ce qui est arrivé ?

– Tu es le seul à ne pas être au courant, toute la presse en parle : mademoiselle Fatiha a tué son amant.

– Ce n'était pas son amant.

– C'était un voisin, il voulait l'épouser, il travaillait à la banque du Commerce et de l'Industrie, il était beau.

– Comment est-il mort ?

– On a retrouvé le corps étouffé sous des milliers de livres !

– Des livres neufs ou d'occasion ? des livres de philosophie ou des romans ?

– Qu'importe, le type est mort sous le poids de la culture.

– Pourquoi l'a-t-elle assassiné ?

– Allez savoir ce qui se passe entre deux personnes, c'est un mystère. »

L'inconnue

Dans une heure une inconnue au parfum étrange entrera dans cette chambre. Elle sonnera un coup bref puis deux coups longs. Il se lèvera, passera ses doigts dans sa chevelure grise, ajustera sa cravate puis ouvrira la porte. Il sait que la première seconde sera décisive. Il s'est toujours fié à ses impressions immédiates. Il appelle cette intuition « le coup d'œil du destin ». Cela ne veut rien dire, au fond, mais il croit au destin et à ses signes. Il note dans un petit carnet ces formules qui sonnent bien, il croit même qu'elles le protègent. Parfois ce sont des vers de poètes anciens ou des proverbes et dictons populaires de son pays. Il est superstitieux et n'en a pas honte, surtout depuis qu'il a lu le très gros volume *Histoire des superstitions dans le monde*. Tout le monde est superstitieux, même les gens les plus civilisés. Contre la peur, contre cette angoisse qui envahit le cœur, l'être se sent si vulnérable qu'il essaie de se protéger avec des gris-gris plus ou moins ridicules.

Avant cet instant, avant que l'inconnue n'entre dans son espace, n'enlève ses chaussures, ne se déshabille et sans dire un mot se mette sur le dos, les jambes ouvertes, avant ce moment précis, il aura connu des minutes précieuses et intenses, celles de l'attente, l'exquise liberté d'imaginer, de rêver et d'espérer. Elle aura une belle allure, sera forcément belle et portera dans le regard le mystère qui sied à ce genre de personne échappée d'un film en noir et blanc, américain de préférence, daté des années cinquante. Curieuse référence ! Les filles qui font aujourd'hui ce métier ne transmettent aucun mystère ni romantisme. Elles font des clips sur de la musique techno, ou jouent dans des séries de dernière catégorie. Mais il a besoin d'embellir la triste réalité. Tout son corps est secoué par une série de petites émotions qui lui rappellent l'enfance. Faire de l'impatience une petite fête, une joie modeste, prélude à une plus grande félicité. C'est cela qui l'excite et le rend fébrile.

C'est la première fois qu'il accepte d'avoir recours au téléphone rose, à l'instar de son ami qui se définit lui-même comme « obsédé sexuel ». Faire venir une femme jusqu'à son lit, juste en téléphonant. Sans se fatiguer, sans prendre de risque, sans faire un minimum d'efforts pour draguer ou simplement inviter une prostituée à monter dans sa voiture. Il a honte bien sûr de se faire ainsi livrer une femme à domicile, mais la curiosité et la solitude ont fini par effacer ses scrupules. Il répète à voix basse le verbe « livrer » et décide de l'effacer. Non. Une femme viendra chez lui. C'est tout. Il ne veut pas savoir comment, ni pourquoi, ni même si c'est dangereux ou pas.

Durant des semaines il a passé des heures à regarder la chaîne appelée abusivement « De l'Amour ». Des femmes dansent sur une musique saccadée tout en se déshabillant, faisant des clins d'œil au téléspectateur et envoyant des baisers gras à la caméra. Au moment où la femme est nue, l'image devient fixe ; un numéro de téléphone s'affiche, suivi de phrases en plusieurs langues : « Si tu me veux, je suis à toi, alors appelle-moi... » ; « Je suis vicieuse, j'aime l'amour, j'aime les hommes, j'aime les femmes, toi qui me regardes, laisse-moi venir chez toi... ». Un jour il n'en crut pas ses yeux. Il lit ceci en arabe : « Si tu as une grosse bite, je suis à toi, je viendrai dans l'heure... » ; en arabe c'est encore plus grossier qu'en anglais ou en français. La phrase suit les ondulations du corps de la femme. Il éteignit la télévision et prit un livre. Il n'arrivait pas à se concentrer. La phrase repassait tout le temps devant lui. Il crut même entendre la voix de la femme dans la chambre d'à côté. Il eut peur. Son sexe s'est recroquevillé et devint minuscule. Il ralluma la télévision et vit une jeune Asiatique se rouler nue dans le sable. Juste après, le numéro d'appel s'afficha. Il le nota sur le bord d'un journal ouvert à la page « Proche-Orient ». Il attendit quelques instants, composa le numéro puis raccrocha avant même d'entendre la sonnerie. Il s'étendit dans le lit et ferma les yeux. Une femme avec plusieurs bras l'enlaça, lui murmura dans l'oreille des gros mots en arabe. Il eut peur et se dit : « Mieux vaut la réalité que ce genre de fantasme. » Il téléphona. Une voix sans timbre particulier lui répondit en lui demandant son numéro de téléphone. La voix lui ordonna de raccrocher. Elle rappela et lui dit :

« Tendresse-Society à votre service ; avez-vous des désirs particuliers ?

– Non, je veux juste passer un bon moment avec l'une des femmes que j'ai vues à la télé.

– Laquelle ?

– Je ne sais pas, il y en a tellement...

– O. K. Je vous envoie Sonia, vingt-trois ans, blanche, un mètre soixante-huit, deux cents dollars plus le taxi. Elle vient de rejoindre notre société et a donné entière satisfaction à notre fidèle clientèle. Elle sera chez vous dans une heure et quart. Tendresse-Society vous dit au revoir et merci pour votre confiance. »

Le tout était débité sur le ton d'une opératrice d'une société de vente par correspondance. Elle vendrait tout, des magnétoscopes, des piles, des poupées gonflables, des verres en plastique, sa sœur ou sa meilleure amie.

Quand il déposa le combiné, il se mit à marcher dans l'appartement. Nerveux et inquiet, il regretta d'avoir donné son numéro de téléphone et son adresse. Il se sentit pris au piège. Impossible de revenir en arrière. Sonia sera là, dans cette chambre triste, dans ces draps froids, et lui, enlèvera sa cravate, essaiera de trouver un sujet de conversation avant de s'étendre sur elle et de faire semblant que c'est d'amour qu'il s'agit. Elle le repoussera sans ménagement et enfilera le préservatif sur son sexe. Entre-temps, il débandera et sera simplement ridicule.

Il éteint la lumière, s'étent sur le lit et tout en caressant son sexe se met à rêver. Quel visage donner à cette inconnue ? Aura-t-elle les yeux clairs, sera-t-elle tatouée ou portera-t-elle des boucles d'oreilles en plastique ? Aura-t-elle les cheveux rouges, les mains moites, l'allure déprimée, triste ? Pourquoi les cheveux rouges ? Encore une image de la télé qui s'est glissée dans sa rêverie. Sonia, ce n'est pas son nom. « Les putains ne donnent jamais leur nom et n'embrassent pas », lui a dit un jour son ami, l'obsédé sexuel. Lui aussi a donné un faux nom : Jonathan ! Il se dit : « Elle pourrait être une fille bien, une étudiante en anthropologie qui fait des passes la nuit pour payer ses études. Elle pourrait être douce et aimante. Elle aurait peut-être un défaut physique, une mauvaise dentition ou un œil de verre. Nous ne ferons pas l'amour. Nous passerons l'heure à discuter. » Il sent le désir monter et se souvient de la femme pulpeuse qui réclamait un gros sexe. Il passe sa main sur sa braguette et se demande : « Est-ce que j'ai une grosse verge ? Suis-je bien monté, comme disent les hommes ? » Puis, après un moment de silence, il a une révélation : « Les femmes de la télé n'existent pas ; elles sont virtuelles, donc il n'y a pas de risque que la vicieuse débarque chez moi ! » Il se sent soulagé, un peu moins angoissé. Il reprend son rêve : « J'attends une femme que je n'ai jamais vue de ma vie ; dans moins

L'INCONNUE

d'une heure elle sera là, dans ce lit, entre mes bras ; elle me mettra un préservatif puis en avant la gymnastique... Elle simulera la jouissance, poussera des cris pour me faire plaisir, je jouirai vite et serai dégoûté de tout, de moi, de la fille, du sexe et de la solitude, elle repartira, laissant des traces de son parfum de mauvaise qualité dans cette chambre grise. Elle s'en ira en disant "Au revoir Jonathan", ou bien "Au revoir monsieur", elle dira peut-être "Avez-vous une cigarette ou un joint ?", je lui répondrai "Je ne fume pas, je n'ai jamais rien fumé, je suis allergique au tabac", alors elle dira "Ce n'est pas grave", me regardera comme si j'étais un chien battu et me donnera un baiser tendre et simple, je serai ému et elle passera sa main sur ma joue et me fera un beau sourire... » Les images se succèdent à grande vitesse puis une idée horrible traverse son esprit : « Et si, en ouvrant la porte, je me trouve nez à nez avec une de mes étudiantes ? Ou pire encore... » Il n'ose pas imaginer la suite. Il se souvient de l'histoire d'un homme d'affaires japonais qui, en regardant un film porno, reconnut sa propre fille qui avait fugué. L'homme se jeta par la fenêtre du vingtième étage de l'hôtel. Non, lui n'a pas de fille, mais il a une petite sœur rebelle, marginale...

Il regrette de s'être mis dans cette situation. Il se dit que son imagination lui joue tout le temps des tours et qu'il faudrait la maîtriser un jour. S'il écrivait, il n'aurait pas de surplus d'images. Mais l'écriture lui fait peur. Il préfère enseigner *Les Mille et Une Nuits*, quitte à donner libre cours à ses délires d'interprétation.

Le téléphone sonne :

« Monsieur Jonathan, nous sommes désolés, mais Sonia a un empêchement de dernière minute. Elle ne viendra pas. Je pourrais vous proposer Katia, elle est aussi belle... »

Il l'interrompt :

– « Non, ce n'est pas grave. Une autre fois. Je m'en vais dormir. Bonne nuit. »

Il décide de prendre une douche pour se laver de cette histoire et s'endort profondément. Après tout, il a eu ce qu'il voulait : une heure de désir et d'espoir.

Pantoufles

Il avait une belle prestance, du charisme et une passion pour la justice. C'était un des avocats les plus réputés du pays. Les jeunes générations le donnaient en exemple. Il travaillait tout le temps et ramenait des dossiers à la maison. Sa femme protestait. Il faisait semblant de l'écouter, s'excusait puis se mettait en pyjama avant de s'enfermer dans son bureau. Gêné par son embonpoint, il n'était pas à l'aise dans ses costumes et détestait la cravate. Il avait en outre une petite excroissance à un orteil du pied gauche qui le faisait souffrir en silence. N'ayant pas les moyens de se faire faire des chaussures sur mesure, il se contentait de porter des Mephisto parce qu'un jour il avait lu dans un livre que le général de Gaulle, qui avait des problèmes orthopédiques, ne supportait que ce genre de chaussures laides mais étudiées pour pieds sensibles. Dès qu'il rentrait chez lui, il se déchaussait et se mettait à chercher ses pantoufles. Il ne les retrouvait jamais au même endroit. Il demandait à sa femme où elle les avait rangées, elle lui répondait « Vois ça avec la femme de ménage », sachant pertinemment qu'à cette heure, elle n'était plus là. Le grand avocat, le ténor du barreau, l'homme respecté de tous, se mettait à quatre pattes et cherchait ses pantoufles sous les canapés, sous le lit. Il savait qu'il avait l'air ridicule. Personne ne le voyait. Ses enfants étaient grands et ne vivaient plus chez lui. Il était seul avec sa femme, qui passait son temps devant la télévision. Il râlait, marmonnait entre les lèvres des petites expressions de colère. Il avait honte de devoir chaque soir chercher ses pantoufles achetées lors d'un de ses voyages en France, plus exactement à La Rochelle. Il les aimait, s'y sentait bien, ses pieds s'y reposaient et même son orteil ne lui faisait plus mal. Il les appréciait tellement qu'il aurait voulu les porter quand il faisait ses plaidoiries. Il était même convaincu que ses pensées seraient meilleures, plus judicieuses, plus brillantes. Mais les convenances ne permettaient pas cet écart.

Après un bon quart d'heure, il finissait par les retrouver. Une fois elles étaient sous l'évier de la cuisine, une autre dans la bibliothèque, glissées par des mains d'analphabète entre deux dictionnaires, parfois elles étaient dans les toilettes ou dans un placard où on rangeait les balais et l'aspirateur. Elles n'étaient jamais à leur place. Mais où serait leur place ? Normalement, il avait pensé qu'elle serait dans son bureau, là où il se déshabillait. Mais elles n'y étaient jamais. Au bout de quelque temps, il avait renoncé à les réclamer à sa femme. Il pensa les mettre dans le tiroir de sa table de travail. Il n'y avait pas de place. Il eut l'idée de les cacher dans le coffre. C'était sa femme qui en avait les clés. Elle lui poserait tellement de questions qu'il préféra y renoncer. Alors que faire ? Il passa toute une nuit à élaborer des plans pour déposer ses pantoufles en un lieu sûr afin de pouvoir les retrouver facilement quand il rentrait le soir. Aucune cachette ne convenait. Il s'endormit en faisant des rêves où il voyait tous les avocats de la cour venir en pantoufles au tribunal. C'était une mode. Il y en avait de toutes les couleurs. L'usine de Charente avait vu ses commandes augmenter et tous les hommes importants du Maroc marchaient avec des pantoufles en laine, en coton, en poil de chameau, en daim, en cuir fourré, etc. Lui aussi défilait dans les rues de Rabat

PANTOUFLES

en étant fier d'avoir lancé la mode. Des spots à la télévision en faisaient l'éloge. Des hommes-grenouilles descendaient dans les fonds marins en emportant avec eux leurs charentaises. Les parlementaires renoncèrent à leurs babouches jaunes pour des pantoufles avec les couleurs du pays. On pouvait entrer dans les mosquées en pantoufles pourvu qu'elles fussent propres. Il était ravi de nager dans ce bonheur, mais quand il se réveillait, ses chaussures noires le narguaient. Il les regardait, les prenait dans ses mains et était tenté de les jeter à la poubelle malgré leur prix élevé. Mais sa réputation, son rang et aussi sa femme qui ne disait mot, le rappelaient à l'ordre. Il les déposait, prenait sa douche en pensant qu'il allait se séparer de ses chères pantoufles. Il avait peur de devenir maniaque, d'entrer doucement dans la folie. Ce qui le préoccupait le plus c'était de trouver une astuce pour ne plus devoir les chercher chaque soir. Il les mit dans un sac en plastique qu'il accrocha au portemanteau. Le soir, le sac avait disparu. Il le retrouva dans la malle où sa femme déposait les vieux habits qu'elle donnait au Croissant-Rouge. Après une nouvelle nuit de réflexion, il décida de ne plus se séparer de ses pantoufles. Il les emporta avec lui dans un sac en plastique. Il se rendit dans un magasin de maroquinerie, les posa sur le comptoir et dit au vendeur : je voudrais un cartable de la taille de ces pantoufles, ou plus précisément quelque chose qui contiendrait les dossiers et les pantoufles. Le vendeur interloqué :

« Un cartable ou une valise ?

– Non, pas une valise, c'est pour un usage quotidien. Trouvez-moi quelque chose entre les deux.

– En cuir souple ou en plastique renforcé ?

– Qu'importe la matière pourvu que je puisse y mettre mes pantoufles et mes dossiers. En même temps, il faut que ce soit élégant. Vous n'auriez pas ces valises spéciales des pilotes ?

– Non, on les fabrique sur mesure et puis il faut que vous soyez dans l'aviation.
– Ah bon, si on n'est pas pilote, on n'a pas le droit de les utiliser ?
– Il me semble que non. »

Il finit par acheter un attaché-case noir qui dégageait une forte odeur de plastique. Il y fourra ses pantoufles, les ressortit un instant et les sentit. Il se dit que ce mauvais parfum d'usine était gênant, mais qu'au moins il saurait où elles sont.

Ainsi le plus grand avocat de Rabat réussit à résoudre l'une des affaires les plus épineuses de sa carrière.

Le suspect

Je m'appelle Mohamed Bouchaïb. Je suis laveur de carreaux. Je ne suis pas polonais mais marocain. Depuis quelque temps certains m'appellent Moha, d'autres, plus malins, m'appellent Bouche. Ils rient et je ne sais pas pourquoi. Ils font des plaisanteries autour de mon nom. Je ne savais pas qu'il pouvait être drôle. Je suis de taille moyenne, brun, très brun, barbu avec des cheveux frisés. Partout où je vais je me fais tout petit. Je suis arabe, un Arabe pauvre, et je ne suis pas chez moi.

Je suis vraiment typé. Je me fais systématiquement contrôler à l'entrée et à la sortie du métro. Il y a toujours un doigt qui me désigne dans la foule. On dirait qu'on m'attend partout où je vais. J'en ai tellement l'habitude qu'il m'arrive de me désigner moi-même à la police pour être fouillé. Je dis aux flics :

« Me voici ! »

Certains sourient ; d'autres me font signe de dégager. Je suis devenu l'homme standard pour toutes les fouilles. L'ennui, c'est qu'ils ne trouvent rien de compromettant sur moi et cela les énerve. Ils se fâchent parce qu'ils ont l'impression de travailler pour rien. Je me sens désolé pour eux. Je ne vais tout de même pas porter une bombe ou un revolver sur moi juste pour qu'ils aient raison et soient satisfaits ! Ils pourraient dire à la fin de la journée en rentrant chez eux : « Enfin une bonne prise ! Le salaud, il allait poser une bombe au supermarché, et sur le chemin il pensait vendre de la drogue à nos enfants à la sortie du lycée ! » Non, je n'arrive pas à jouer leur jeu. Je les déçois. Cela ne m'amuse pas.

Cela dit, j'ai beau être innocent, j'ai beau avoir la conscience tranquille, il m'arrive parfois de douter. Je doute de moi, je doute de ma famille, de mes amis, de mes papiers. Avant de sortir de la maison, je me mets en face du miroir et je me fouille moi-même. Je ne trouve rien. Que de vieux tickets de métro, un mouchoir, quelques pièces de monnaie. Je passe la main dans mes cheveux abondants, comme ils font, et je ne trouve ni couteau ni plaquettes de drogue. Je suis malgré tout inquiet. Je marche en me méfiant. Plus je doute de moi, plus les flics le remarquent et m'arrêtent pour vérification d'identité.

Je suis en règle, bien sûr. J'ai dû plastifier mes papiers parce qu'à force d'être manipulés ils risquaient de partir en morceaux. Attention, je ne suis pas malade, je suis tout simplement un suspect idéal. J'ai tout contre moi. À la fin d'une journée de travail, je suis noir. Les vitres des bâtiments parisiens sont vraiment sales. On dirait que je sors d'une mine de charbon. Ma blouse est sale. J'ai les traits tirés et les yeux fatigués. En outre, la barbe que je porte par paresse depuis des années fait de moi ce qu'ils appellent un « islamiste intégriste ». On m'a souvent posé la question : « Es-tu intégriste ? », comme si c'était une race ou une nationalité. Je réponds :

« Vous voulez dire si je suis musulman ? Oui, je suis musulman, mais j'aime boire de temps en temps un verre de vin avec les copains ; je ne mange pas de cochon et je vais rarement prier à la mosquée. Je fais le ramadan. Ça, c'est sacré. Même mes enfants, qui sont en âge de jeûner, le font. C'est obligatoire, c'est notre religion, ça ne fait de mal à personne. Je ne prie pas tous les jours mais je fais le

LE SUSPECT

ramadan. Avant d'arriver en France je ne connaissais pas le mot "intégriste". Je crois l'avoir entendu pour la première fois à la télé. »

Alors je serais suspect parce que je suis musulman ou parce que je ne suis pas beau ? Ils disent que nous portons la barbe pour leur faire peur. Ai-je une tête à faire peur ? Peut-être bien que oui ! C'est curieux, plus je fais attention, plus je soigne ma présentation, plus j'attire la suspicion des flics. Ils disent : « Celui-là n'est pas net ! » Et qu'est-ce qu'un type net ? Est-ce un type blanc de peau et bien habillé ? De quelle couleur doit-on avoir les yeux pour être net ?

Depuis que des camarades m'appellent Bouche je n'ai que des ennuis. L'autre jour un policier m'a demandé :

« Tu ne serais pas un soldat de Saddam ? »

Je lui ai dit qu'il n'y a de commun entre Saddam et moi que la moustache. On a ri puis j'ai repensé à tout ça. Juste après, il y a eu la guerre. Là, j'ai eu raison d'avoir peur. Je suis entré dans la guerre comme on entre dans un café. Je m'y suis trouvé dedans sans le vouloir et sans m'en rendre compte. Comme beaucoup de gens, je pensais que la guerre allait se passer à la télé. Je me trompais. Car la guerre allait venir jusqu'à notre lieu de travail. Je devais ce jour-là faire partie de l'équipe qui nettoie les vitres de la tour Montparnasse. C'était prévu depuis longtemps. Nous étions deux Maghrébins et deux Européens, un Portugais et un Français. Le contremaître nous dit à mon collègue algérien et à moi :

« Non, pas cette fois-ci, vous allez rester au siège ; il y a du ménage à faire ici, les W.-C. par exemple. »

J'en fus étonné, surtout que Martin est plutôt du genre gentil. Ce matin, son regard n'était pas net. Il avait quelque chose à nous reprocher. On n'avait rien fait de mal pourtant. Mon copain algérien m'a dit :

« Tu vois, la guerre a bel et bien commencé ! »

Nous passâmes la journée à tourner en rond, privés de travail pour raison de guerre. Je pensais que la guerre se passait dans le Golfe, mais voilà qu'on nous considère comme des soldats de Saddam et de l'islam, mis à l'écart, suspectés de je ne sais quel crime. Peut-être que nous sommes des terroristes et nous ne le savons pas. Peut-être que nous avons été investis d'une mission à notre insu.

C'est en ces moments de désarroi et de tristesse que je me suis mis à penser à mon village. Je le voyais ensoleillé, fleuri et verdoyant. En réalité mon village n'est pas beau ; il est même sec et dur. C'est pour cela que je l'ai quitté. Mais il me plaisait de l'imaginer autrement. Il y a une beauté intérieure à chaque chose. Même les pierres sont belles. Il est loin le village. Le patron regarde la télé. On ne voit rien ; on entend une voix dire qu'une longue guerre entre les chrétiens et les musulmans a commencé. Je savais que j'étais en guerre mais je ne savais pas contre qui. Heureusement qu'il y a la télé pour me l'apprendre. On me dit que c'est le djihad, que l'islam va triompher des mécréants... Puis j'apprends que des Arabes se battent contre d'autres Arabes. Tout cela est compliqué. Ce que je sais, c'est que je devais nettoyer la tour Montparnasse et que je suis en chômage technique.

Alors je pense à mes enfants. Que vais-je leur dire ce soir ? Leur raconter par exemple que les Arabes ont eu leur âge d'or, qu'ils ont inventé le zéro et l'algèbre, qu'ils ont introduit en Europe chrétienne la philosophie grecque et de grandes découvertes en médecine... Je leur citerai le passé glorieux, puis la défaite, les défaites, les guerres d'indépendance, puis le retard collé à notre peau, et le présent, moche, trop moche pour les faire rêver... Je suis sûr qu'ils ne me croiront pas. Ils penseront que, pour les calmer, j'invente aux Arabes un âge d'or. Mais ils s'en moquent.

Mes enfants sont grands. Ils sont trois et ont entre quinze et vingt ans. Quand je leur parle en arabe, ils me répondent

LE SUSPECT

en français. Ils ne sont pas fiers de leur père. Je les comprends. Ils ne disent rien, mais je sais qu'il n'y a pas de quoi être fier d'avoir un père laveur de carreaux. On se parle peu. Les jours de fête, ils s'en vont avec des amis. Je les vois à peine. Ce soir, ils doivent être devant la télé. Je n'ai pas le courage de rentrer. Ils doivent m'en vouloir d'être ce que je suis, d'être ce qu'ils sont. Un jour, Rachid – le plus jeune – m'a rapporté ce qu'un surveillant du collège lui a dit après une bagarre entre élèves arabes :

« Bientôt, on va dératiser ! »

C'est nous les rats ? Je ne savais pas qu'on nous appellait les rats. On dit bien « raton » pour Arabe et « ratonnade » pour une agression contre un Arabe. Mais qu'avons-nous fait à Dieu et à son Prophète pour mériter tout ça ? Peut-être que tel est notre destin. Nous serions faits pour émigrer. Notre prophète Mohammed n'est-il pas le premier émigré de l'islam ? Je sais qu'en l'an 622 il a dû quitter La Mecque pour se réfugier à Médine.

À présent que la guerre a éclaté, qu'allons-nous devenir ? Je sais : je vais être plus suspect qu'avant ; je serai fouillé plusieurs fois par jour, je vais subir sans réagir ; je marcherai sans lever les yeux, sans déranger personne ; je me ferai encore plus petit que d'habitude, tellement petit que je deviendrai un objet négligeable, à peine visible. S'écraser, se taire, avaler des couleuvres, encaisser de nouvelles défaites...

J'étais plongé dans ces pensées désespérées lorsque Martin me demanda de faire partie de l'équipe de Notre-Dame. Une fois par mois, notre société nettoie les vitraux de la cathédrale Notre-Dame de Paris. Je fus surpris. Je crus que la guerre était déjà finie. Je ne voulais pas en parler. Les chrétiens ont dû gagner. Martin me dit en posant sa main sur mon épaule :

« Tu es un type bien, toi ! Je peux te faire confiance ; je te connais, tu n'es pas un extrémiste, tu n'es pas un méchant... »

J'avalai ces compliments confus et ambigus et rejoignis l'équipe, où j'étais le seul Arabe. En chemin je me disais : « Je suis un type bien, puisque le patron l'a dit. Et si l'envie me prend de tout casser ? Et si je n'arrive pas à me maîtriser et que je devienne méchant ? C'est quoi un type bien ? Quelqu'un qui baisse la tête et se laisse faire ? »

D'après la radio – j'ai toujours sur moi un petit transistor – les avions américains ont déversé dix-huit mille tonnes de bombes sur l'Irak. Ça fait combien de morts, dix-huit mille tonnes de bombes ? Ils ne l'ont pas dit à la radio. Ça doit faire tellement de monde qu'ils préfèrent le taire. Je ne suis pas irakien, mais ça me fait quelque chose ; j'ai comme une douleur ou un poids dans l'estomac. Ce sont des Arabes, des musulmans comme moi qui ont reçu des bombes. Ils disent à la radio et à la télé que nous sommes des fanatiques. Ils sont forts, ces Américains : du haut de leurs avions ils repèrent les fanatiques et leur adressent des salutations bourrées de bombes ! C'est ça la civilisation ? Ils nous montrent qu'ils savent faire la guerre, qu'ils savent tuer.

À Notre-Dame de Paris il y avait foule ce jour-là. Des hommes et des femmes en petits groupes priaient. Ils se recueillaient en silence, réclamant à Dieu clémence et miséricorde. C'était émouvant. J'avais envie moi aussi de prier. Mais il fallait se mettre au travail. À la radio on a beaucoup parlé de missiles et d'Israël.

Du haut de mon échafaudage, je priais intérieurement. J'invoquai Allah et son prophète Mohammed pour qu'ils fassent régner la paix sur la terre, pour que nous autres Arabes soyons mieux considérés, moins suspects, pas forcément aimés, mais au moins respectés.

Le lendemain, je crois que c'était le premier jour de février, alors que j'étais en train de passer un produit sur un superbe vitrail tout en ayant l'oreille tendue vers le transistor, j'entendis cette nouvelle : « Le président François

LE SUSPECT

Mitterrand s'est entretenu jeudi 31 janvier par téléphone avec une famille d'agriculteurs israéliens du kibboutz Kfar Hanassi. Il s'est enquis de la situation dans le pays et a exprimé sa solidarité aux populations juives qui vivent des moments difficiles...» Sans même terminer les dernières retouches, je descendis à toute vitesse de l'échafaudage, demandai à mes collègues de m'excuser et me précipitai chez moi. Ma femme fut étonnée de me voir rentrer plus tôt que d'habitude. Je lui dis de préparer mes habits de fête, djellaba blanche, saroual blanc, chemise de soie, et de faire brûler de l'encens. Elle me demanda si nous attendions une visite, je lui répondis :

« Peut-être, on ne sais jamais ! »

Je me rasai, me lavai, me mis au salon près du téléphone et attendis l'appel du Président.

Une première version de cette nouvelle a paru en février 1991 dans Le Nouvel Observateur. *La version publiée ici en est une variante définitive.*

Tricinti

Il revient chaque année à la même époque, juste après le printemps, au moment où il commence à faire chaud. Il sort de sa vieille fourgonnette, tout de blanc vêtu, un gros cartable à la main. Les enfants accourent vers lui. Ils le connaissent bien et l'appellent « Moul Tricinti », celui qui leur promet d'amener au village l'électricité et l'eau courante. Moul Tricinti s'appelle en fait Nour Eddine, « lumière de la religion ». Le fou du village l'appelle « Mour Eddine », ce qui veut dire « à l'arrière de la religion ».

Il fait précéder chacune de ses visites de techniciens qui arpentent le territoire, prennent des mesures, font des croquis, discutent avec les habitants puis repartent en disant : « À la saison prochaine ! » Ils savent que la lumière, ce ne sera pas pour demain. Mais ils font leur travail assez consciencieusement et surtout obéissent aux ordres de Nour Eddine, vieux routier de la Rade, Régie autonome de l'électricité, installée au centre de Marrakech.

Le bureau qu'il partage avec deux autres fonctionnaires de la Rade est assez crasseux. Il y a là de quoi déprimer le plus dynamique et le plus optimiste des Marocains. Tout y est vieux : les tables, les chaises, les cendriers en plastique vantant les bienfaits d'une limonade qui n'existe plus, le calendrier des sapeurs-pompiers de la décennie précédente, l'unique machine à écrire que les trois hommes utilisent à tour de rôle selon un accord affiché au tableau des notes de service. Nour Eddine y rédige des rapports sur ses investigations dans les campagnes privées d'eau et d'électricité. Ce sont des textes du genre :

« Au nom de Dieu le Clément et le plus que Miséricordieux, au nom de Celui par qui la lumière arrive, la vraie, celle du ciel, celle du secret ; en ce jour du 5 *doulhijja* 1407 de l'Hégire, correspondant au 11 août 1987, j'ai l'honneur de porter à la connaissance de ma hiérarchie ce qui suit :

À Mzouda, petit *douar* de la région d'Imintanout, terre de pierres et de poussière, la lumière d'Allah est réticente à voir surgir la lumière des hommes. Les plaines rejoignent le ciel dans un mouvement à peine visible où les couleurs de la terre rouge et des nuages frêles et transparents donnent envie de tout abandonner pour se réfugier dans la poussière de l'amour de Dieu.

Que faire pour convaincre les habitants de ce village que la lumière de Dieu est plus belle que celle des hommes ? Comment leur démontrer que le bonheur n'est pas dans les poteaux et encore moins dans des fils noirs servant de perchoir aux corbeaux ? Ah, que l'homme est entêté, surtout dans cette région qui a dû recevoir il y a longtemps la foudre de l'entêtement !

À Mzouda, ce village resté intact depuis plus de mille ans, ce sont les femmes qui poussent les hommes à réclamer l'électricité. Ce sont elles qui commandent ; normal, elles travaillent deux fois plus que les hommes. Cela étant, elles ont beau réclamer, aucun budget, à notre connaissance, n'a été prévu pour cette région. Elles auraient mis à contribution le grand sorcier d'Imintanout, celui qui ne sort jamais, vit la nuit et communique avec les scorpions et les serpents.

Pour toutes ces raisons, le directeur m'a chargé d'aller les calmer et surtout de leur faire des promesses que je dois renouveler toutes les saisons...

AMOURS CONTRARIÉES

Qu'Allah guide nos pas dans le sentier de la lumière et nous protège des flèches empoisonnées de la sorcellerie ; notre religion maudit les sorciers et ceux qui font appel à leurs services. »

Nour Eddine est mal payé. Il ne sait plus comment faire pour s'en sortir. À trente-huit ans, il n'est toujours pas marié. Il dit qu'il n'en a pas les moyens. Il aime les femmes. Avec ou sans argent, il arrive souvent à en séduire quelques-unes, puis les abandonne à leur sort. Il avoue volontiers qu'il aime plus le sexe que l'amour, précise que le mariage est une prison qu'il laisse à ses collègues, lesquels n'ont que ce qu'ils méritent.

Malgré sa petite taille et sa myopie, Nour Eddine plaît. Des femmes souvent belles défilent dans son petit appartement. Certaines sont mariées, d'autres divorcées. Il préfère ces dernières parce que l'absence d'homme les frustre et rend leur désir plus intense ; en outre le risque d'être attaqué par un mari jaloux est écarté. Il drague surtout dans les autobus. Il dit qu'il préfère se rendre à son bureau en bus parce que c'est là qu'il rencontre les femmes qui lui plaisent : pauvres – sinon elles ne prendraient pas le bus –, simples et directes. Il a toute une théorie sur la sexualité en milieu pauvre.

Avec son salaire il arrive à peine à se nourrir et à acheter un paquet de cigarettes américaines par semaine ; le reste du temps il se contente des cigarettes nationales nuisant dangereusement à la santé avec encore plus de virulence que les étrangères. Il sait que ses collègues ont des combines pour arrondir leurs fins de mois. Lui, il n'a que des missions en terre pauvre. Quand il arrive au village, on l'invite à manger et on lui offre des poulets vivants dont il ne sait que faire. Souvent ils meurent durant le voyage de retour. C'est pour cette raison que sa fourgonnette pue. Il néglige de la nettoyer, pensant que l'odeur de la cigarette américaine couvrira celle des fientes des poulets. Une fois on lui a offert un bouc noir, qui lui causa une série de problèmes qui le rendirent malheureux. On lui avait dit que cet animal était sacré et qu'il ne fallait pas le tuer. Il comprit qu'on le lui avait offert pour s'en débarrasser. Le bouc dégageait une puanteur terrible. Dès qu'il eut quitté le village, il l'abandonna sur le bord de la route. À quelques centaines de mètres de là, Nour Eddine eut un accident. Heureusement il s'en sortit indemne. L'animal portait malheur.

Avec le temps il a décidé de refuser les cadeaux des villageois et a compris qu'il pouvait vendre les promesses de l'État, promesses qui ne l'engageaient pas. Alors il demande au caïd de rassembler les hommes du village et leur fait le discours suivant :

« D'après le plan quinquennal préparé par le Gouvernement et approuvé par le Parlement, et suivant les hautes directives de Sa Majesté – que Dieu le glorifie et lui assure longue vie –, d'après les prévisions de la Banque mondiale, du FMI et de Hadj Baraka, chef de la lucidité, de la sérénité et de la clairvoyance de jour et de nuit avec ou sans lumière artificielle, selon l'humeur de l'ingénieur en chef du district du Sud-Ouest et surtout selon les fuites que le *mokaddem* de son quartier nous a communiquées gracieusement, selon les dispositions climatiques, la position des nuages au sud de l'Espagne et surtout au sud de notre pays, dans les provinces sahariennes récupérées grâce à l'aide de Dieu, selon la trajectoire des oiseaux migrateurs et des criquets mauritaniens qui auraient décidé d'annuler cette année leur grande invasion, je suis en mesure de vous dire que je peux vous certifier que votre village a été inscrit sur le cahier bleu des projets semi-urgents pour l'électrification et pour la desserte en eau courante, potable, contrôlée et payante.

AMOURS CONTRARIÉES

Il est aussi en mon pouvoir de vous confirmer que nous commencerons par les maisons qui ont un niveau, une porte et deux fenêtres. Je sais que c'est une demande formulée par les femmes. Je les comprends. L'intérieur d'abord. Les rues et places publiques ensuite. Donc, *inch' Allah*, si Dieu, le Très Grand, le veut, nous commencerons par les maisons. Nous avons un projet d'installation d'une électricité qu'on peut allumer et éteindre à distance, sans bouger, sans se fatiguer. Avec une télécommande, un objet magique, on fait la lumière ou les ténèbres. On peut même moduler l'intensité de l'éclairage. C'est de la magie. Autant passer de l'âge préhistorique au vingt et unième siècle. C'est vrai que le Maroc s'est promis de ne pas entrer dans l'an 2000 en ayant encore des villages non éclairés comme le vôtre. Vous vous imaginez la honte ? Des télévisions viendraient du Japon et d'Amérique vous filmer parce que vous représenteriez les traces encore visibles de la préhistoire. Donc, le Maroc n'abordera l'an 2000 que complètement éclairé. Mais pour la réalisation de ce projet si important, la régie a besoin de votre aide. Cette aide est de deux sortes. *Primo* : convaincre les réticents (je sais qu'il y en a de moins en moins, même si Moha qui habite dans l'arbre continue de délirer pour empêcher que vous ayez votre part de lumière); *secundo* : mettre la main à la poche pour faire passer votre village du dossier bleu dit "semi-urgent" au dossier rouge dit "urgent", et, si les sommes récoltées sont assez importantes, je ne vous cache pas que nous pourrons brûler les étapes et passer au dossier blanc, celui de l'immédiat, celui du présent qui ne connaît ni retard ni difficultés, celui qui devient un laissez-passer magique, une clé en or qui ouvre toutes les portes de tous les ministères, de tous les offices, de tous les cabinets. À vous de voir. Je reste à votre disposition pour tout renseignement et vous prie cette fois-ci de ne pas m'offrir de poulets et encore moins de bouc. Je ne sais pas les égorger ni les faire cuire. En revanche, j'accepte les billets bleus, ceux qui ouvriront les portes de la lumière ! »

Le caïd opina de la tête et apporta son appui en s'adressant lui aussi à l'assemblée :

« Convenez que notre village ne pourra pas rester à l'écart de la civilisation. Nous nous sommes habitués à vivre comme si le progrès ne nous concernait pas. Fini le temps où le monde s'arrête avec la fin de la piste qui mène vers la route goudronnée. Aujourd'hui nous sommes en droit d'exiger notre part dans le progrès dont jouissent les villes. Pour cela il ne faut pas attendre de passer par l'arc-en-ciel des dossiers. Une seule couleur nous est favorable, celle préférée de nos ancêtres, celle chérie par notre Prophète, la couleur de notre cœur, la couleur de notre âme, la couleur blanche. Mais elle vaut cher. Avec mon ami Nour Eddine, l'homme de l'intégrité, de la confiance, de l'honnêteté, de la blancheur du cœur et de l'âme, avec lui nous avons calculé la somme à rassembler : trente-cinq mille dirhams, c'est-à-dire trois millions et demi pour ceux qui comptent en centimes, ou alors cela fait sept cent mille rials. Je sais que cela est beaucoup, mais pour transformer votre vie, notre vie, ce n'est pas beaucoup. Et comme on dit : "La main de Dieu est avec celle de tous" ! »

Après des applaudissements faibles et quelques ricanements, Nour Eddine sent le besoin de citer les bienfaits que l'électricité leur apportera :

« Réfrigérateur, télévision en couleur qui n'aura plus besoin de gaz butane pour marcher, avec le gaz les images ne seront jamais en couleur, en outre le gaz est dangereux, lave-vaisselle, lave-linge, machine à coudre, chauffage l'hiver, climatiseur l'été, chambres éclairées avec délicatesse, disparition des scorpions, des mouches et même de la migraine qui fait tant souffrir les femmes qui s'énervent quand elles peinent à faire les travaux ménagers. Tout cela je vous le garantis à condition, oui, à condition que vous y mettiez le prix. »

C'est le même discours que celui de l'année dernière. Il a juste ajouté la migraine. L'an dernier il avait dit que les règles provoquent la migraine. Cette année, il a corrigé son texte. On ne parle pas de ces choses-là en public. Malgré tout, il était reparti à Marrakech avec la somme de deux cent mille rials qu'il devait partager avec le caïd. Il prétend que, grâce à cette première somme, le dossier changera de couleur.

Tout aurait pu se passer comme d'habitude si les femmes ne s'étaient réunies de leur côté pour mettre les choses au clair. Comme par hasard, Moha se joignit à elles et prit la parole :

« Évidemment, il est revenu. Lui, c'est Mour Eddine, il est revenu comme un jour sans pain, comme un hiver sans pluie, il est revenu comme une maladie incurable, visage ingrat de l'indignité, regard corrompu. Mour Eddine, c'est le déchet de la religion, petit mec sans importance qui vient exploiter la naïveté des paysans pauvres. Mais il oublie, ce fils de non-religion, cet enfant de la ville pourrie par le vol et le mensonge, il oublie que derrière chaque paysan, il y a une femme. Il ne sait pas ce dont les femmes sont capables. Je propose... »

La vieille Rahma le fait taire et dit :

Ce n'est pas la première fois qu'on nous promet l'électricité. Chaque fois nous avons payé. Nous n'avons rien vu venir. Ce sont des voleurs, des escrocs qu'il va falloir traiter comme ils le méritent.

– Ce machin arriéré de la religion, ce type qui s'habille en blanc pour nous piller, c'est la deuxième fois qu'il vient. Il veut de l'argent, dit Khadija, la faiseuse de pain.

– Alors qu'est-ce qu'on fait ? demande Aïcha, la toute jeune mariée déjà enceinte.

– Oui, dit Kenza, la sage-femme, s'il faut payer, on paye, mais comment être sûr que cet argent nous apportera l'électricité ? J'en ai assez des accouchements à la lumière de la bougie.
– Qu'avez-vous besoin de *tricinti*, dit Moha, vous qui avez tant de lumière dans le cœur, dans l'âme ? Vous ne vous rendez pas compte de votre chance...
– Il ne s'agit pas de ça, dit Rahma. Il s'agit de vol, de corruption, d'escroquerie. Avec ce genre de type, nous n'aurons jamais de lumière. Nous devons réagir et soumettre Moul Tricinti aux ténèbres. Il faut qu'il soit puni.
– Vous n'allez pas le séquestrer et lui faire des choses ? demande Moha.
– On va seulement s'en occuper, c'est tout. On ne lui fera pas mal. On lui prépare un bel avenir. Toi Moha, tu es chargé de nous l'amener ce soir, après le dîner, juste au moment où il ramassera l'argent. »

Les hommes dînent sur la terrasse de la maison de Bouchta. Moha fait le service, se partage entre les hommes et les femmes à la cuisine. Au moment du thé, il prend Nour Eddine à part et lui demande de le suivre. Dès qu'il entre, les femmes se mettent à chanter pendant que la plus jeune danse sur la table en lâchant ses cheveux. On l'installe entre deux gros coussins et on l'entoure d'encens. Un enfant lui enlève ses chaussures et lui offre un premier verre de thé. Il ne sait pas ce qui lui arrive mais se sent bien. Un autre enfant lui apporte un plateau de gâteaux au miel. Nour Eddine adore les gâteaux au miel. Il s'empiffre tout en buvant du thé et regarde le corps gracieux de la jeune fille danser face à lui. Discrètement, il glisse sa main droite sous sa djellaba pour calmer les ardeurs de son pénis. Il se caresse nerveusement et ses yeux voient trouble. Une vieille femme s'approche de lui et lui tend un autre gâteau au miel.

Il l'avale et lui baise la main. Il se dit qu'il est en train d'entrer dans quelque chose comme le paradis. Les formes de la danseuse l'excitent. Il sait que dans cette région il n'y a de sexualité que dans la légalité. De toute façon on ne parle pas de cela et on n'ose même pas dire que telle fille est belle. Cela, il le sait. Il ne s'imagine pas au lit avec une de ces femmes. Elles sont dures et ont la réputation d'être redoutables. Il se tient bien, même s'il sent sa tête tourner légèrement, allant vers une étrange euphorie. Il a sommeil. Les femmes battent des mains. La musique qui sort d'un gros transistor à piles est assourdissante. Il essaie de boucher ses oreilles. Tout tourne autour de lui. Il a mal au ventre. Il se lève, puis tombe. Les femmes éteignent le transistor, ramassent les verres et les plateaux puis demandent à Moha d'appeler Si Mohamed.

« Il est à vous à présent. Il est bien cuit, dit Rahma.
– Malheureuses, vous avez exagéré !
– Non, c'est lui qui a trop mangé de gâteaux au miel. Comme tu sais, le *ma'ajoune* et le miel donnent un mélange détonnant. Il n'en mourra pas. Ne t'en fais pas, il se réveillera demain chez le *cadi*, tu sais, le plus vieux marieur de la région.
– À qui tu le destines ?
– Mais à Dawiya !
– Quoi ? Dawiya-la-folle, celle qui vit avec les animaux ?
– Oui, Dawiya, la vieille fille la plus laide, la plus âgée et la plus méchante, celle dont personne ne veut, celle dont la naissance a fait notre malheur, celle élevée comme un garçon, rude et dure, ingrate et sèche, mauvaise comme la maladie, celle née l'année de la famine et qui n'a cessé de porter malheur au village.
– Tu vas lui livrer Nour Eddine ?
– Oui, on va les marier.
– Ce n'est pas un mariage mais un exil en enfer !

TRICINTI

– Est-elle au courant ?
– C'est elle qui a fait les gâteaux. Elle a eu la main lourde, a mélangé l'herbe du sommeil avec le haschisch et le miel. Son trousseau est prêt. Elle partira vivre à Marrakech avec son époux. Quant à l'électricité, nous n'en voulons pas. Qu'ils la gardent pour eux. Elle est ravie de se marier avec un citadin. Ce sera sa fête !
– N'as-tu pas peur pour elle ?
– Non, j'ai peur pour lui !
– Peut-être qu'elle se calmera, surtout si elle lui fait beaucoup d'enfants...
– À son âge, ça m'étonnerait.
– Tu oublies l'intervention décisive de Hadj Baraka...
– En tout cas elle n'apportera plus la honte à notre tribu. C'est une bonne occasion pour nous en débarrasser. On marie le fonctionnaire et on met fin à ces visites où on nous dépouille. »

Nour Eddine dort profondément dans le lit de Mohamed et Rahma. Leur fille Dawiya est allongée à ses côtés. Le maquillage a fait ressortir sa laideur. Elle est parfumée à l'excès avec de l'essence de clou de girofle. Dehors, tout le monde est prêt pour la célébration du mariage. On n'attend que le réveil de l'élu. Vers midi, Nour Eddine se réveille avec un léger mal de tête. Dawiya l'entoure de ses bras, l'embrasse et lui dit la phrase qu'elle avait entendue dans un feuilleton égyptien : « As-tu bien dormi chéri de mon cœur ? As-tu fait de beaux rêves pleins de sucre et de miel ? Étais-je dans ces rêves-là ? Viens mon chéri, mon homme, ta petite femme va s'occuper de toi. »

Il n'a pas le temps de réagir ni de réaliser ce qui lui arrive. Les hommes pénètrent dans la chambre suivis de deux *adoules*, des sortes de notaires ; ils tiennent entre les

mains le grand registre des mariages et des divorces. Le père dit :
« Ici nous ne sommes pas au Rif. Là-bas on tue l'homme qui a fait ce que tu as fait. Nous sommes plus cléments : nous t'offrons notre fille selon les lois et règles de notre prophète bien-aimé Sidna Mohammed. Un moment d'égarement. Tu as abusé d'elle, alors tu abuseras d'elle dorénavant dans la légalité. Estime-toi heureux. Tu es arrivé hier célibataire, tu repars aujourd'hui marié ; en cela tu accomplis ton devoir de bon musulman et nous oublions la gravité de ta faute.
– Mais je n'ai rien fait. Je ne la connais pas... C'est un piège, j'irai à la justice, je me plaindrai, je ferai un scandale, vous n'aurez jamais l'électricité...
– N'aggrave pas ton cas. Le constat d'abus de confiance, pour ne pas dire viol, a été attesté et établi par douze témoins ; ils ont en leur possession le saroual taché de sang. C'est une preuve incontestable. C'est le sang de ma fille, que tu as déflorée alors qu'elle dormait. Ta parole ne pourra rien contre celle de douze hommes, bons musulmans, hommes de bien. »

Dawiya, toute enveloppée dans le drap, pleure. On ne sait pas si ce sont des larmes de joie ou de regret. Les *adoules* demandent la carte nationale de Nour Eddine pour rédiger l'acte de mariage. Il proteste, mais sait que cela ne sert à rien. Il menace. Le caïd lui conseille de ne pas trop s'agiter. Il se met à pleurer. Dawiya lui tend son mouchoir déjà mouillé par ses propres larmes. Il le prend et, sentant le clou de girofle, faillit s'évanouir. Les femmes arrivent avec le thé. Elles chantent et poussent des youyous. Nour Eddine est accablé. Il soulève le voile qui cache le visage de la mariée. Il le remet comme s'il avait peur, puis hurle. Un des *adoules* lui ferme la bouche avec la paume de la main.

On lui présente l'acte de mariage, qu'il signe. Il remarque une clause en bas de page : « Cette union a été consentie dans le respect de l'islam et de la charia. Par un commun accord, la répudiation est interdite. Le divorce ne peut se faire que par consentement mutuel et après une période minimum de cinq ans de vie commune, suivant en cela les nouvelles dispositions du nouveau Code de statut personnel du Maroc. »

À midi, Mohamed égorge un mouton et lance les invitations pour la fête du soir. Tout Mzouda est invité. Dawiya et Nour Eddine sont unis, à la vie, à la mort
« Puisse cette union apporter la lumière dans ton cœur, toi qui as cru que l'électricité suffisait au bonheur des gens. À présent tu sauras que la lumière d'Allah est plus belle, plus essentielle que celle des hommes, des hommes de ton espèce, corrompus et indignes », dit Moha, qui a pitié de ce pauvre fonctionnaire des villes invité à faire l'apprentissage de la patience et de l'amour.
Nour Eddine demande à Dawiya d'être gentille avec lui :
« Je ne te ferai aucun mal. Je suis fragile. Je ne suis qu'un homme des villes. Tu es mieux préparée que moi pour affronter les difficultés de la vie... Tu as la peau tannée par le soleil et les épreuves. Mais s'il te plaît, fais-moi plaisir, ne te parfume plus avec cette essence de clou de girofle, elle me donne des maux de tête horribles.
– Tu vas apprendre à vivre avec ; ce parfum est ma deuxième peau, alors tu auras tout le temps mal à la tête. À part ça, arrête ton bavardage. Ma sécheresse n'est qu'une apparence. J'ai un cœur et je suis heureuse parce que tu ressembles à un âne. Comme tu sais, on a dû te le dire, je ne m'entends qu'avec les animaux. Dorénavant tu t'appelles Nour el Hamir ! Lumière des ânes ! Avec toi, tant que tu te contentes d'être mon âne, je serai du miel... »

AMOURS CONTRARIÉES

Là il a la nausée et crie :
« Adieu la vie : je suis éteint ! »

Dawiya et Nour Eddine n'ont pas eu d'enfants. Nour Eddine s'est mis à ressembler à un âne et Dawiya à une vipère. Quant à Mzouda, il n'a pas eu d'électricité. Plus aucun fonctionnaire de la Rade ne s'est aventuré dans la région.

Une première version de cette nouvelle a été publiée dans le recueil Des plumes au courant *(Stock, 1996). La version publiée ici en est une variante définitive.*

TROISIÈME PARTIE

Trahison

« Toi qui n'est pas un ami, mais une infection d'ami ! L'amitié a-t-elle un cœur si blême et si laiteux qu'elle tourne en moins de deux nuits ? »

Acte III, scène II

« ... Qui vit sans être calomnié ou sans calomnier ? Qui meurt sans emporter dans sa tombe une perfidie infligée par ses amis ? J'aurais peur que ceux qui dansent aujourd'hui devant moi ne me piétinent un jour. Cela s'est vu. Chacun ferme sa porte au soleil déclinant. »

Acte I, scène II

« Le compère qui est assis à côté de lui, qui partage son pain avec lui, et qui boit à sa santé dans le même verre, est l'homme le plus disposé à tuer... »

Acte I, scène II

« L'ingratitude est chez eux héréditaire ; leur sang est figé, il est froid, il coule à peine. C'est par manque de chaleur naturelle qu'ils ne sont pas généreux... »

Acte I, scène II

William Shakespeare, *Timon d'Athènes* (traduction de Jean-Michel Déprats), « La Pléiade », 2002.

Hammam

Cela fait longtemps que je rêve d'aller au hammam. J'ai beau prendre une douche tous les matins, veiller de manière quasi maniaque à mon hygiène, je me sens sale. Le hammam me manque. Davantage qu'une nostalgie d'enfance, ces années enrobées de vapeur et d'images floues, ce temps où l'innocence nous permettait d'accompagner nos mères dans ces lieux d'intimité équivoque, le bain maure, ou bain turc comme l'appellent les orientalistes, est un espace privilégié, une sorte de secret que tout enfant marocain garde précieusement dans sa mémoire. On ferme les yeux et on laisse passer l'enfant. La gardienne n'est pas dupe ; elle fait comme si rien de bien grave ne se passe dans cette lumière voilée, donnant aux corps des femmes des formes extravagantes ou sublimes, débordantes de désir et de mystère. Avec le temps, ces images ne cessent de grandir et de prendre des proportions inquiétantes. Certaines disparaissent, d'autres ressurgissent dans des rêves perplexes. Pour les uns, toutes les femmes qui se lavent dans cette semi-obscurité sont des ogresses, pour les autres seule leur propre mère existe et ils ne voient qu'elle.

Ce n'est pas dans ce hammam-là que j'ai envie de me rendre. Je garde ce souvenir dans un tiroir secret et même s'il m'arrive de l'ouvrir pour constater l'état des lieux, je n'ai jamais cru que ces femmes avaient des dents entre les cuisses pour manger les petits garçons. Cette rumeur est une invention des hommes qui ont peur des femmes. Tout en se frottant contre le ventre de leur mère, ils imaginent que les autres les engloutissent dans leur sexe.

J'aime bien cette époque même si, avec le temps, je l'embellis et la réinvente à l'infini. Le hammam revient souvent dans mes rêves : un lieu magique et irréel, une sorte de grotte de la préhistoire de chacun. On y a planté quelques clous. En fait ce n'est pas un lieu, c'est l'image d'une chambre noire où des corps sont portés par des nappes de vapeur, et moi, éternellement enfant, je ferme les yeux quand ma mère se dénude.

Je sens le besoin violent de passer toute une matinée dans un vieux hammam de Fès, là où une fois par semaine, à peine adolescent, j'allais avec mon frère aîné faire les grandes ablutions. Mais pourquoi cette envie, ce besoin ? Pour une raison simple : je me sens vraiment sale ! Je sens des peaux mortes résister et pénétrer dans ma chair. Malgré la douche quotidienne, malgré le bain chaud le soir pour me détendre avant de dormir, je sens que sous la peau, des saletés se sont incrustées et persistent à dégager de mauvaises odeurs. Tous les matins je m'asperge d'eau de Cologne discrète et pourtant les saletés s'en emparent et la transforment en un parfum frelaté. J'ai dû être contaminé et je ne sais pas par quoi. Heureusement je suis le seul à sentir ces odeurs. Mes amis ne se rendent compte de rien, sinon ils ne se gêneraient pas pour me le faire remarquer. J'ai lu un article dans un journal scientifique sur les maladies orphelines. À la fin de la lecture j'étais moi-même orphelin. Je m'étais identifié à plusieurs de ces aberrations. Curieusement, pas un mot sur mon mal. S'il n'est même pas orphelin, c'est qu'il n'existe pas. Alors je dois fabuler. La perversité serait l'invention par moi-même de cette maladie. Je sens bon mais j'ai le nez détraqué. C'est cela, mes narines sont devenues folles : elles ne transmettent que les mauvaises odeurs.

Changer de peau ! muer comme un reptile. Mais ce n'est pas la peau qu'il faudra changer, je sais. Je me fais mon cinéma. Je suis un cas, mais personne ne me prend au sérieux. Lila, mon amie, me dit que je suis devenu maniaque, ce serait le propre de certains artistes qui ont du mal à vivre avec les autres. Ils seraient désarmés et se laisseraient facilement happer par les manigances de leur entourage. J'aime l'ordre et la propreté. J'aime retrouver mes affaires là où je les ai laissées. Mon amie est désordonnée. C'est peut-être pour cela que je l'aime et que notre relation dure depuis cinq ans, un record en comparaison avec mes autres histoires. Elle prend tout à la légère, ne referme jamais les portes des placards et des chambres, laisse traîner dans la salle de bain ses flacons de cosmétique ouverts, presse le tube de dentifrice par le haut, oublie les lumières allumées, lave ses culottes dans le lavabo et surtout rit de tout et introduit dans ma vie un peu de poésie et de fantaisie. Elle n'aime pas certaines personnes que je fréquente et ne se gêne pas pour me le dire :

« Je ne le sens pas ce Barry, il a un rire dément et je sais qu'il n'est jamais sincère, je te le laisse, moi je préfère écouter ta musique quand tu dînes avec ce type, et puis il a un regard de vicieux, c'est un obsédé sexuel, il lui faut un trou par jour ! »

Une autre fois elle me dit :

« Ça ne sert à rien que je te dise de te méfier, tu es assez grand pour voir ce que ces gens veulent de toi... Pour moi les choses sont claires ! »

Je l'écoute et pourtant je ne suis pas ses conseils et ses intuitions.

TRAHISON

Depuis quelques jours, il m'arrive quand j'éternue de recueillir de petits vers noirs dans mon mouchoir. De vrais petits vers comme ceux qui sortent d'une moisissure. Je ne suis pourtant pas un vieux fromage. « Oh, que si ! » me dit une voix ricanante. J'attribue cela à la pollution, c'est commode, quand un médecin n'arrive pas à soigner une grippe ou une sinusite, il invoque la satanée pollution. Moi je fais de même parce que je suis à court d'arguments, parce que je ne sais pas d'où proviennent ces vers qui se bouffent entre eux dans mon mouchoir. En fait les saletés accumulées depuis un peu plus d'un an sortent par groupes de vers. Je laisse dans l'air des traces ou même des effluves insupportables, quelque chose qui rappelle, l'été, un chat mort dans une rue déserte, sans eau, sans ombre, l'odeur d'une charogne de plusieurs jours. J'exagère, mais je porte en moi quelque chose de mort que je n'arrive pas à expulser. Quand j'ai montré le mouchoir à mon amie, elle a éclaté de rire :

« Mais ce sont des crottes de nez d'une ville très polluée ! Arrête ton délire ! »

Ainsi mon problème se résumerait à des crottes de nez ! Ce serait trop simple. Et la mauvaise odeur ? D'où vient-elle ? D'une souris qui se serait étouffée dans ma poche intérieure ? Non, tout cela vient de l'humanité, pas la grande, celle qu'on écrit avec un grand H et qui désigne tout le monde et personne, non, mon humanité, c'est celle où tout est petit, les lettres et le sens, c'est le repère de l'étroitesse. Voilà, mon mal viendrait de la petitesse de certains individus qui ne respectent pas les règles. Mais pourquoi parler d'humanité alors que tu es persuadé que ce sont des rats, des taupes à tête humaine ? Je suis encore gentil. C'est ma maladie, ma faiblesse, mes failles béantes par lesquelles passent les rats.

Puisque je sais d'où vient ma maladie, elle n'est pas orpheline. C'est cela : ils m'ont donné une part d'eux, la part noire de leur âme, ils se sont débarrassés de la part cachée de leur ignominie. Ils se sentent légers et vont, l'air joyeux, à la recherche d'autres personnes à cambrioler. Il s'agit de mes ennemis, des gens que je considérais comme des amis et qui ont décidé de me contaminer parce qu'ils n'auraient pas supporté que je leur échappe. Je n'ai rien fait contre eux, j'ai juste suivi mon chemin et j'ai réussi à émerger du lot. Le succès des autres peut rendre fou. On nous apprend à nous méfier des inconnus, des gens qui passent, mais on oublie de nous mettre en garde contre les personnes les plus proches, celles que nous fréquentons le plus, celles que nous intégrons dans le cercle dit de l'amitié, celles que nous côtoyons, auxquelles nous nous frottons. Je n'ai jamais été agressé par un inconnu. En revanche, que d'amis, du moins ceux que je croyais être des amis, se sont permis de me trahir, de me mentir, et d'abuser ma confiance en toute impunité.

J'ai consulté mon médecin. Il a bien ri lui aussi ; on aurait dit que Lila l'avait prévenu :
« Mais mon ami, vous n'avez pas de vers qui sortent du nez, ce sont des crottes dont l'origine vient de la mauvaise poussière, celle que nous ne voyons pas et qui nous pollue à l'intérieur ; vous avez des illusions de la perception ; en revanche vous êtes un peu mélancolique, je dirais préoccupé, inquiet mais pas déprimé, non, non, pas encore, mais si vous continuez à voir des vers partout, c'est que vous êtes tombé dans la dépression, alors là on avisera et on s'occupera de vous !
– Dépression ? Mais je ne me sens pas du tout déprimé ; j'ai peut-être des hallucinations mais je ne fais pas de dépression ! Je sais ce que c'est qu'une dépression, ma

TRAHISON

concierge en souffre depuis dix ans, je lui apporte des antidépresseurs de tous les pays où je joue.

— Alors mangez des lentilles, vous n'aurez plus d'hallucinations !

— Pourquoi des lentilles ?

— Parce que c'est un plat d'enfance, surtout si les lentilles sont cuites dans le gras de la viande confite. C'est délicieux, c'est toute notre enfance qui refait surface et nous rassure. Vous êtes de Fès, comme moi. Alors mon ami, dites à votre mère de vous cuisiner un bon plat de lentilles, vous vous sentirez beaucoup mieux. Il ne faut pas en abuser car la graisse fait monter le taux du cholestérol. Il faut prendre soin de l'enfant resté en nous, c'est exactement ce que font les Américains au cinéma, c'est ce qui fait leur succès et leur fortune, mais revenons à vous et à Fès, mangez des lentilles à la viande confite.

— Des lentilles ! Et pourquoi pas de la purée de pois chiches cuite au four ?

— Non, mon ami, cette purée, appelée "caliente", est espagnole et se fait encore à Tanger. Elle est bourrative mais pas curative. Il faut revenir à l'enfance. C'est là qu'il y a le remède.

— Dites-moi, les lentilles rouges ou blanches ?

— Qu'importe. Chez nous, il n'y a qu'une sorte de lentilles, les petites grises, ça fera l'affaire. »

Avant de quitter son cabinet je lui ai demandé :
« Dites-moi franchement, est-ce que vous trouvez que je pue ?

— Quoi ? Mais qu'est-ce que c'est que cette idée ?

— Approchez-vous de moi, sentez et dites-moi s'il n'y a pas une odeur nauséabonde qui se dégage de ma peau ? Sentez mes aisselles, on dit que c'est là que l'homme sent le plus.

HAMMAM

– L'homme sent dans les plis.
– Approchez-vous, sentez et dites-moi la vérité au nom de notre ville natale.
– Si vous insistez... Je ne sens qu'une bonne odeur de savon et d'eau de toilette discrète !
– Ah bon ! C'est dans ma tête, c'est ça, je délire, je sens ce qui n'existe pas. C'est pour ça qu'il faut que j'aille au hammam, au moins là, lavage et rinçage ne laissent pas de doute, c'est radical, surtout si je retrouve Bilal, le fameux masseur noir de Mekhfyıa, il masse et enlève toutes les peaux mortes, les visibles et même celles qui sont sous l'épiderme. Avec un peu plus de travail, il réussira peut-être à changer entièrement ma peau.
– Ne vous inquiétez pas, ça doit être le stress, vous avez beaucoup de concerts en ce moment, beaucoup de voyages... ? Votre femme vous contrarie...
– Non, en ce moment je ne joue pas ; j'ai peur de perturber, de désaccorder mon piano. Je ne le touche pas, j'attends. Je ne suis pas marié, je vis avec une amie depuis cinq ans, mais nous ne vivons pas dans la même maison même si nous sommes très souvent ensemble. Elle ne me contrarie pas.
– Vous en avez de la chance !
– J'ai oublié de vous signaler que mon urine n'est pas claire. On dirait qu'elle est contaminée par une infection d'origine douteuse. »
J'ai pissé dans un flacon et l'ai donné à un laboratoire pour l'examiner. Voici le résultat :
« Rien à signaler, mon cher ! Votre urine est limpide. Je vous dis, c'est dans la tête tout ça. Alors bon hammam ! N'oubliez pas les lentilles aux tomates fraîches et à la viande confite. »

L'hiver à Fès est rude. Le froid est sec. Les maisons ne sont pas chauffées. Je choisis un hôtel en dehors de la vieille ville. Je ne dis à personne que je suis là. Ma sœur le prendrait très mal et ma tante me ferait encore une fois la leçon sur l'importance des liens familiaux. Je connais par cœur cette litanie. Quand je passe à la télévision, elles appellent ma mère pour la féliciter. L'une comme l'autre m'obligeraient à m'installer chez elles. Or je déteste dormir chez des gens, même et surtout si c'est de la famille. Quand j'étais petit et que nous partions en vacances chez mon oncle à Casablanca, nous dormions tous dans la même chambre, une sorte de salon entouré de matelas utilisés comme des lits. À cause de cette promiscuité je n'arrivais pas à trouver le sommeil. Je crois que mes insomnies viennent de là. Depuis, je préfère dormir à l'hôtel et de préférence seul. Dormir est une façon de rompre les amarres, on se laisse tomber dans le puits du sommeil, il faut renoncer à ses résistances, mourir un peu. Or je n'y arrive qu'en m'aidant avec des somnifères. Sinon, je passe la nuit à penser à ces saletés noires qui grouillent dans mon corps et me donnent la migraine. Je suis sûr que mes ennemis n'ont aucun problème de sommeil. Ils s'endorment dès qu'ils posent la tête sur l'oreiller. C'est une des caractéristiques des salauds. Ils n'ont peur de rien, ni de la nuit ni de la prison. Ils sont indifférents à tout. Aucun scrupule ne viendrait empêcher leur sommeil. Si j'étais superstitieux je dirais que je suis possédé, habité par des crottes de djinns, envahi par la noirceur du démon. Je me sens simplement souillé du fait de mes mauvaises fréquentations. Mais qui m'a mis sur leur chemin ? Comment on attrape la maladie des mauvaises fréquentations ? À l'insu de la raison et de la vigilance ? Quelqu'un m'a dit ce sont des M. A. T., des maladies amicalement transmissibles ! Oui, tout à fait amicalement.

Mais où ai-je chopé ces bactéries ? Comment me suis-je laissé envahir par ces choses pernicieuses ? Pourquoi ne me

HAMMAM

suis-je pas protégé ? Pourquoi ne me suis-je pas méfié de ces porteurs de crasses ? Il aurait fallu les repérer, or aucun indice du mal n'était apparent. Je sais, on me l'a déjà fait remarquer, je suis trop gentil ! Un ami m'a même dit :
« Ta naïveté frise la bêtise ! »
J'ai été vexé. C'est vrai, on ne m'a pas appris à me méfier des gens en général et de ceux qui prétendent être des amis en particulier. Personne ne m'a signalé la recrudescence des M. A. T. Comment distinguer le vrai du faux, le sincère du pervers, l'hypocrite et manipulateur de l'homme bon ? Il n'y a pas de règle, pas de recette. C'est une question d'éducation et de culture ou d'intuition. En général mes intuitions sont justes, mais je ne les suis pas, elles ne me servent à rien, elles m'encombrent de leurs indications et je n'en tiens pas compte. On dirait que quelqu'un les détourne. C'est ce que prétend Lila. Certains pratiquent trop la flatterie, les belles phrases, pour être crus sur parole. Ils sont obséquieux, vous baratinent et vous poignardent dans le dos dès qu'ils en ont l'occasion et que cela sert leurs intérêts immédiats. J'ai passé ma vie à me faire piéger par ce cirque : on t'embrasse, on t'enlace, on te demande comment tu vas, comment vont tes parents, tes voisins et tu ne sais même pas comment s'appelle la personne qui s'enquiert autant de ta santé et des tiens mais dès que tu as le dos tourné, on médit de toi avec plaisir et cruauté :
« Le connard, quel *kaimbo*, quel "Mickey", il nous prend pour des rien-du-tout, des moins que rien, des *walloou*, des mendiants, des *moussakines*, la religion de sa mère ! Mais pour qui se prend-il ? On va s'occuper de son dossier, il n'est pas net, ce type-là, il est nul et sa musique c'est pas bon, c'est n'importe quoi, *za'ama* ! Pianiste ! *Za'ama* européen ! Tu parles, ce n'est qu'un *khoroto*, nourri à la pastèque fade ; il a honte d'être un zarabe, tu parles, piyyaaaniste ! *musikar* ! On va le pianister, on va lui musiker la vie, c'est vite

fait, tu parles, il est *françaoui*, il a oublié les orrrigines, les rrracyynes, c'est comme ça, dès que la France les reçoit, ils renient tout, le salaud, il s'est fait du bakchich, pas mal, voiture avec chauffeur, villa avec jardin, il répond jamais au téléphone, il faut passer par le secrétariat... ah! ah!... C'est comme un ministre, il a du pognon, mais il est radin, sec comme une fève, c'est une fève, hahaha! Le salaud, il réussit! L'autre jour il a encore reçu un prix, c'était en Allemagne ou en Grande-Bretagne, il parle l'anglais mieux que le français, c'est normal, il est artiste, et nous, on crève. Et ben il va déguster, on va lui trouver quelque chose dans sa putain de vie de riche, il paraît qu'il baise sa bonne, harcèlement sexuel, on va lui suggérer de porter plainte, tu verras notre piiiaaaniste, il se fera tout petit devant les juges et les médias, il a été choyé par les médias, mais tout ça va changer. Profiter d'une pauvre fille arrivée de Bosnie et la sauter parce qu'il est le patron, ah! ah! On va rigoler, c'est sa cuisinière, on va la travailler, avec quelques billets, elle fera tout ce qu'on lui demandera de faire, après tout, elle s'en fout du pianiste et de sa carrière, il la baise, c'est sûr, ça se voit, il est trop gentil avec elle, le *kaimbo*, le Mickey, il va voir ce qu'il va voir. Tu te rends compte, l'autre jour, je l'appelle, il me dit, non il me fait dire par sa putain de secrétaire, tu sais la vieille, qu'il est en train de répéter et qu'il ne faut pas déranger le maître, oui, le Maître, maître mon cul, mes couilles en rideau sur ses yeux, tu vois l'image, mes couilles sur ses yeux. Le connard, il doit être pédé, mais ça, si on veut le massacrer, il faut pas le dire, car s'il baise la bonne, il n'est pas pédé, ça ce sera pour une autre fois... J'aime bien l'idée de la bonne, malheureusement, elle n'existe pas, c'est une mauvaise information, ah, s'il avait une bonne, *fissa* au comité contre les esclaves ou je ne sais pas quoi, une association qui traîne dans les tribunaux les ambassadeurs qui maltraitent leur boniche... Mais là, on peut pas grand-chose... Depuis six mois, il vit à l'hôtel, oui, Monsieur a une suite dans un grand hôtel payée par sa maison de disques, eh oui, t'as vu, un khoroto vachement respecté par les françaouis, mais nous, on sait d'où il vient, on va lui pourrir la vie, c'est notre plaisir, le salaud, il est applaudi partout, paraît-il, c'est un génie, génie mon œil, eh ya génie ! Tu vas voir ce qu'on va lui faire à ce génie qui est pourri de fric et qui est radin comme pas possible, il a tellement d'argent qu'il se rendra même pas compte quand on le vole, or on va l'alléger un peu, ça lui apprendra à avoir plein de succès avec sa musique exotique, avec son smoking, tu parles, un *khoroto* en smoking, on aura tout vu, et puis il joue, il joue sérieusement du Mauauzart, du Bitouvaine et même Hajja Hamdaouia, non là, je plaisante, il ne sait pas qui c'est, c'est pas un vrai Marocain, il est demandé, le connard, il a du succès, on va s'occuper de sa petite personne. Quand on était au lycée, il ne parlait avec personne, monsieur réfléchit et se concentre... Il va voir... »

Dans notre bonne société, on se laisse de plus en plus aller à la médisance. C'est facile de masquer ainsi ses propres incompétences. Les gens s'ennuient et passent le temps à juger les autres, dressant des potences et répandant des rumeurs. Parfois je me dis : « Il vaut mieux un individu obséquieux qu'un homme froid et distant. » Non, je préfère le Nordique qui me parle avec courtoisie et qui ne m'encombre pas de sa personne, même s'il est ennuyeux et sans fantaisie. Je préfère l'étranger qui respecte mon espace et mon intimité à quelqu'un d'envahissant qui, sous prétexte que nous sommes du même pays, s'autorise des familiarités déplacées. Oui, je sais, les gens me diront : « Tu as vécu trop longtemps loin de ton pays ! » C'est vrai ! Et j'ajoute : heureusement ! car avec de la distance, les voyages et les rencontres, on connaît mieux sa propre société. Plus on colle à quelque chose ou à quelqu'un, moins on en a une bonne connaissance. Le fait d'être ailleurs n'a pas empêché certains de s'incruster dans ma vie et de me communiquer leurs saletés. Q'on ne fasse pas partie de leur petite société leur est intolérable, cela les rend nerveux et même malheureux. Alors ils ont besoin de salir en vue de détruire celui qui a pris le large. Eux, ils auraient aimé que je participe à leurs soûleries où ils passent le temps à médire des uns et des autres. Ils boivent du mauvais vin, disent n'importe quoi puis oublient.

Comment est-ce possible de t'être trouvé là, mêlé à ces crabes pourris ? Pour l'anecdote, les deux frères jumeaux se trouvaient par hasard à Vienne, où je donnais un concert. Ils étaient venus me saluer à la fin de la soirée, se sont photographiés à mes côtés, m'ont fait des compliments et ont insisté pour que je prenne un verre avec eux et d'autres compatriotes. Le lendemain je jouais à Berlin, ils m'ont suivi et m'ont offert des cadeaux. J'ai été ensuite invité chez eux, et puis les choses se sont précipitées. J'essaie normalement d'éviter ce genre d'invitation, mais parfois on est fatigué de résister et on souhaite repousser ce sentiment hideux qu'est la culpabilité. On ne sait pas dire « non ». Or, si je sors indemne de cette histoire, je créerai des cours du soir pour apprendre aux gens à dire « non ». C'est toute une pédagogie, une technique et surtout une conviction. Ceux qui disent « oui » à tout dévoilent au grand jour leur faiblesse. Il faut savoir doser, il faut choisir et ne pas être systématique ni dans le refus ni dans l'acceptation. L'école du « non » serait utile à beaucoup de personnes. Parce que je n'ai pas eu la présence d'esprit de leur dire un « non » franc et massif que je leur ai accordé ma confiance assez facilement. Il faut dire que j'étais très occupé et que je ne voulais pas m'encombrer de questions à propos de leur sincérité ou simplement à propos de leurs motivations. J'avais tout de suite vu qu'ils n'entendaient rien à la musique, je ne me suis pas arrêté là. J'aurais dû. Oui tu aurais dû t'en tenir à ce genre de relation superficielle. C'est quoi cette histoire de culpabilité ? D'où tu sors ce sentiment qui fait des ravages chez certaines personnes ? Tu n'as rien fait de déshonorant, tu n'as volé personne, tu n'as trahi aucun ami, tu n'as commis aucune indélicatesse, alors pourquoi cette culpabilité ? C'est ma faiblesse, ma dérive négative, mon handicap.

Tout est une question de confiance. Nous sommes en face de deux catégories de personnes : celles qui se méfient systématiquement de tout le monde, puis celles qui accordent un crédit aux autres. Tu fais partie de la seconde tout en ayant un fort pouvoir d'intuition. Mais cela ne te sert pas à grand-chose. Tu baisses la vigilance, tu te laisses aller, par paresse ou par facilité, tu te frottes à ces gens-là, il t'arrive même de te confier à eux. Pendant ce temps-là, ils enregistrent tes faiblesses, les failles par lesquelles ils auront accès à ton être, à ta vie et à ton intimité. Tu crois leurs balivernes, tu penses qu'ils sont comme toi, tu ne doutes pas de leurs paroles, tu ne t'imagines pas en train de subir leur cruauté, tu te dis c'est impossible, ils sont chaleureux et souriants, ils ont deux visages, deux discours. En fait ils n'ont pas de visage mais un masque changeant, une sorte de pellicule sur laquelle est dessiné le visage de circonstance, seuls les yeux ne changent pas. Tu sais lire dans les yeux, mais tu remarques qu'ils ne te regardent jamais en face, toujours de biais ou en dirigeant le regard vers le bas, ils savent qu'on ne peut pas trafiquer les yeux, alors ils font attention pour ne pas se faire prendre, et te voilà embarqué dans des histoires de perversité et de crapulerie. Tu mettras du temps pour t'en rendre compte et t'en remettre. Ton pouvoir d'intuition te réprimande, tu te culpabilises, tu passes des

heures à te morfondre, mais ça ne sert à rien, le mal est fait et tu n'as qu'à prendre le large, à moins d'avoir la même mentalité qu'eux et leur faire une guerre, quelque chose de sale. Tu les imites dans leurs manigances, tu te rabaisses à leur niveau, tu acceptes de devenir un voleur et un menteur professionnel. Tu te dis jamais, jamais je ne serai comme eux, j'ai ma dignité, eux n'en ont rien à faire, leur dignité cela fait longtemps qu'ils l'ont ravalée, ils ont suivi l'exemple de leur oncle qui les a élevés – leur père est mort jeune dans un accident –, leur oncle est un être servile, il leur a appris à s'aplatir devant les puissants et à mépriser les faibles, comme il leur a enseigné l'art de dépouiller les gens qui tombent dans leurs pièges. Et pourtant tu as déjà eu de mauvaises rencontres et tu as regretté d'avoir fait confiance, par exemple à ce patron de maison de disques qui t'avait demandé de faire des concerts en direct pour soutenir des causes humanitaires ; tu ne te faisais pas payer mais lui utilisait ta notoriété pour faire connaître sa maison. Un jour tu as dit :
« Ça suffit, j'arrête ! »
Tu avais réagi ainsi parce qu'il avait proféré des mots racistes à l'égard des juifs. Il s'était confié à toi parce qu'il pensait que vous étiez du même bord, tu l'as remis à sa place, tu étais chez lui, tu t'es levé de table et tu es parti. Tu étais fier de toi. Comme il était fier d'avoir fait son « devoir de soldat durant la guerre d'Algérie », mais vous n'étiez pas du même monde. C'est ça ton erreur, tu donnes assez facilement ton amitié à des gens qui ne la méritent pas. Bref, tu l'as laissé tomber et son programme a été sévèrement perturbé. Il a décidé de se venger – parce que c'est un rancunier, il est d'origine sicilienne, tu t'es même dit un certain moment qu'il devait avoir des contacts avec la mafia, enfin tu n'étais pas certain –, tu as découvert que tu avais affaire à une sorte d'agent qui n'en avait rien à faire de la musique

et des causes pour lesquelles tu donnais des concerts, il prétendait connaître tout le monde, se faisant passer pour un ami de tel ministre ou de tel diplomate. Sa maison de disques battait de l'aile, elle n'était qu'une vitrine pour masquer d'autres activités. Tu as appris que le monde est compliqué, que les mots ne disent pas ce qu'ils devraient dire et signifier. Il t'a sali, t'a nui, et tu as eu du mal à redresser la barre. Personne ne te croyait quand tu leur apprenais que cet individu était raciste et méprisait la plupart des Marocains. Les gens avaient des intérêts avec lui, d'autres ne comprenaient pas ce compagnonnage. Tu n'avais rien à faire avec ce personnage douteux. Tu te souviens que, quand il recevait chez lui dans sa belle maison une personnalité politique influente, il essayait vite de savoir si elle aimait les femmes ou les hommes, parce qu'il fournissait les corps, la chair fraîche. Enfin tu t'es mordu les doigts d'avoir fait confiance à ce voyou bien introduit dans les services, tous les services. Tu te disais, un jour il serait démasqué. Or il vit toujours et prospère avec ses combines. C'est le genre qui, lorsqu'il rend un service, le crie sur les toits. Tout est calculé chez lui. Et toi tu n'as même pas pris cet épisode comme leçon. Tu as continué à faire confiance au premier venu.

Je m'arrête là et je me demande : cette saleté vient-elle uniquement des autres ou bien était-elle en moi sans que je n'en sache rien ? Comment ? Je serais porteur de bactéries et au lieu de m'en prendre à moi et rien qu'à moi je cherche à porter le mal sur les autres ? N'est-ce pas une démarche qui m'énerve et que je ne supporte pas chez les autres ? Certes, je ne suis pas un ange immaculé, tout blanc, tout innocent. J'ai ma part de microbes en moi. J'aimerais bien les transmettre à certains individus, mais j'en suis incapable. Trop de scrupules, trop de culpabilité. Et pourtant je ne suis pas chrétien ! Ah, ce sentiment qui m'empêche de réagir ! Et

TRAHISON

pourquoi les autres, ceux que je croyais être des amis, n'éprouvent aucune culpabilité et en veulent à ma réputation, à mon succès, à mon argent ? Qu'est-ce qu'il y a en moi qui attire les escrocs ? Pourquoi le voleur masqué, l'analphabète qui se dit « homme d'affaires », prétend ne rater aucune des cinq prières quotidiennes, faire l'aumône tous les vendredis et jeûner un jour par semaine en solidarité avec les gens qui ont faim, pourquoi cet hypocrite, ce menteur a-t-il réussi à me soutirer de l'argent ? Comment a-t-il fait pour m'ensorceler, pour m'aveugler au point que j'étais pratiquement hypnotisé ? Je me souviens de l'histoire d'un escroc qui utilisait l'hypnose pour subtiliser aux femmes qu'il rencontrait leurs bijoux et leur argent. Il avait été arrêté et avait failli être acquitté parce qu'il regardait le juge de manière à lui faire prononcer le verdict qu'il souhaitait. Heureusement que l'avocat des victimes avait compris la manœuvre et avait interrompu le processus. Le soi-disant « homme d'affaires », le gigolo qui s'attaque aux veuves riches et vieilles, l'ignorant qui jette de la poudre aux yeux, m'avait dit :

« Tu es mon ami, pour moi l'amitié c'est sacré, je ferai tout pour un ami, je dirai même que je ferais pour un ami ce que je ne ferais pas pour mon frère, c'est ainsi, on a été éduqué avec cette fidélité à l'amitié, c'est pas négociable, et dans l'amitié, s'il y a une chose qu'il ne faut jamais introduire, c'est l'intérêt, l'argent, cette saleté qui se glisse entre l'ongle et la peau, alors là, je suis formel, jamais d'affaires avec les amis, car les affaires comme a dit un grand monsieur, ça se fait avec l'argent des autres, tu comprends pourquoi jamais je ne ferai d'affaires avec toi même si parfois je suis tenté de te faire participer à de juteuses affaires, mais là je t'en parlerai quand l'occasion se présentera, tu sais, j'apprécie beaucoup ta musique, j'adore ta manière de jouer Bâke, on dirait du Mouzarre en mieux, en plus oriental, justement, je voudrais te remercier pour la beauté et les émotions que tu nous donnes à chaque fois que tu te mets au piano, tu sais Allah ouvre les portes de la vie à ses fidèles, aux croyants modestes comme toi et moi. Et justement j'ai une opportunité exceptionnelle, absolument fantastique, pour placer de l'argent, ce n'est pas un péché de travailler et faire travailler l'argent, le péché serait de rester les bras croisés à attendre que le ciel t'inonde de ses bienfaits, donc une opportunité magnifique, j'ai envie de t'en faire profiter, moi-même ainsi que Lahbib, Haj Lahbib mon cousin, notre ami William et sa femme Julia avons profité de cette chance, mais je crois que c'est trop tard, je pense que le compte est fermé, la Ripoubanque du New Jersey m'a donné un délai de vingt-quatre heures. Si tu veux j'insisterai pour mettre ton argent avec le nôtre, on sera dans le même panier, ça serait formidable, attention, je ne fais pas d'affaires avec toi, ce n'est pas moi qui traite, je voudrais juste t'exprimer mon admiration et ma fidélité en te faisant profiter de ce dont un grand ami m'a fait profiter, ton argent, je ne le toucherai pas, n'oublie pas, pas d'argent entre les amis, jamais, n'oublie pas cette leçon de la vie, si tu veux qu'une amitié dure, éloigne d'elle l'argent, mais là c'est autre chose, tu comprends, c'est ça l'amitié, la vraie fraternité... joue encore ne serait-ce que cinq minutes, cinq minutes de bonheur absolu, quel talent, quelle chance d'être de tes proches et de ta famille, car je me considère de ta famille... N'est-ce pas, quand est-ce que tu te maries ? Je serai tellement heureux de m'occuper de tes enfants ! Tu sais j'adore les enfants, malheureusement je ne peux pas en avoir, une malchance ginitique, je veux dire quelque chose de bilogique, tu sais les médecins m'ont dit que c'est de naissance, je ne crois pas, enfin, tu es mon frère, le frère idéal que j'aurais aimé avoir, j'aime mes autres frères, mais toi tu es en plus mon ami, je suis à tes ordres, commandes mon frère et je suis à tes ordres. »

TRAHISON

L'escroquerie a eu lieu juste après une série de concerts où j'ai été célébré par le public et les médias, par les proches et aussi par les faux amis. Et pourtant je ne crois pas que le succès m'ait étourdi ou rendu prétentieux. Peut-être qu'il m'a grisé et que, de ce fait, j'ai oublié d'être vigilant. Quels que soient l'époque et le prétexte, l'homme n'est jamais insensible à la flatterie, surtout quand elle est faite sur le ton de l'amitié et de cette soi-disant fraternité. L'autre frère, le trapu qui rit comme un dément, m'a volé quelques-uns de mes souvenirs. Il dit partout qu'il a été l'amant de Zina, ma première fiancée, a trafiqué des photos et s'est mis à ma place. Il tient un journal en mon nom. J'ai découvert cela un jour qu'il m'a laissé seul dans son bureau. Ainsi il s'attribue une vie qui n'est pas la sienne. En fait, lui et son frère se sont partagés les tâches et le butin : l'un me vole l'argent, l'autre ma vie. Le cambriolage a eu lieu en plein jour et durant des mois. Tout s'est passé en douce, dans la fête et le rire. Ah! Ce rire qui ponctue toutes les phrases, ce rire monstrueux qui éclabousse l'atmosphère, qui déchire les robes des femmes et qui farfouille dans leur intimité, ce rire grinçant qui glisse comme des crachats sur la vitre. Ah! Ce rire plein de morgue et d'angoisse, nu comme une vipère qui s'apprête à mordre l'enfant qui dort, ce rire qui n'est pas un rire mais un cri de vengeance, un appel à l'aide pour donner la mort, pour piétiner et écrabouiller la proie. Ce rire me poursuit comme une mauvaise rumeur, comme un tapage dans une nuit sans fin. Avec le temps je suis persuadé d'avoir rencontré le diable. Je ne crois pas que le diable a besoin d'être laid ou de porter des capes noires et d'avoir des flammes qui sortent de la bouche. Le diable est un homme comme les autres. Il est le mal empaillé sous forme humaine; il porte tellement le mal en lui qu'il a besoin de le déverser sur les autres sinon il meurt asphyxié par cette noirceur gluante. On peut être parfaitement malfaisant et avoir un visage avenant, des manières civilisées, une allure de gentleman, des mots bien choisis et par ailleurs du venin dans le sang. Je sais à présent que l'autre frère, cet homme trapu au rire systématique, est un démon. Il m'arrive de le voir en images sur un écran : contrairement à la manière exotique dont on représente le diable, il est habillé en noir plus pour cacher son embonpoint que pour ressembler au démon qu'il porte en lui. Il est accueillant, souriant, et plaisant. Il porte souvent des lunettes noires pour cacher le rouge qui baigne ses yeux. Tantôt c'est la couleur rouge, tantôt c'est du jaune. Rares sont ceux qui ont vu de près le fond de ses yeux. Il détourne l'attention avec de larges et fréquents sourires qui se transforment en éclats tonitruants. Cet homme a une faiblesse, une faille importante que je devrais travailler au cas où je décide de me venger. Il ferait n'importe quoi pour mettre sa verge dans un trou. Le soir, il devient fou quand un programme de fornication n'a pas été mis au point. C'est sa hantise. Il faut qu'il fornique. Il m'a dit un jour :

« Je suis comme l'auteur de *Maigret*, comment s'appelle-t-il, Siméon ou Sanato, il me faut une femme par jour ! C'est dans la famille, mon oncle a quatre femmes, des maîtresses en plus et ne rate pas les bonnes qui travaillent chez lui. »

J'ai pensé, j'ai imaginé lui adresser une fille atteinte du sida, elle n'aurait aucun mal à le séduire et à baiser avec lui sans préservatif. La honte ! J'ai honte d'avoir eu cette idée. Je me suis dit : « Et si c'est lui qui massacre cette pauvre fille, ce serait lui qui aggraverait sa maladie en lui transmettant ses microbes... » Car il est indestructible, il est le mal triomphant et sûr de lui.

Une fois que les bactéries ont été transvasées dans ton sang, tu es foutu. Cela se passe en douceur, enrobé de jolis mots, durant des soirées agréables où un homme presque aveugle joue du luth pendant qu'une jeune fille d'immigrés essaie de chanter et de se faire connaître. C'est une soirée tout ce qu'il y a de sympathique, on reconstitue le pays avec des bribes de folklore, avec des tajines et des pastillas ; le pain et le vin sont essentiels dans ce genre de piège ; le thé à la menthe et les cornes de gazelle arrivent en fin de soirée pour donner un coup de pouce à la petite nostalgie qui traîne encore dans ton esprit. On invite des journalistes. Très important d'entretenir les relations avec les gens des médias. Certains ne sont pas dupes, mais l'hospitalité orientale enveloppe tout dans un flou bien calculé. On boit, on mange avec les doigts, on sauce comme dans le pays, on se lèche l'index et le pouce et on oublie les bonnes manières, on laisse le couteau et la fourchette pour les invités ; on fume du haschisch du pays et on écoute la musique, on danse. On fait venir de braves paysannes perdues dans l'immigration, prostituées de leur état, pour danser et chanter. Elles sont mal à l'aise, ne sourient pas et exécutent leur besogne avec tristesse. Le bruit et la fumée font passer le reste. On leur donne ensuite à manger dans un coin de la cuisine, on paye leur « agent », proxénète de son état, et le tour est joué. Les Européennes esquissent quelques pas de danse orientale. Certaines sont ridicules, mais les jumeaux s'amusent, se moquent d'elles et éclaboussent l'assistance avec leur rire hystérique. C'est ainsi que de soirée en soirée, de réunion en balade, de confidence en aventure, tu es fait comme un rat, piégé, mangé cru. Et pendant ce temps-là, ils rigolent. Ils se sont déjà renseignés sur toi, sur tes faiblesses, sur ton passé et sur ton pouvoir. Tu es tombé entre les mains de professionnels. Tu te laisses aller ; ils gagnent ta confiance, tu ris comme ils rient, tu trouves leurs mauvaises blagues drôles, tu cherches à leur plaire, à leur faire plaisir, tu les introduis dans les cercles de tes amis, tu leur ouvres quelques portes. Tu te dis : « Je leur rends service, ils le méritent bien » et tu passes beaucoup de ton temps avec eux, entre leurs mains. Ta vigilance est complètement endormie, ta conscience anesthésiée et tu es consentant, tu perds tout discernement, ils peuvent te demander n'importe quoi et tu ne le leur refuses pas. C'est ainsi que tu te retrouves infecté et infesté par leurs microbes, tu pues, tu te laves, tu frottes la peau, tu as l'impression que c'est parti mais ça revient le lendemain. Tu te dis : « Pourquoi moi ? Qu'ai-je fait pour qu'ils me cambriolent en pleine lucidité ? » Justement parce que tu n'es pas comme eux, tu as trahi le clan et la tribu, tu es parti du pays et tu as réussi à te faire une place là où ils ont échoué, là où ils rêvent d'être ; ton existence les gêne car elle prouve leur médiocrité et leur incompétence. Voilà, mon cher, ce que je pense. C'est pour cela que la solution pourrait être dans le hammam. Certes, ce ne sera pas une solution définitive, car les microbes laissent des cellules dans ta peau. Au bout d'un mois ou deux, elles se mettent au travail et se multiplient.

Au lieu de te demander « pourquoi moi ? », pose-toi la question autrement : « Qu'est-ce qu'il y a en moi qui autorise la trahison ? » Si des gens que tu considérais comme des amis te trahissent, c'est parce qu'ils ont perçu dans ton attitude, derrière ton regard une petite porte à peine ouverte pour les laisser passer et leur permettre de commettre leur forfait.

Une idée fixe, un espoir têtu : aller au hammam, comme si une solution magique s'y trouvait. Pourquoi pas ? C'est dans la vapeur des lieux ambigus qu'on a des chances d'approcher la vérité. Il faut choisir le jour, vérifier si Bilal est de service, car il n'y a que ses massages pour faire sortir toute cette puanteur qui m'a contaminé. Il faut éviter le vendredi, c'est le jour où il n'y a pas un mètre carré de libre. Les hommes ont pris l'habitude de faire les grandes ablutions le vendredi avant d'aller à la mosquée. Alors il vaut mieux choisir un lundi. Bilal aura tout le loisir de s'occuper de moi. On l'appelle « le philosophe ». Tout en massant, il fait part de ses pensées, des aphorismes, les développe, demande l'avis des uns et des autres. Il a une culture religieuse très poussée. Il connaît par cœur le Coran et surtout les hadiths, les dits du Prophète. Je me demande : « Faut-il lui en parler ou le laisser faire ? » Je décide de lui confier ce qui me préoccupe. Il n'a pas l'air étonné, juste amusé :

« Toi aussi tu as recours à mes services pour te débarrasser des saletés intérieures. Je sais, les gens qui n'ont pas connu ça ne peuvent pas comprendre. En ce moment le mal a la cote. La preuve : un grand artiste comme toi en est victime. C'est curieux, on nous a appris à faire le bien et à éviter le mal. Malheureusement, je constate tous les jours que les malfaisants ont de plus en plus le vent en poupe. Que d'hommes qui fréquentent ce hammam, se lavent, font leurs ablutions, prient dans la mosquée d'à côté. Mais pour moi, ils sont sales, tout à fait puants, ils ont beau passer du savon traditionnel, mettre sur tout le corps du *rassoul*, ils restent pleins de saletés ; je ne leur serre jamais la main, car c'est contagieux, je les repère à leur sourire, un air entendu, quelque chose comme de la supériorité, je les sens dès qu'ils entrent dans ce lieu. J'ai cette capacité de les remarquer avant qu'ils ne se mettent à polluer l'humanité la plus proche. Ma peau noire me protège ; ils me méprisent, donc ils ne se frottent pas à moi. Pour ça je remercie ma mère de m'avoir fait tel que je suis. Noir ! Ce n'est pas une race, c'est une couleur. Mais comment as-tu fait pour te faire piéger ? Tu as des excuses, tu ne savais pas avec quel genre humain tu frayais, j'imagine que tes ennemis, appelons-les "les cafards", non, "les rats", riaient à grands éclats, et ne te regardaient jamais en face, je les connais ces fils des terrains vagues, ils encombrent les maisons, se glissent partout et se font passer pour ce qu'ils ne sont pas. Je parie qu'ils mènent un grand train de vie, prétendent être millionnaires, ne regardent pas à la dépense. C'est normal, ce n'est pas leur fric, car ces gens-là, mon cher, vivent avec l'argent des autres, c'est bien connu, ils sont tout le temps à la recherche de types comme toi pour les piéger et les plumer, c'est une vieille histoire. Enfin, dans ton cas c'est un peu compliqué parce que non seulement ils t'ont escroqué, mais ils t'ont refilé leurs microbes pour que tu ne les oublies jamais, ils sont forts et toi tu me fais de la peine. Bon, allons, je vais voir ce que je peux faire, je vais te masser en deux fois, la première ce sera superficiel, ce sera pour préparer le terrain, il faut que j'endorme les microbes, la deuxième, je serai obligé de te faire mal parce qu'il faut bien gratter, appuyer sur les muscles pour extraire toute la saleté qu'ils t'ont transmise. Peut-être que j'aurai besoin de t'inciser la plante des pieds. Les microbes partiront avec le sang.

Après le premier massage, Bilal s'arrête puis me dit :
« Ils sont résistants. Décris-moi l'un de ces rats, je veux dire comment est-il physiquement, ne me dis pas son nom, mais juste comment il parle et quelle tête il a.
– Ce sont deux jumeaux, inséparables, l'un est petit, trapu, le visage rond, les yeux noirs et les gestes un peu efféminés. Il est professeur d'éducation physique dans un lycée, se dit poète incompris, écrit des chansons dont personne ne veut, joue du violoncelle, ou plutôt massacre cet instrument. Je l'avais rencontré lors d'un festival de poésie où je devais jouer le soir de la remise des prix. L'autre est de taille moyenne, il a des yeux malicieux qui trahissent son côté voyou, il sourit tout le temps et tous les deux rient de manière hystérique même quand une chose n'est pas drôle.

Apparemment ils ont du charme et en usent beaucoup. J'ai mis du temps avant de me rendre compte qu'ils sont déments et dangereux. Je ne dirai pas qu'ils sont fous, non, ils ont toute leur tête, mais ils utilisent la raison et la logique pour détruire, voler, piller et ensuite se moquer de leur victime. Ce sont des gens méchants. La méchanceté est leur métier. Ils ont dû l'apprendre dans le berceau. Mais ça ne se voit pas. Ils ne ressemblent pas à des cafards ou des rats, dans leur démence ils ressemblent à une vipère affolée. Ils n'ont ni foi ni loi, pas de morale ni de conscience. Une de leurs victimes m'a dit :

"Ils n'ont pas de cœur, pas un brin d'émotion, ils sont prêts à tout pour arriver à leur but : voler avec art."

Je sais qu'ils ont fait le pèlerinage à La Mecque, qu'ils participent à des séances de spiritualité et qu'ils se font passer pour de bons musulmans. L'un des jumeaux affiche ses préférences pour le vin et les femmes, l'autre fait croire qu'il est possédé par la mystique, prétend lire une sourate du Coran tous les matins, sauf qu'il est quasiment analphabète, mais il a les manières de quelqu'un qui sait lire et écrire. Il rôde toujours autour des personnes âgées. Il repère les vieilles dames seules, de préférence riches, prend le temps de gagner leur confiance et rafle leurs économies ou, mieux, parvient à les convaincre de faire de lui leur unique héritier. Il arrive que les vieilles dames meurent subitement d'un arrêt du cœur.

– C'est le mal, le mal absolu que tu me décris là. Mais s'ils avancent masqués, ils pourront continuer à sévir en toute impunité. Là, je ne pourrai rien faire pour les démasquer. Pour le moment, je vais essayer de te laver de tout ça. Tu as dû te frotter trop longtemps à eux pour être à ce point contaminé.

– J'étais confiant, et comme tu sais, on ne change pas. On compte sur l'intelligence des autres pour qu'ils ne se retournent pas contre vous. S'ils ont le sens de la fête et du bruit, c'est pour mieux étourdir leurs victimes. En fait, quand ils offrent un dîner, ils travaillent. Leur convivialité est une valeur marchande. Apparemment tout est offert, mais au fond tout est payant, tout est calculé, rien n'est gratuit. Mais pour le savoir, il faut avoir été une de leurs proies. Chez les gens je ne vois que leurs qualités, même quand je devine quelques défauts, je ferme les yeux, je leur fais systématiquement crédit. C'est ainsi, on ne change pas.

– Certes, on ne change pas, mais il vaut mieux garder les yeux ouverts. C'est curieux, tu es jeune, tu dois avoir moins de quarante ans et tu parles comme un homme fini ! Il faut réagir, il faut se battre. Moi, j'aurais dû me battre et ne pas accepter de quitter l'école. Il faut dire que les fassis à la peau bien blanche me menaient la vie dure. Enfin, tout ça est loin. Pour revenir à ton cas, peut-être qu'on aura besoin de plusieurs séances. J'espère que tu as du temps.

– Pour oublier ces cafards et me débarrasser de leurs vermines, je prendrai tout le temps qu'il faudra.

– Ce n'est pas seulement une question de temps, il faut décider de déposer ton fardeau, car si tu as pu te laisser piéger c'est parce que tu avais des dispositions pour ça. Comme dit le proverbe : "On ne sort pas du bain tel qu'on y est entré !" Bien sûr, il y a eu des dégâts, ils t'ont abîmé la vie et pendant ce temps-là ils font la fête. Tu crois à la justice immanente ! C'est ça, crois-y si ça te fait plaisir. C'est aussi un signe de faiblesse. La justice, c'est toi, car il n'y a que toi pour te sortir de ce tunnel. Il ne faut compter ni sur Dieu ni sur les hommes pour régler tes problèmes. Le voleur épie sa proie, pas le contraire. Il repère les faiblesses et les réactions possibles de sa victime. L'escroc est un "artiste" et aussi un psychologue qui ne s'encombre d'aucun scrupule. Mais dis-moi, pourquoi tu ne t'es pas adressé à la justice ?

– Je n'ai pas confiance en la justice. J'ai su que tous ceux qui les ont poursuivis n'ont pas gagné leur procès. Une vieille femme brésilienne ou mexicaine, je ne sais plus, avait porté plainte pour vol et harcèlement. Quelques jours avant sa mort, elle a retiré sa plainte. La corruption, mon cher, la corruption sous toutes les formes, même les plus insoupçonnables. Oui, je sais de quoi je parle. Je finirai par faire appel à la justice, mais pas tout de suite. J'attendrai le moment. »

Bien sûr, un jour ou l'autre, ils rendront des comptes à la justice, celle des hommes ou celle du ciel. J'espère être là. D'ici là, je bouclerai cette fameuse porte.
Ah, cette porte ! C'est mon handicap, mon malheur. Que ne suis-je blindé ? Je me sens comme un fantôme, un peu de vent qui balance, une feuille qui plane, un paquet de mots comprimant la violence d'un combat inégal. Comment se battre contre les salauds ? Les voyous ne craignent que leurs semblables, ceux qui sont encore plus voyous qu'eux. Te faudra-t-il toute une vie pour trouver la solution ? Tu ne seras jamais un voyou. Alors oublie ou bien sors dans l'arène et bats-toi jusqu'au bout. Leur but est de te démolir. Qu'importent les raisons. Mais ne leur donne pas satisfaction. Il vaut mieux qu'ils te voient vif, pas atteint par leurs saletés, que résigné, abattu et fini. C'est ton existence, ton talent, ta réussite, qui les dérangent. Alors il faut les déranger avec panache, avec du génie ! S'ils ont en eux le génie du mal, toi tu as du talent pour exprimer l'indicible et donner des émotions qu'ils ne connaîtront jamais. C'est cela leur drame, c'est pour cela qu'ils t'en veulent et cherchent à te nuire. Ton talent est évident, et tu n'as pas à corrompre les gens pour qu'ils t'écoutent et t'admirent.
Cette voix intérieure qui ne cesse de me parler m'apaise. Je m'adresse à moi-même comme si j'étais un autre. Je me

HAMMAM

vois dans un miroir caché et je prends peur : le visage ridé, les yeux abattus, le regard terne, je fais pitié. Alors je tape le sol du pied et je change cette image : je suis jeune, j'ai mon âge, trente-huit ans, j'ai le visage rasé de frais et l'œil lumineux. Je ne suis pas fini, j'existe, je parle, je joue et j'entends le silence où mes notes voyagent. Cela fait plus d'un mois que je n'ai pas donné signe de vie à Lila. J'ai tenu à régler ce problème sans lui en parler. Je la connais, elle aurait été pour des solutions brutales et expéditives, elle aurait tout cassé. Je la vois d'ici entrer comme une furie dans la belle maison des jumeaux et détruire tous les objets précieux. Elle est même capable de mettre le feu à la maison. Peut-être que c'était ce qu'il fallait faire. Répondre à l'escroquerie par la violence, leur montrer qu'ils ne peuvent pas tout se permettre. Je préfère m'en prendre d'abord à moi-même et je la mettrai au courant le moment venu.

Après plusieurs séances entre les mains de Bilal, je crois sentir un léger mieux. Je ne sens plus mauvais mais je transpire tout le temps. Qu'il fasse chaud ou froid, ma peau suinte de sueur. Je ne comprends pas ce phénomène. Je perds du poids alors que je suis très mince. Je crains que la probable disparition des bactéries ait provoqué un déséquilibre dans mon métabolisme. Que faire ? Quand je me couche, il y a un répit. La position horizontale arrête la sueur. Mais je ne peux pas passer ma vie couché. Le médecin ne comprend pas non plus l'origine de cette excrétion quasi permanente. Il me dit que c'est dans la tête, comme d'habitude. Il m'énerve mais je n'ai pas envie de consulter un psychiatre. La sueur est inodore mais abondante. Je me change trois fois par jour. Je sens que je me vide. Peut-être que c'est le début de la guérison. D'ailleurs je pense moins aux rats. Dans un rêve j'ai acheté de la mort-aux-rats. Dans un autre je l'ai mélangée avec du riz cuit aux champignons vénéneux. Dans un dernier rêve, je les gave dans une maison de Fès pendant que des *tolbas* lisent le Coran et préparent les linceuls.

Je suis toujours à Fès, je me promène dans la médina et je recherche la maison de mon enfance. Je ne la trouve pas et je me renseigne auprès de Benjbara, le vieux vendeur de menthe. Il ne voit presque plus et dit m'avoir reconnu ; il me demande des nouvelles de mon oncle, mort il y a vingt ans, puis m'indique le chemin :

« Alors tu prends la rue qui descend vers Recif, tu t'arrêtes devant Hamou, le type qui a épousé la femme du boucher qui avait tué son voisin et a été condamné à vingt ans de réclusion, tu vois où est Hamou ? Il vend les paniers en osier, tu le laisses à ta droite et tu prends la ruelle qui serpente, tu suis l'odeur de la fumée que dégagent le four et le hammam du quartier. Une fois au hammam, tu montes dix mètres et tu es en face de la maison du pacha, tu sais celui qui avait perdu un œil dans une manifestation contre les Français, lui, c'était un traître, il avait reçu des coups des nationalistes, enfin, il est mort mais sa maison est devenue un bazar de l'artisanat, ta maison est derrière le magasin, voilà mon ami, prends un peu de menthe de Moulay Idriss Zarhoun, c'est bon pour la santé et même pour ce que tu sais... »

Ma maison natale est méconnaissable, elle est occupée par des gens venus des environs de la ville. Elle a été transformée par des paysans. Je rencontre le fils de notre voisin, un fin lettré qui a perdu la raison et vit comme un clochard. Il est en colère :

« Tu te rends compte ? La vieille ville ne nous appartient plus ; des familles ont fui, préférant le béton et la pollution, ils se sont installés dans ce qu'ils appellent la "ville nouvelle", ils ont laissé leurs maisons à des pauvres bougres,

HAMMAM

des primitifs, des archaïques qui ne connaissent rien à ce patrimoine. Moi, je ne quitte pas, je ne quitterai jamais Fès, je serai le dernier habitant de cette ville, tu peux aller dans le monde entier, quand tu reviendras de tes nombreux voyages, tu me trouveras là, fidèle à ma terre, dans ma maison entouré de rats et d'ânes, oui, j'ai un élevage de rats et d'ânes. Allez, n'oublie pas que celui qui quitte sa maison perd la raison! Hi han, hi han, hi han... »

Je pars vers le hammam. On me dit que cela fait plusieurs jours que Bilal n'est pas venu. Peut-être est-il parti en voyage. On m'indique sa maison située dans une impasse à Bourejour. Pour y accéder, il faut faire un grand détour, parce que c'est un quartier pauvre et négligé, les rues ont été détournées pour aller vers des quartiers marchands. C'est une de ses filles qui m'ouvre. Je remarque qu'elle a la beauté des métisses. Une peau couleur miel et cannelle. Elle me parle en baissant les yeux. Elle me prend par la main et me conduit à la chambre de son père. Elle s'appelle Daouiya, ce qui veut dire « lumineuse ». Bilal est alité. Il a de la fièvre mais n'a pas perdu la force de parler:

« Comment vas-tu toi ? Heureusement que tu es venu me voir, peut-être que tu vas me sauver. Tu sais, j'ai oublié de te signaler ceci : quand j'extrais des microbes d'un corps, il faut absolument que le malade me donne une pièce en or, sinon, j'attrape ses vermines. Je pense que c'est ce qui m'arrive. D'ailleurs, tu as tout intérêt à te procurer cette petite pièce en or parce que le mal rôde toujours et risque de s'introduire de nouveau dans ton corps. C'est pour ça que je te demande si tu vas bien.

– Je vais bien mais je transpire tout le temps.

– Ce n'est pas un bon signe. Pour le moment va vite à la *kissaria* des bijoutiers, tu achètes un louis d'or, qu'importe les carats et tu me l'apportes. Prends le moins cher, l'important c'est qu'il soit en or. Je n'ai pas besoin de médecin, je sais ce que j'ai. Dans mon demi-sommeil, j'ai cru voir tes ennemis, tu me dis qu'ils sont deux jumeaux, mais il y avait avec eux un type assez effacé et très servile. Il a une dentition chaotique, parle à voix basse et se tient toujours en arrière. C'est peut-être leur boy, un serviteur, ou bien quelqu'un qui leur doit beaucoup de services. C'est un personnage gris. Oui, tout à fait gris. Il porte toute la grisaille de la ville sur son visage. Il se dit intellectuel, mais c'est un boy, c'est ça, quelqu'un qui obéit au doigt et à l'œil. Ils sont forts, tes ennemis. Ils savent comment dresser les gens. Qu'importe, apporte-moi la pièce en or sinon ils vont m'envahir, je les sens rôder autour de moi. »

Cela me rappelle l'époque où ma mère faisait disparaître les effets du mauvais œil sur moi. Elle priait, enflammait une branche de laurier et la faisait passer sept fois sur mon visage. Je me souviens que je bâillais. C'était le signe que le mauvais œil avait été dérouté. Il fallait donner quelque chose à ma mère, une pièce de monnaie, un morceau de pain ou une pincée de sel. Sinon, elle risquait d'attraper le mal.

Me voilà égaré dans le labyrinthe de la médina entre la *kissaria* de la soie et celle de l'or, entre le *diwane* des épices et la place des fruits secs, dans le quartier des tanneurs et celui des forgerons. Je marche comme un zombi. Je reconnais les lieux mais je ne sais pas les relier les uns aux autres. Je me perds et pourtant rien n'a changé. Seuls les visages sont nouveaux pour moi. Les murs et les pierres sont éternels. Je continue d'arpenter ces ruelles comme je le faisais dans mon enfance. À qui m'adresser ? Je tombe sur un vieux bijoutier, M'alem Bennis, un arrière-cousin de ma mère. Il me reconnaît et se précipite pour m'embrasser et m'offrir du thé à la menthe. Il pense que je suis venu à Fès avec ma

HAMMAM

mère. Il se souvient de notre maison et des bijoux que la famille lui achetait.

« Ah le temps! ah l'époque! ah les hommes! Je serai le dernier des fassis à quitter cette ville; je suis un résistant, je refuse de voir cette merveille, ce bijou de la civilisation universelle saccagé par des ignorants, de pauvres bougres qui ne font pas la différence entre une porte du quatorzième siècle et une planche pour caler un meuble en formica! ah, mon ami, les gens de bien sont rares, ils ne courent pas les rues et surtout pas celles de Fès, la ville des villes, l'âme de toutes les villes de ce pays bien-aimé! Je te reconnais, je sais que tu viens de l'étranger, ça se voit, mais ton visage, ton accent me disent que tu es le fils de Lalla Fatiha. N'est-ce pas? Je tiens la généalogie des familles de Fès. Je connais sur le bout des doigts toutes les ramifications qui se sont produites chez les uns et les autres depuis l'indépendance; j'ai soixante-douze ans, j'ai encore, grâce à Dieu, la santé, alors que puis-je pour toi? »

Je lui explique que j'ai besoin d'un louis d'or. Il s'exclame :
« Enfin tu te décides à te marier! Bonne nouvelle! Pour la demande en mariage, un louis d'or n'est pas suffisant comme présent, c'est mince, c'est pas digne de ton rang. Non, Lalla Fatiha ne sera pas d'accord, il te faudra un ensemble de bracelets ou un collier de perles. Oublie l'argent, tu sais comment les anciens définissaient l'argent, c'est la poussière de la vie, la mauvaise poussière de la vie, alors, oublie la dépense et fais plaisir à ta future épouse. »

Je le déçois en lui disant que je tiens à rester célibataire et que j'ai besoin de cette pièce pour faire un cadeau à un vieil ami. Il me vend une jolie pièce de monnaie des années cinquante. Avant de partir, il se penche sur moi et me glisse à l'oreille :

TRAHISON

« J'ai pour toi une fille magnifique, une gazelle superbe, peau blanche, chevelure noire jusqu'aux reins, une belle poitrine, de bonne famille, excellente cuisinière. Réfléchis, tu devrais assumer les principes de notre religion, le mariage en est un. Quand tu veux, tu viens me voir, tu t'installes dans l'arrière-boutique, je la fais venir et tu la verras sans qu'elle te voie, d'accord ? Et dis à ta maman que M'alem Bennis est toujours prêt à lui rendre service ! Fais attention, les gens de bien sont de plus en plus rares ! Les voyous sont parmi nous, s'habillent comme nous, parlent comme nous, mais ce sont des escrocs et des hypocrites, et Dieu a maudit les hypocrites, il leur réserve un coin dans l'enfer. Mais pour le moment ils pullulent comme des mouches, ils sont partout, ce sont eux qui dirigent le monde. La bonté est inefficace pour diriger les hommes, comme on dit ici, les gens ont la crainte et pas le respect, l'époque n'est plus à la pudeur, elle est à la violence et à l'oubli des valeurs. Ce sont les effrontés qui gagnent, pas les gens de bien. N'oublie pas, si tu te décides à te marier... »

J'examine la pièce en or. Sur le côté pile est dessinée une étoile, sur l'autre la tête d'un général, je n'arrive pas à savoir lequel. C'est une pièce de cinquante francs. En la donnant à Bilal, je manque de tomber. Je sens une défaillance, une grosse fatigue. Daouiya m'apporte un verre d'eau fraîche, me prends le bras et me fait asseoir sur le bord du lit. Elle se met à côté de moi, je sens son corps chaud. Bilal serre fort ma main droite dans la sienne, où il a mis la pièce en or, et fait des prières en fermant les yeux. Je vois des larmes couler sur son visage. Il se relève et me dit :

« Mon ami, je crois que c'est fini. Je sens que le mal s'éloigne. En principe, ils ne peuvent plus rien contre toi. Contrairement à ce que j'ai dit tout à l'heure, le fait de transpirer est en réalité un bon signe. Tu as évacué les derniers restes de leurs saletés. À présent tu peux t'en aller en toute sécurité. Je ne suis pas capable de leur faire du mal mais je crois que je peux au moins les empêcher de te nuire; cela dit, il vaut mieux que tu consultes Haj Ben Brahim, c'est un saint homme, d'une grande culture, tolérant et raffiné, un homme de qualité qui a de bonnes intuitions. Tu iras de ma part. Nous étions ensemble à l'université de la Quaraouiyne. Lui a poursuivi ses études jusqu'à El Azhar au Caire; moi, avec ma peau noire et la misère, j'ai dû arrêter et travailler dans le hammam, mais je n'ai jamais cessé de lire. Je suis aussi le laveur de morts le plus demandé de la ville; c'est moi qui m'isole avec le défunt et dis les prières ultimes sur le corps; c'est pour adoucir le voyage de l'âme vers l'au-delà; ce sont des paroles douces et apaisantes; c'est de la poésie pure.

– Mais je ne savais pas que tu étais un *fqih*, un savant expert en désintoxication.

– Le massage n'est qu'une étape dans le remède. Il y a aussi les prières, mais écoute bien ce que te dira Haj Ben Brahim.

En partant, il me tend la main droite. Il y a un peu de sang dans la paume marquée par la pièce en or. Il me la donne :
« À présent je n'ai plus besoin de cette pièce de monnaie. Tiens, reprends-la.

– Non, elle est à toi, c'est ton salaire.

– Pas question. »

Je la reprends et la donne à Daouiya. Elle sourit après avoir échangé un bref regard avec son père, me prend la main et me conduit vers la sortie. Avant de refermer la porte, elle se penche sur moi et m'embrasse de manière furtive dans le cou. Sa poitrine ferme frôle mon épaule. Je suis ébloui.

TRAHISON

Je ne transpire plus mais je me sens fatigué. J'ai besoin de faire une cure de sommeil. De temps en temps je lève les bras et je me sens les aisselles. Pas de mauvaise odeur. Je me lave normalement et je ne mets pas de déodorant. Mes cauchemars prennent l'aspect d'une véracité cruelle. Je suis entouré de vers et de cafards. Ils rôdent autour de mon corps nu. Une barrière invisible les retient, mais je sais que tôt ou tard ils pénétreront dans mon corps. Que faire pour qu'ils disparaissent de manière définitive ? Les cafards parlent. Ils ont la voix de mes ennemis. Ils rient et se moquent de moi. Ils parlent un arabe truffé de mots français. Les cafards courent vite, je n'arrive pas à les écraser avec ma chaussure. Quand j'en attrape un, les autres m'envahissent. Ils puent. Des rats surgissent de partout. Je suis cerné par des taupes qui cherchent à me dévorer. Je me colle contre le mur, je n'ai pas de force pour bouger, ma voix reste prisonnière au fond de mon gosier, je m'agrippe aux draps, les rats tirent avec leurs dents sur la couverture, je suis trempé de sueur. Je me lève en sursaut et me trouve nez à nez avec une vipère qu'on a déposée sur le lit. Je hurle. Une hallucination. Pour retrouver la paix, je me mets à repenser à Daouiya. J'ai le souvenir de sa main dans la mienne. Je n'ose pas l'imaginer nue. Il vaut mieux l'oublier.

Haj Ben Brahim est grand de taille, il a les yeux vifs et une barbichette blanche. Il vit seul dans un petit appartement de la ville moderne. Il peste contre ses enfants qui ont vendu leur maison de la médina pour s'installer dans cette partie ingrate et laide de la ville. Il me demande si mes ancêtres viennent d'Andalousie ou d'Arabie. Ne sachant rien de précis sur mes origines, je le prie de m'éclairer.

HAMMAM

« Il faut savoir d'où l'on vient. C'est important les origines, ça ne résout pas tous les problèmes, mais c'est essentiel. On nous apprend à nous méfier des gens dont on ne connaît pas les origines. Il ne s'agit pas de propager la méfiance, mais quand on connaît ses racines, on se sent mieux et on est davantage disposé à vivre avec les autres. Remarque, ce n'est pas simple, vivre avec les autres, ça s'apprend. Malheureusement c'est une des leçons qu'on oublie d'enseigner à l'école et à l'université. Ah, tes origines ! Tes ancêtres doivent être des descendants des Petits Rois d'Espagne. Après l'Inquisition puis l'expulsion des Arabes d'Andalousie, certains se sont exilés à Fès, d'autres se sont réfugiés à Albukharra, dans la chaîne de montagnes au-dessus de Grenade. Pour les faire fuir, l'Église a développé l'élevage de porcs et a arrêté celui des bovins et des moutons. Les musulmans qui s'étaient rassemblés dans un petit village qui s'appelle Bobione ne supportèrent pas cette domination porcine et s'en allèrent ailleurs. Tes ancêtres pourraient être des juifs convertis à l'islam. Tu sais que certains considèrent les fassis comme les juifs du Maroc. Dans leur bouche, c'est une insulte. En tant que vrais musulmans, nous devons respect aussi bien aux chrétiens qu'aux juifs. Bon, que puis-je pour toi ? »

Je lui explique mon problème. Il me regarde puis dit :

« Tu es du genre naïf qui a fréquenté des individus qui n'ont pas d'origine, *"la dine wa la mella"*, ce qui veut dire "sans religion et sans race", en fait et pour aller vite, des voyous. Notre Prophète a mis sur le même plan la méfiance et la confiance. C'est à l'être de voir et de décider. Tu viens de te rendre compte que tu as ouvert ton cœur à des gens qui non seulement ne méritaient pas ce cadeau, mais sont en plus des individus dont les origines se trouvent dans une poubelle. Je n'ai rien contre le mélange, encore faut-il savoir qui l'on rencontre et à qui l'on se confie. Aujourd'hui, Fès n'est plus dans Fès, tout s'est mêlé et on vit dans un grand désordre. C'est pour cela qu'il est temps de revenir aux origines, de revenir à la pensée et à la sagesse des anciens. Je te concède une chose : les voyous se sont emparés des habits des gens de qualité. Difficile de faire la différence entre les uns et les autres. Je sais, l'époque leur est favorable. Je te propose une opération d'exorcisme. Il ne s'agit pas de sorcellerie ou de magie. Nous sommes des musulmans, pas des charlatans. Je te donne cette plaque d'acier et cette aiguille. Tu vas te retirer dans la pièce à côté et tu graves les noms et prénoms de ceux qui t'ont trahi ou nui. Tu me l'apportes et je te dirai après l'avoir brûlée ce qu'elle révèle. La plaque est petite, j'espère que tu n'as pas un grand nombre d'ennemis, sinon il va falloir utiliser la grande marmite ! »

Je ne suis pas confiant. Cela ressemble tout à fait à de la sorcellerie. J'ai du mal à écrire sur la plaque. Je la regarde fixement et voilà que m'apparaît le visage de mon principal ennemi. Je l'entends rire de ce rire gras et cruel. La plaque brille à la lumière et c'est probablement mon propre visage que j'ai dû apercevoir. C'est comme le miroir de l'âme, le reflet de mes angoisses. Sans être totalement convaincu, j'écris dessus quelques noms et la lui rends. Il l'examine puis la met dans une casserole et allume le feu. En quelques secondes la plaque se transforme en petits morceaux de métal. Le tout forme une tête de vipère avec de grands trous à la place des yeux. Je me sens désemparé et surtout pas fier. Un pianiste, un esprit cartésien qui se laisse entraîner dans des pratiques ridicules. J'ai honte. Si jamais Lila apprenait cela, elle me rirait au nez. Non, l'artiste, l'homme rationnel, l'homme pondéré, s'est absenté, il m'a laissé, il est parti en me disant : « Fais ce que tu veux pour t'en sortir, moi, je ne participe pas à ce genre de charlatanisme. Oui, mon cher, tu te laisses faire par le premier venu, ils t'ont à ce point abîmé que tu perds ton esprit de jugement, tant pis pour toi. En tout cas, moi, je dégage, je m'en vais m'exercer sur un piano à queue pendant que tu brûles un morceau de métal ! »

« Pardon, tu as dit quelque chose ? Tu as parlé ?
– Non, je devais penser à voix haute.
– Tes ennemis sont agressifs et très actifs. Ils sont vraiment mauvais et veulent ta destruction. C'est curieux, ce sont des gens qui ont été très proches de toi, à qui tu as rendu des services, enfin ce sont des gens de chez nous, pas des chrétiens ou des juifs. Ils ne sont pas de Fès, peut-être des environs. C'est fou comme nous nous déchirons, nous n'aimons pas ceux qui sortent du lot, c'est une tare bien de chez nous, hélas. On ne peut pas l'attribuer aux autres, nous sommes responsables de nos défauts. Un philosophe allemand a dit : « Donnez-moi des ennemis dont je puisse être fier ! » Là, tes ennemis n'ont pas de classe, ce sont des poussières sales, ils viennent se coller sur les vêtements, sur la peau des gens qui ne les voient même pas. Ils sont passés par la filière de l'amitié pour essayer de te faire mal. Va savoir pourquoi... L'un est jaloux de ton succès, l'autre voudrait profiter de ta notoriété pour accéder à un rang social dont il rêve mais qui lui est quasiment interdit, l'autre enfin est plus direct, il veut te dépouiller de ton argent, c'est un voleur classique, il est passé par les bons sentiments pour te prendre ton bien. C'est un homme dangereux car il a fait du vol son métier et, s'il y avait une justice, il serait depuis longtemps sous les verrous. Il y a aussi une araignée, une bête affamée qui te cherche, je crois que c'est une vieille pieuvre qui a lancé ses tentacules contre toi. Elle doit être redoutable. Celle-là n'a jamais été de tes amis. Tu as dû toucher à ses affaires, elle a des appuis un peu partout, les gens la craignent et lui rendent service quand elle le leur demande, on l'appelle "L'Araignée" parce qu'elle a tissé un

réseau d'interventions assez efficace. Elle travaille avec les bons sentiments et en douce massacre ceux qui sont sur son chemin. Méfie-toi d'elle. Tu me dis que tu ne connais pas d'araignée, moi non plus je n'en connais pas, c'est une image mon cher. Tu dis que tu ne connais pas de vieille femme qui te cherche des ennuis, ah, bon, j'ai dû me tromper, mes intuitions m'ont trompé, ça m'arrive de plus en plus. En tout cas, ce que je vois est clair...

– Que me proposez-vous ? »

Après un long silence :

« L'oubli. L'oubli. L'oubli. Il n'y a pas d'autre solution. Tu n'es pas de taille à te mesurer à ces bêtes féroces. Tu t'éloignes d'elles et tu apprends à les oublier. Dis-toi qu'elles ne méritent pas d'occuper tes pensées. Tu es tombé dans un piège. Tes ancêtres n'étaient pas de taille à se battre avec l'Église catholique, alors ils se sont repliés. Ce n'est pas de la lâcheté, c'est une forme d'intelligence que de sauvegarder sa dignité. Il ne faut pas se mettre dans des situations où on risque de la voir bafouée par des voyous. Tous les matins, des gens sans scrupules, sans origines bien établies, sortent dans la ville et lancent des pièges. Tout le monde ne succombe pas, mais il arrive que des gens naïfs, disons pas très malins, se laissent piéger. Tu es un homme bon, trop bon, marie-toi et fais des enfants, au moins tu auras de quoi t'occuper. Au fait, c'est quoi ton métier ?

– Pianiste. Je vis en Europe et donne des concerts dans le monde.

– Ah, c'est le métier que j'aurais aimé faire. Pianiste ! violoniste ! Tu vois, tu n'es pas fait pour vivre ici, tu es une erreur, je veux dire quelqu'un de décalé. Tu sais, le jour où nous aimerons Bach, Mozart et l'opéra, nous serons sauvés ! J'aime la musique andalouse, les chants du malhoune, j'aime la poésie soufie chantée par des voix graves, mais j'avoue qu'il nous manque la grande musique classique.

HAMMAM

Quand j'étais au Caire j'ai fréquenté de bons musiciens. J'ai appris à écouter la grande musique, celle qui aide à vivre, à supporter les incohérences de ce monde. La musique n'adoucit pas toujours les mœurs comme on dit, mais elle contribue à éduquer l'oreille de l'homme. Ici, nous en sommes loin, les gens allument leur télévision dès le matin et la laissent brailler sans tenir compte des voisins. Lorsqu'il m'arrive de protester, on me renvoie au visage la liberté ! Nos anciens avaient plus d'éducation et de culture. Nous constituions une société harmonieuse et paisible. Le temps et le progrès ont tout chamboulé. Mais revenons à ton problème. Ah, l'oubli ! Il n'y a rien de mieux, sauf si tu décides de renoncer à tes valeurs et principes et de devenir comme eux, empruntant les mêmes armes qu'eux. Alors tu finiras dans l'indignité. Tu pourrais provoquer une confrontation et leur demander des comptes devant témoins. Avec eux, il faudra s'attendre à tout, ce sont des menteurs, des comédiens, des hypocrites. Renonce à les revoir. Comprends bien que vous n'êtes pas du même monde. Tu n'es pas de cette engeance. L'oubli et l'indifférence. **Prends de la hauteur, deviens hors d'atteinte, deviens cet homme inaccessible que tu es au fond, autrement dit sois ce que tu es et respecte ce que tu es,** voilà. L'oubli est une méthode.

– Comment y arriver ?

– Tu n'es pas habitué à te battre ! L'oubli, c'est comme la gymnastique : tu fais et refais les mêmes gestes jusqu'à ce que l'exercice devienne automatique. Tu n'y penses plus. Tu décides de ne plus penser à ces individus. On ne peut pas changer le réel ni les hommes, mais on peut changer la perception qu'on en a. C'est ce que font les grands romanciers, ils font de la réalité une toile sur laquelle ils peignent l'invraisemblable, l'ivresse du monde et la folie des hommes. Ce qu'ils voient, les gens ne le voient pas ou refusent de le voir. En musique, c'est différent, on ne fouille pas une société, on ne se perd pas dans ses entrailles pour la décrire et la donner en mots et phrases. Alors joue, joue tous les jours, compose des sonates, ne t'arrêtes pas de travailler, de créer, existe par ton art, fais ce que tes ennemis sont incapables de réaliser.

– Il m'arrive de composer mais je n'ose pas proposer ma musique. Je joue les grands maîtres, et ma manière a quelque chose d'original, c'est pour cela qu'on me demande souvent.

– Comme disait un homme du dix-septième siècle, un ennemi de Louis XIV : "Point n'est besoin d'espérer pour entreprendre ni de réussir pour persévérer." Continue, compose, compose et ose jouer, il faut exister, j'insiste, e-xis-ter. Il vaut mieux qu'ils disent : "Ah le salaud, il n'est pas fini, il continue !" plutôt que : "Le pauvre, il est foutu, on a été très loin, il ne mérite pas tout ce qu'on lui a fait !" Tu n'as rien à faire de leur apitoiement. Seul l'oubli. Ton salut, ta santé, ta tranquillité et aussi ta vengeance, il faut du temps et de la patience, je veux dire : oublie pour le moment, et un jour ou l'autre, ils payeront. Je ne saurais dire comment, mais la justice a de la mémoire, elle te reviendra et tu seras satisfait. Pour le moment, cultive l'oubli. Pour cela, je vais te donner un manuscrit à lire et une eau à boire avant de dormir. C'est l'eau d'une source qui se trouve au pied de la petite montagne à la sortie de la ville nouvelle. J'ai découvert ses vertus par hasard. Un jour je me suis arrêté près de cette source et j'ai demandé aux habitants quel nom ils donnent à cette eau. Le plus vieux m'a dit "Ma'a El Nissiane", l'eau de l'oubli. Cela peut t'aider à effacer certains visages hideux et malsains. Je ne te promets rien, mais c'est à toi de faire le travail, tout commence par toi, pense à toi-même et sache qu'il n'y a que toi pour prendre soin de ta santé, de ton équilibre et il n'y a que toi pour amener la paix à ton cœur et dans ta vie. Le reste, ce sont des béquilles, de calmants, de

HAMMAM

petites choses qui nous font passer le temps. Tes ennemis cesseront d'exister le jour où tu ne penseras plus à eux. Tant que ton esprit est occupé par leur existence, tu seras miné, plein de vers et de saletés, choses qui ne sont pas dignes d'un honnête homme, pianiste de surcroît. On m'a rapporté une jolie pensée d'un philosophe du dix-huitième siècle, je crois qu'il est français, mais je n'en suis pas certain : "La calomnie est comme la guêpe qui vous importune, et contre laquelle il ne faut faire aucun mouvement, à moins qu'on ne soit sûr de la tuer, sans quoi elle revient à la charge plus furieuse que jamais." Tu es comme moi, tu n'es pas et tu ne seras jamais un tueur de guêpe.

– Vous m'avez parlé d'un manuscrit, puis-je le voir ?

– C'est un cahier qui m'a été remis il y a longtemps, plus d'un demi-siècle, par un homme qui avait vieilli avant l'âge, un Noir, petit et chétif, fils d'un *mokhazni* dans la cour du pacha El Glaoui, tu sais, le fameux maître de Marrakech, collaborateur des Français et qui, au retour de feu Mohamed V, avait demandé pardon à genoux. C'était le maître incontesté de tout le Haouz, il avait le droit de vie et de mort sur des milliers de personnes. Il avait des esclaves. Le fils de l'un d'eux, il s'appelait Issa, avait été à l'école ; à la mort de son père, il avait dû prendre sa place dans le rang des esclaves. Il a tenu un journal, en cachette bien sûr. Sentant son heure arriver, il a profité d'une visite que faisait le pacha à Fès, a prétexté faire sa prière à la Quaraouiyne et m'a remis ce cahier. J'ai pleuré quand je l'ai lu. Difficile d'imaginer ce que fut la condition de ces hommes dans les années quarante. Lis-le, tu verras que c'est une leçon de vie, un éloge de la spiritualité et de la résistance par l'esprit, par la force et la détermination de l'esprit. Il raconte comment les esclaves étaient traités, comment on les battait avec des ceinturons mouillés, avec de la corde renforcée par du fil de fer, comment on les affamait et on les laissait enfermés avec des rats. Alors, quand tu sais de quoi est capable l'être humain, ton problème devient tout mince. Je ne cherche pas à minimiser ta souffrance, mais sache que ce que fait l'homme à l'homme, aucun animal, aussi féroce soit-il, ne peut le faire à un autre animal. »

Le retour à Fès, la rencontre de Bilal et de Haj Ben Brahim m'ont ouvert les yeux sur ce que je savais déjà mais que je ne prenais pas en considération : ce qui, chez l'homme, sépare la fraternité de la crapulerie est une mince, très mince cloison. Certains enjambent cette barrière sans se poser la moindre question, d'autres résistent dans leur coin. Apparemment, le monde est dirigé par les premiers. Quant aux autres, ils attendent que le cœur se bronze, mais parfois il se brise.

J'ai lu le manuscrit d'Issa. J'ai eu l'impression que l'encre était du sang. Jamais Issa ne se plaint ni n'implore le ciel ou les hommes. Il constate et livre les faits nus. Cela suffit pour toucher le cœur et l'âme.

Je me suis demandé pourquoi Haj Ben Brahim m'avait donné ce livre à lire. Pas seulement pour relativiser. Il se trouve qu'une note en bas de page, vers la fin du cahier, évoque la figure du tortionnaire, le responsable de la garde noire, les esclaves. Il est décrit comme un homme imposant, un ami de la police française, un ancien cocher de Marrakech entré dans la cour d'El Glaoui pour s'occuper de ses chevaux. Très vite, il gagna la confiance du pacha, qui le désigna pour dresser les esclaves, dits « Mokhaznis ». En fait c'étaient des domestiques noirs faits pour servir et mourir. Le nom de ce chef est un anagramme de celui de mon ennemi principal. C'est peut-être son grand-père ou son oncle. C'est curieux, cette coïncidence.

HAMMAM

J'ai bu l'eau de l'oubli tout en sachant que c'était symbolique. J'y ai cru sur le moment. Je me suis persuadé que mon salut était dans l'oubli. J'ai appris plus tard que l'un des frères jumeaux avait fait des études de musique et qu'il se destinait à une carrière artistique. Malheureusement, il n'était pas doué. Il avait choisi le violoncelle, mais ses échecs l'avaient rendu malade. De temps en temps, des familles modestes faisaient appel à lui et à son groupe pour animer des mariages. Il chantait des rengaines traditionnelles, mettait la sono à fond et buvait du mauvais vin servi dans des théières. Les petits matins de ces soirées étaient pathétiques. Il était soûl, ne se souvenait de rien, pestait et insultait les grands artistes du pays. Que de fois il aurait été ramassé sur un trottoir et emmené aux urgences de l'hôpital. On disait :

« Ah, c'est le fils de Cheikh Falne ben Flane, c'est triste. Son père, que Dieu ait son âme en sa miséricorde, n'aurait pas supporté ce spectacle ! »

On le soignait puis on le relâchait. Je n'étais pas au courant de cet épisode de sa vie. Je le connaissais comme professeur d'éducation physique. Jamais il ne m'avait parlé de cette blessure. Ce qui explique toute la jalousie et la volonté de détruire.

La jalousie est le miroir de la laideur. Il nous renvoie nos sentiments bas et mesquins, nous remplit de venin, salit l'âme et nous pousse à agir comme si nous étions capables d'accomplir des actions hors du commun, par exemple supprimer la personne dont la simple existence fait naître la jalousie, c'est-à-dire cette envie aggravée et malsaine susceptible d'aller jusqu'au crime. Le jaloux est quelqu'un qui boite et voudrait être un danseur étoile. Il ment à lui-même et aux autres et finit par croire que son incompétence est le revers de qualités qu'il posséderait mais que l'autre entraverait et empêcherait de s'exprimer. Le jaloux ressemble à un engin lourd et fatigué qui penche sous le vent et tombe en ruine. La rouille qui le mine et le brise n'est autre que cette envie jamais rassasiée, celle de posséder ce que l'autre a naturellement et parfois sans effort. Le jaloux s'incline sous le poids de ses penchants malsains et peut en mourir. C'est la maladie la plus labyrinthique qui soit. Elle traverse le corps en faisant beaucoup de détours, des circonvolutions irrationnelles. Elle ronge le foie, maltraite le cœur, injecte le fond de l'œil d'un liquide jaunâtre et donne des hallucinations fantasques.

J'aurais aimé conclure cette histoire en racontant dans le détail la maladie qui ronge l'un des frères jumeaux, dire comment le gigolo a été défiguré dans une rixe survenue à Rio, comment leurs meubles et biens ont été saisis par les huissiers, dire aussi que cela a pris du temps mais qu'aujourd'hui j'ai pitié d'eux et que je regarde ailleurs. Mais la pitié est un mauvais sentiment. Peut-être que la guérison n'est pas totale et qu'il va falloir retourner à la source Ma'a El Nissiane. J'irai probablement m'asseoir un jour devant un fleuve et attendrai d'y voir passer les cadavres de mes ennemis. Non, je n'irai pas au bord du Sebou, ni au bord de la mer. Je ne cultiverai pas cet esprit de vengeance. Je laisserai le temps faire son travail et ses choix. J'apprendrai autour de moi, à mes proches et même aux lointains, que la jalousie est une maladie grave qui ne se déclare pas sur le corps. Ni fièvre ni tremblements. Juste du venin qui monte et descend, à la recherche d'une proie. La jalousie et la haine vont ensemble. Elles abîment ceux qui les portent, comme elles peuvent détruire l'objet de leur fixation.

Alors que je m'apprêtais à dormir, j'entendis leur rire, nerveux, haineux et sadique, un rire strident comme le bruit lancinant d'une scie mécanique, une scie rouillée, le rire de gens qui ne peuvent plus jubiler, qui pestent et se perdent dans les ténèbres d'une cave, là où le destin les a réunis avec des rats.

Je les imaginai bien invités à la conférence des rats dans le sous-sol d'une vieille maison abandonnée, misérables et pitoyables, essayant de rendre des comptes à leurs semblables comme dans une fable écrite dans un autre temps, une époque déraisonnable qui rend justice de manière brutale.

Un an plus tard.

Je n'ai pas tout à fait oublié le mal que ces gens m'ont fait. J'y pense mais je suis indifférent. J'ai mis une croix sur ce qui est matériel. La mauvaise poussière de la vie a été chassée. Je ne cherche plus à me venger, j'attends le hasard, la justice immanente, le destin.

Justement, je tombe ce matin sur un entrefilet dans le journal : « Deux frères jumeaux, atteints d'un mal étrange, ont été admis aux urgences de l'hôpital Saint-Antoine. Leur peau dégage une puanteur nauséabonde qui a infecté tout l'immeuble où ils habitent et l'a rendu infréquentable. Les voisins ont dû signaler ce cas aux services d'hygiène de l'arrondissement, croyant à l'existence de charognes ou de corps morts il y a longtemps. Les services municipaux de dératisation et de désinfection se sont rendus sur les lieux mais leur action n'a pas réussi à éliminer la terrible odeur. Le plus incompréhensible, c'est que les deux frères sont apparemment propres, mais ils puent au point que l'on ne s'approche d'eux que muni d'un masque à gaz. Le professeur en dermatologie, le Dr Bill Warning a déclaré que leur cas relève des services vétérinaires. Ils seraient porteurs d'une maladie spécifiquement animale qu'ils auraient négligée. En attendant qu'on découvre un remède à leur mal, ils ont été mis en quarantaine dans les services vétérinaires des chiens enragés. Pour des raisons faciles à comprendre, leur identité a été cachée et personne n'a le droit de leur rendre visite. C'est la première fois qu'un tel cas se présente en Europe. Un chercheur américain en maladies inconnues est attendu pour faire son diagnostic. »

Le quatrain qui tue

L'Islande est une terre de pierres et d'eau. Sur les pierres pousse une sorte de limon gris. Pas d'herbe. Pas d'arbre. Pas de forêt. Des roches. Des cascades d'eau glacée. Des lacs d'eau chaude. Des vapeurs d'eau chaude. Des espaces immenses et un ciel tout blanc. Tout est différent. C'est un pays où l'eau a des couleurs, tantôt blanche, tantôt bleue. Elle sort des pierres et des roches, elle se précipite, surgissant avec force comme la passion, libérant sa sève avant de couler sereine et glacée dans des lacs où on a jeté les statues des dieux païens pour adorer le Christ comme le dit la légende. La terre est vive, vivante, bouge et donne des coups à la croûte parce qu'elle est trop pleine d'eau et de feu, parce qu'elle regorge de glaciers, de vagues, de tempêtes et d'ivresse.

Deux rochers immenses se dressent au milieu d'un espace vide, le lit d'une rivière. On me dit que c'est Karl et Kerling (le Vieux et la Vieille), deux statues géantes sculptées par le temps et les vents. Ils sont grands et leur majesté m'impressionna tellement que je me rendis compte que mon problème était tout petit, insignifiant. Karl et Kerling m'apprirent la relativité. Fredrik, mon traducteur et ami, me prit en photo à côté d'eux. Avec mon pull rouge, j'apparus comme un petit coquelicot adossé à l'immense statue de granite. En les regardant, non seulement j'oubliais la trahison mais n'avais plus envie de me venger, du moins pas avec la

TRAHISON

même ardeur. Je me dis que ces colonnes sont des sculptures qui imposent le silence. Je pénétrai dans une épaisse couche de silence et me sentis bien, apaisé, presque lavé de mes mauvais sentiments. L'Islande est un pays qui ressemble à une thérapie. Je vis au loin l'Hekla, ce volcan qui envoie ses laves tous les dix ans, et pensai que ce n'est pas un hasard si la nature s'exprime avec cette précision. Tous les dix ans, le feu descend sur les pierres et devient un message d'humilité et de simplicité pour les hommes. Pays étrange et en même temps excitant. Un espace infini avec si peu d'habitants. Pourtant, je lis dans un ouvrage sur l'Islande qu'il y a peu d'habitants mais pas moins de quatre millions de macareux (*Fratercula arctica*), ces oiseaux au bec rouge qui ressemblent à des perroquets moins flamboyants.

Le lendemain, Fredrik m'emmena me baigner dans le Lagon bleu. L'eau chaude sort des entrailles de la terre. Cela me rappela la source thermale de mon enfance, Sidi Harazem, près de Fès. J'y allais au printemps avec mes parents. Je nageais dans cette eau chaude et me sentais ensuite léger et plein d'énergie. Je marchai dans ce lac où la température varie tous les deux mètres. Des familles entières se baignaient. Elles avaient l'air heureux. Je me dis : « Ça se voit, elles n'ont pas été trahies par un des leurs ! » Je n'en savais rien, mais le mécanisme de la pensée obsessionnelle est ainsi, il envahit tout et ramène à soi tout ce qui passe. Je pris conscience que je pouvais m'en débarrasser en refusant d'y penser. Dès que l'image de mon ancien ami surgissait, je la chassais d'un geste de la main. Peut-être que j'étais ridicule, mais cela m'aidait à prendre de la distance.

La découverte de ce pays a eu pour effet de me calmer. Je n'ai pas oublié définitivement la trahison mais j'y pensais autrement. J'ai senti que ces glaciers, ces rochers, ces cascades d'eau, ce lac d'eau chaude, cette immensité étrange

LE QUATRAIN QUI TUE

ont endormi la douleur que je portais en moi. Je suis devenu moins nerveux, moins ténébreux.

Les Islandais ont la réputation de lire beaucoup. Ils ont de grands poètes. J'ai rencontré Sigurdur Palsson. Il est parfaitement francophone, et nous discutâmes de l'importance de la poésie dans le théâtre. J'ai lu son recueil *Poèmes des hommes et du sel*. J'ai aimé ces vers :

> Elle a dû vouloir en finir
> Cette lueur de lune d'un gris latin
> Qui astique le crâne chauve du glacier
>
> Dés jetés
> Qu'emporte avec le courant
> La rivière du glacier [...].

La poésie nourrit mon imagination, apaise mes sentiments, redonne force à mes émotions. Je sais que je ne peux pas vivre sans poésie. J'en lis quotidiennement et en écris de temps en temps. J'essaie dans mes pièces de théâtre de créer des atmosphères de poésie sans les mettre en vers.

J'ai parlé avec Fredrik de mon histoire. Il eut envie de m'aider :
« Il existe en Islande une façon élégante et redoutable de se venger de quelqu'un qui vous a fait mal, quelqu'un qui s'est mal comporté avec vous, un ami qui vous a trahi, ou un voisin qui vous crée des ennuis. Il suffit de composer un quatrain et de le diffuser. Il faut évidemment que le quatrain soit impeccable, de haute qualité. Le quatrain est le premier jouet de l'Islandais. Il devient entre les mains du poète aussi dangereux, aussi poignant qu'un couteau. Cela vient de la tradition, très ancienne. Tout le monde mémorisait le quatrain et le répétait. Tout le monde était ainsi au

TRAHISON

courant. Un bon poète pouvait détruire la réputation de son adversaire, sauf si ce dernier était meilleur poète que lui et pouvait répondre avec un quatrain plus fort. Cette bataille par poèmes interposés, cette "joute verbale" avait parfois des conséquences graves. Je pense que votre ami, si j'ai bien suivi, est un mauvais écrivain, alors vous n'avez aucune difficulté à le détruire uniquement avec des mots qui deviennent des flèches empoisonnées. Elles l'attaquent avec art mais ne lui permettent plus d'apparaître en société. Il disparaît de lui-même et le problème n'existe plus. Voici par exemple un des quatrains les plus connus des Islandais ; il a une force et une puissance qui mirent à terre définitivement celui à qui il était destiné :

« *Ferskeytlan er Fronbuans*
Fyrsta barnaglingur,
En verdur seinna i hondum hans
Hvoss sem byssustingur »

Quelle civilisation ! Un poème bien inspiré est une vengeance sublime ! Je repensai au traître et l'imaginai en train de découvrir ce quatrain. Dans un premier temps, il froisse la feuille de papier et la jette dans la poubelle. Il fait les cent pas dans la maison. Son esprit est finalement travaillé par ces quelques mots. Il se penche sur la corbeille et reprend la feuille où est écrit le quatrain, le relit, essaie de décoder le message, puis décide de ne plus en tenir compte.

Un traître, quelqu'un qui a abusé de la confiance de son ami, celui qui a osé se conduire comme un voleur, un voyou, peut-il être sensible à la poésie ? Ne faut-il pas s'abaisser à son niveau et utiliser ses moyens pour qu'il comprenne la réaction de l'ami trahi ?

Quand je me trouve devant un dilemme, je m'isole dans une chambre et me souviens de mon père, un homme d'une intelligence remarquable. Il avait un sens de l'humour très caustique, et une belle imagination. Il était l'auteur d'un millier de proverbes et dictons. Il parlait souvent en rimes et mélangeait la poésie à l'invective quand la situation l'exigeait. Comme cela m'arrivait souvent, je me demandai : « Qu'aurait-il dit et fait ? » Il aurait certainement composé un poème, peut-être pas un quatrain, mais un texte où l'ironie le disputerait à la morale, des mots bien choisis qui atteindraient de manière fulgurante leur cible. Il aurait voulu savoir ce qui s'était passé. J'aurais eu honte de lui raconter comment je m'étais fait piéger aussi bêtement. Une histoire de faux et usage de faux. Une confiance abusée.

Je sors dans la rue principale et entre dans une librairie. J'achète une carte postale représentant Karl et Kerling, les deux immenses rochers qui se tiennent droit dans la rivière nue, et écris ces mots à mon ancien ami :

> On les appelle « le Vieux et la Vieille »,
> deux rocs qui ont résisté à toutes les intempéries.
> Ailleurs, la mauvaise poussière de la vie
> S'est glissée entre l'écorce et la sève
> D'un arbre creux
> Un coup de vent a vidé la mémoire
> L'enthousiasme a été une erreur
> La confiance, une grossièreté.
> Le visage d'étain
> N'est que la face poreuse du mensonge.

Le soir, je montre le poème à ma femme et lui apprends que je compte prolonger mon séjour dans ce pays.

« Tant que je suis là, je me sens protégé, c'est curieux, j'ai le sentiment que l'humanité est différente quand elle est confrontée à une nature forte et dure. Elle semble plus humble, je dirais même bonne !

– Protégé de quoi ?

TRAHISON

– De la médiocrité, de la bassesse, de la trahison des hommes.
– Quelle illusion ! Je te ferai remarquer que ton poème n'est pas un quatrain, il est en outre trop elliptique, pas assez violent.
– Oui, je sais, ce n'est pas le poème « Les phares » de Baudelaire, mais je fais ce que je peux, je n'ai pas le talent du poète islandais qui a inventé le quatrain qui tue, mais j'essaie de faire passer le message.
– Tu ne penses tout de même pas le tuer avec ton poème ?
– Il n'a jamais été question de tuer qui que ce soit. Non, juste le faire réfléchir.
– Ça ne sert à rien. Mais si ça te fait plaisir, envoie-le lui, on verra quel effet ce texte aura sur un homme sans scrupules.
– Aucun.
– Alors, c'est mieux ainsi. Il ne faut rien attendre des autres. C'est pourtant une des premières idées que tu m'as dites quand on s'est rencontrés.
– Je sais, mais on ne change pas. C'est une autre idée que je porte en moi comme une évidence. C'est même l'unique certitude que je reconnais.
– Alors, oublie cet épisode et passe à autre chose.
– J'ai envie d'aller pêcher le saumon sauvage dans les rivières du Nord. »
Après un moment de silence :
« Si l'homme est bon, je n'ai plus besoin d'écrire. On écrit rarement sur la fidélité, la bonté, la paix... En revanche le mal est un allié essentiel de la littérature ; elle en a besoin ; on pourrait dire que ça stimule l'écrivain.
– Alors vive la trahison !
– Tant que je n'ai pas écrit ma pièce, je me sens vulnérable.
– Allons traquer le saumon sauvage ! »

L'homme qui a trahi son nom

Quand il arriva en ville, il décida de changer de nom. Le sien n'était pas moche, mais il trahissait ses origines rurales. Or, s'il avait quitté le *douar* avec ses vaches amnésiques, ses coqs surexcités et ses chats malades, ce n'était pas pour qu'on les lui rappelle.

Il s'appelait Ahmed Lemzoudi. Ahmed, né et élevé à Mzouda, le village le plus pauvre de toute la région de Marrakech. Le plus démuni, peut-être, mais il y a plus pauvre sur cette terre. Il y a Lahjar, à dix-huit kilomètres de Marrakech, plus connu sous le nom de « village de pierres ». Là, il n'y a rien. Rien, c'est-à-dire de la poussière, ocre ou grise, des pierres noires et des épineux. Et puis une petite tribu composée de beaucoup d'enfants, d'une vieille femme et d'un homme dont on ne peut pas déterminer l'âge. Les autres sont en ville. Certains gardent les voitures, d'autres portent les paniers des ménagères, d'autres encore ne font rien ou essaient de survivre en mendiant ou en chapardant.

Ahmed Lemzoudi n'est pas un Jebilati. Il sait que ce village existe, il en a entendu parler dans les souks. Un village plus nu et plus pauvre que le sien, cela l'intriguait. Remercier Dieu de ne pas être de Jebilat s'imposait à lui chaque fois qu'il y pensait. Mais ce qui le préoccupait ces derniers temps, c'était comment ne plus appartenir ni à Mzouda ni à Lahjar. Comment quitter ce lieu natal maudit, comment ne plus appartenir à cette tribu qui n'a fabriqué que des immigrés et des bergers ? Comment part-on ? Comment disparaît-on ? Il ne fallait surtout pas lui en parler. Il en avait assez de ces maisons en terre battue, de ce four qui fumait et de ce bain étroit où se laver était une acrobatie. Il en avait assez de ces femmes toujours souriantes, prêtes à la danse et à la fête, assez de ces enfants qui jouaient avec tout, même avec un chat mort. Rien ne les effrayait. Ils n'avaient peur ni de leurs parents ni du maître de l'école coranique. Un jour, la rumeur annonça des loups dans la région : non seulement ils ne prirent aucune précaution, mais allèrent au-devant de l'animal pour le tuer. Ils ne trouvèrent ni loups ni chacals, juste quelques serpents et scorpions qu'ils brandissaient au bout de leurs bâtons. Il se disait que peut-être dans ce territoire l'enfance n'est pas de mise. Les temps sont durs et l'enfance est un luxe que Mzouda ne pouvait pas se permettre. Les gamins passent leur temps à courir pieds nus, rivalisant avec le diable et ses agents. Ahmed était persuadé qu'ils étaient les envoyés spéciaux du diable. Rien ne leur faisait mal. Leurs orteils cognaient contre les pierres, saignaient ; ils ne sentaient rien, ils continuaient à courir et à pousser des cris de joie.

Comment se passe une journée à Mzouda ? Ça dépend pour qui. Les femmes ne s'ennuient jamais à Mzouda. Elles ont toujours quelque chose à faire. Elles doivent s'occuper de tout, aussi bien du bétail que des hommes. Elles travaillent dès le lever du jour dans les champs. Même quand il n'y a rien à récolter, elles s'en vont dans les champs. C'est une habitude. Elles chantent aussi. Elles aiment chanter en ayant le dos courbé par le travail. Quand elles reviennent à la maison, elles font le pain, le mettent au four pendant que la marmite de légumes bout. Elles donnent à manger aux hommes d'abord, aux enfants ensuite et, au moment où les hommes s'assoupissent dans un coin de la cour, elles mangent en prenant tout leur temps. Elles repartent dans les champs jusqu'au retour des bêtes à la maison. Les animaux vivent dans le même espace que les humains. On s'habitue aux odeurs. Ce n'est pas très méchant.

Ahmed ne s'était jamais habitué à dormir à côté des vaches. Même quand il allait dans une autre pièce, là où les vieux font leurs prières, il suffoquait. Sa mère lui disait qu'il se comportait comme un citadin : « Tu es délicat comme un *fassi* à la peau blanche. » Il aurait aimé être un homme de la ville, quelqu'un de Fès ou de Salé. Il avait souvent entendu dire que les gens civilisés naissaient à Fès ou à Salé. Il s'imaginait *fassi* parmi les *fassis*, doué de qualités supérieures comme s'il était né dans la cour d'un prince, craint et respecté. Il aimait rêver en pensant aux histoires que sa grand-mère lui racontait quand il était petit et qu'il refusait de sortir les vaches. Il n'était pas comme les autres. Il se mettait à l'écart et se grattait comme s'il avait des puces sur tout le corps. Il en avait certainement. Tout le monde se faisait manger par de petites bestioles, mais personne ne s'en plaignait ni ne se grattait en rouspétant.

Il ne jouait pas avec les autres enfants, surtout pas à ce qu'ils appelaient « la cible » : on dresse une statue de pierre, puis les enfants se partagent en deux camps ; ils ramassent plein de cailloux ou de pierres de taille moyenne, se mettent à une bonne distance de la cible et lancent des pierres à tour de rôle ; celui qui réussit à faire tomber la cible monte avec ses copains sur le dos des autres jusqu'à l'amas de pierres tombées par terre, puis reviennent et recommencent.

Il les regardait de loin et préférait rêver à Fès. Il se voyait enfant de la médina tout de blanc vêtu, s'arrêtant devant les marchands de bijoux et achetant une belle broche en or pour sa mère. Il aurait acheté pour lui-même une gourmette en or sur laquelle serait gravé son nouveau nom.

Les gens du village ne tombaient presque jamais malades. Ils étaient en bonne santé. Ceux qui ne résistaient pas aux attaques des intempéries se faisaient éliminer par le destin. Ils mouraient et on n'en parlait plus. C'est la loi de la nature. Pas de place pour les faibles, les geignards, les écorchés, les estropiés, ceux qui font défaut au clan.

Il avait échappé à la mort plusieurs fois. Une question de hasard. Il en tirait une fierté. Il se disait à lui-même : « Moi, Ahmed, fils de Mohamed et de Rahma, petit-fils de Salem et de Fatna, j'ai vaincu la maladie et je quitterai Mzouda. Je ne partirai pas en France comme mon père, que je ne vois qu'un mois par an. Je partirai à Fès, la ville des villes, la ville des livres, du savoir et de la bonne cuisine. Je sais tout ça à force d'entendre tante Khadija, qui a travaillé chez des *fassis* il y a longtemps. Depuis qu'elle est revenue au village, elle ne fait que parler de Fès et de ses habitants. Comment avait-elle atterri à Fès et comment avait-elle osé la quitter ? Elle ne parlait pas un mot d'arabe. Elle lavait le parterre et aidait d'autres servantes à la cuisine. Depuis, elle est obsédée par Fès. Moi aussi je suis devenu curieux de connaître cette ville. Je parle un peu l'arabe. Je connais des sourates du Coran. Avec ça, je peux me débrouiller. »

Comment avoir l'air citadin ? Comment effacer ses origines apparaissant sur le visage ? Comment passer pour un homme de la ville qui connaît bien la campagne, qui parle sans accent, qui marche avec élégance et s'habille comme un Européen ? Ahmed eut d'abord l'idée de changer de nom. Avant de se présenter au bureau de l'état civil, il s'installa dans un café de la place Jamaa El-Fna, demanda un journal et se mit à la recherche d'un nom. Le premier nom qui s'imposa à lui et qui barrait toute la largeur de la première page était celui de Hosni Moubarak, le président égyptien, qui venait d'échapper à un attentat à Addis-Abeba. Le deuxième était celui de Tourabi. S'appeler Moubarak lui

L'HOMME QUI A TRAHI SON NOM

posait un petit problème : il avait eu un chat qu'on avait nommé Mabrouk. Moubarak et Mabrouk, c'est la même chose. Donc, pas de nom de chat. En outre, il se disait que ce nom portait malheur. La preuve, Moubarak avait failli être tué et c'était la huitième fois qu'on essayait de l'assassiner ; quant à son chat, il avait été écrasé par une moissonneuse. Restait Tourabi. Ce nom lui plaisait. Tourabi vient de *tourab*, qui veut dire « terre ». Cela lui convenait parfaitement. Ahmed Tourabi. Après tout, plusieurs fois il s'était roulé dans la terre. C'était un jeu pour savoir lequel ramasserait le plus de terre sur sa peau. Drôle de jeu. D'autant plus qu'il n'y avait pas d'eau pour se laver. Donc, Ahmed Tourabi sonnait bien. Il ajouta « al » devant le nom, ça faisait davantage arabe et citadin. En lisant l'article qui suivait le titre, il apprit que ce Tourabi était « l'éminence grise de l'islamisme dans le monde ». Ahmed était un bon musulman mais ne pratiquait pas tout le temps. Le manque d'eau, l'excès de froid l'hiver et de chaleur l'été ne l'encourageaient pas à faire ses ablutions cinq fois par jour. Prendre le nom d'un savant de l'islam le remplissait de joie. Mais en apprenant que cet homme serait derrière la tentative d'assassinat du président égyptien, il eut une frayeur. Ce devait être une erreur. Un homme qui s'appelle comme la terre ne peut pas tuer. Il posa le journal et réfléchit. La police risquerait de prendre ça pour une provocation. Prendre le nom d'une éminence supposée organiser des attentats ! Non, jamais. Son œil parcourut la page du journal et s'arrêta sur une publicité pour des piles : « Mazda ». « Mzouda », « Mazda » ; « Mzoudi », « Mazdi »... Ahmed Mazda ? Moins beau, moins évocateur que Tourabi. Il prit un crayon et transforma le « z » en « j ». Majda est un prénom féminin, répandu à cause d'une actrice égyptienne. Donc, il s'appellerait « Majdi ». Il était content. Enfin, un bon compromis.

TRAHISON

Mais que dirait la tribu ? Qu'en penserait le clan ? Le considéreraient-ils toujours comme un des leurs ? Tout le monde s'appelle Lemzoudi. Voilà qu'Ahmed innove en se donnant un nom d'origine égyptienne ! Ahmed Majdi ! Acteur ? Chanteur ? Simple paysan.

Au bureau de l'état civil, il y avait foule. Il se dit : « Tout ce monde-là veut changer de nom ? C'est curieux, personne n'est content de son nom ; moi j'ai des raisons, je ne veux plus être paysan, je voudrais devenir un citadin, donc je commence par le nom. » Il y passa toute la journée, sa carte d'identité nationale plastifiée dans la poche. Il la sortait de temps en temps, la lisait, puis imaginait son nouveau nom écrit en lettres koufiques. Tant que l'administration marocaine ne s'était pas occupée de son cas, il avait le droit de rêver et d'imaginer tout ce qui pouvait le rendre heureux. Pour le moment il était entre deux noms, entre deux états. Il flottait.

Quand son tour arriva, il était presque l'heure de la fermeture des bureaux. Le fonctionnaire était typique : moustache, calvitie, cravate élimée, chemise marron, stylo Bic cassé au bout, il fumait. Ahmed dit d'emblée :

« Je suis venu pour changer mon nom. »

Éclat de rire.

« Et pourquoi Monsieur le paysan voudrait changer de nom ?

– Je suis de Mzouda, donc je m'appelle Lemzoudi. Làbas, tout le monde s'appelle Lemzoudi. Je sais qu'on n'a plus le droit de porter le nom de son village, sauf si on est né à Fès ou à Marrakech. Des gens s'appellent El Fassi et d'autres El Marrakchi. Moi, je ne veux plus m'appeler Lemzoudi. C'est tout.

– Il faut aller au tribunal. On ne change pas de nom comme on change de chemise, pardon, de gandoura.

– Mais il suffit d'effacer Lemzoudi et de mettre à la place…

L'HOMME QUI A TRAHI SON NOM

– Mettre à la place quoi par exemple ? El Fassi ?
– Non, j'ai trouvé un nom sympathique : "Majdi".
– T'as déjà vu des paysans porter le nom d'un chanteur ?
– Non, mais moi je pourrai le faire.
– Non et non. Assez plaisanté ! Tu crois que ta carte nationale est falsifiable ? Des ingénieurs allemands ont passé des nuits entières à inventer un système de non-falsification pour que toi, pauvre terreux, tu demandes qu'on inscrive n'importe quoi dessus ? Mais tu rêves ! Allez, retourne à ton bled. Là-bas fais-toi appeler Ibn Khaldoun ou même de Gaulle ! »

Déprimé. Saccagé. Brisé. Ahmed marchait lentement sans faire attention aux voitures et aux motos. Il traînait les pieds. Il n'avait plus la force ni le courage de rêver. Ce fonctionnaire devait être très jaloux de sa trouvaille. Ahmed avait remarqué le nom du fonctionnaire sur la porte : Az El Arab El Herrass. Que c'est long et moche ! S'appeler « Chéri des Arabes le Casseur », c'est horrible. Ce devait être un de ces paysans qui ont changé leur nom au moment de l'indépendance. À l'époque on acceptait n'importe quel nom. Ahmed arrivait trop tard.

« Mais qui c'est Ibn Khaldoun ? » se demandait-il dans le car qui le ramenait à Mzouda, ou plus exactement à deux kilomètres du village. Le reste, c'est-à-dire une piste pleine de trous, est à faire à pied. Ibn Khaldoun ! C'est bien. « Fils de Khaldoun ». Mais qui était Khaldoun ? Le soir, il rencontra son ancien maître d'école et lui demanda :

« Connaissez-vous un village ou une personne du nom de Khaldoun ?
– Qu'est-ce que tu as à faire avec ce nom illustre ?
– Je voudrais m'appeler Ahmed Ibn Khaldoun.
– C'est bien. Ibn Khaldoun est un grand historien arabe du quatorzième siècle. Pour porter son nom, ne crois-tu pas qu'il faudra te remettre aux études ? Au fait, pourquoi veux-

TRAHISON

tu changer de nom ? As-tu honte de tes ancêtres ? N'es-tu pas fier de ta terre ? Mzouda, ce n'est pas le paradis, mais c'est tout de même un village où les gens vivent jusqu'à cent ans. Et puis, où que tu ailles, quoi que tu fasses, tu seras toujours fils de ta tribu, membre de ton clan.
– Je n'ai rien contre les Mzoudis. Mais ici, j'étouffe.
– Et qu'est-ce que tu as envie de faire ?
– Devenir... artiste...
– Quoi par exemple ?
– Jouer de la flûte, raconter des histoires, chanter...
– Tu peux faire tout ça sans changer de nom.
– Oui, mais je veux avoir un nom à moi, à moi tout seul, un nom qui ne rappelle aucune tribu, quelque chose d'original, un nom que personne n'a jamais porté, comme un habit neuf. Je suis "moi". Je ne suis pas le clan.
– C'est la révolution que tu cherches ! Ici tout le monde se connaît ; ce qui m'appartient t'appartient...
– C'est facile à dire quand on ne possède rien...
– Nos ancêtres ont vécu ainsi. Qui es-tu pour vivre autrement ? Un égoïste, un individu sans scrupules, sans reconnaissance.
– Tu as dit individu ?
– Oui, et alors ?
– J'aime bien m'appeler "Individu"...
– Autant t'appeler "Personne" ! Un homme de nulle part, sans attaches, un homme qui aura brûlé ses racines, un homme seul, très seul, tout seul... comme un ver de terre... voilà, tu es un ver de terre...
– Nous sommes tous seuls.
– Non, tant que la tribu est là, tu ne seras jamais seul.
– Il faudra éliminer la tribu ! C'est pour ça que je suis allé en ville. Mais je n'ai trouvé personne de compréhensif.
– Tu fais ta crise. C'est normal à vingt ans. Si j'étais à ta place et si j'avais ton âge, j'émigrerais en Espagne, en

L'HOMME QUI A TRAHI SON NOM

France, en Allemagne et même au Japon. Là, tu sauras ce que c'est que la nostalgie, là tu comprendras l'importance des racines, tu sauras la douleur de la solitude. Allez, tu n'as ni passeport ni visa. Occupe-toi des bêtes, elles sont nerveuses cette saison à cause de la sécheresse. »

Ahmed eut soudain très chaud. Il transpirait et se sentait mal. Il réalisa qu'il était condamné à vivre et à mourir dans ce lieu immobile, entre ces pierres éternelles, dans cette poussière rouge et grise, face à un horizon sans verdure, sans mer, sans espoir. Sa vie était faite et son destin irrémédiablement lié à celui de toute la tribu des Aït Mzouda. Partout où il irait, le village le suivrait comme un remords, comme une ombre pour lui rappeler que hors du clan point de salut. Il but un Coca tiède, eut envie de vomir et demanda à son maître d'école de lui raconter la vie d'Ibn Khaldoun.

Quelques mois plus tard, il construisit une petite hutte en dehors du village sur une colline d'où on pouvait voir d'autres montagnes. Il aménagea cet espace, emprunta des livres d'histoire à son maître d'école et se mit à lire. Il devint l'intellectuel du village. On l'appela Si El Alem, Monsieur le Savant. Il vendit une vache et s'acheta une moto. Tous les vendredis il partait pour Marrakech suivre des cours d'anglais.

Une première version de cette nouvelle a paru dans le recueil collectif Le Temps des clans *(Le Chêne, 1996). La version publiée ici en est une variante définitive.*

Usurpation

Razik venait de sortir de prison. Six années d'enfermement dans des conditions très dures. Ses opinions politiques, ses activités au sein d'un mouvement marxiste et son charisme de leader firent de lui un des prisonniers politiques les plus connus des années quatre-vingt. Il avait perdu ses dents, un rein et tout intérêt pour la politique. Il a dit que la torture avait révélé chez lui un aspect qu'il ne connaissait apparemment pas : le courage. Il disait qu'il ne cessait de penser aux idéaux pour lesquels il se battait, cela l'aidait à supporter la douleur. Pour être tout à fait crédible il lui arrivait d'évoquer aussi la peur. Pas la peur normale que tout être ressent devant ses bourreaux, non la peur viscérale, la peur panique, celle qui ôte toute dignité à l'homme, le rend comme une larve, une serpillière qu'on piétine. Des compagnons de captivité racontaient qu'il se jetait sur les pieds des tortionnaires, les baisait en pleurant. Parfois, ça les faisait rire, d'autres fois ça les mettait en colère et ils le renvoyaient à sa cellule en le traitant de tous les noms.

Il répétait une formule lue dans un livre ou entendue dans un discours : « Le courage c'est la peur d'avoir peur. » Lui, il avait simplement peur, il vivait avec la peur au ventre. Il pensait qu'en cultivant la méchanceté gratuite il ferait peur à la peur. On disait de lui qu'il était mauvais ; dans certains cas on précisait qu'il avait mauvais caractère parce qu'il se

USURPATION

mettait en colère pour un rien. La captivité rend indulgent. Pis que cela, elle devient une excuse. Personne ne cherchait à lui reprocher le fait d'avoir peur, ni à le juger. Au cours des années de prison, une légende s'était tissée autour de son personnage. Des militants disaient qu'ils ne l'avaient jamais vu dans leurs réunions, d'autres affirmaient que sa modestie n'avait d'égale que son courage. On disait n'importe quoi parce que Razik était un « cas ». On ne savait pas à quoi s'en tenir sur ce qu'il était réellement. Mais le fait qu'il avait été emprisonné pour des raisons politiques lui valait un brevet d'intouchable. Le syndrome de la victime prétendant au statut de saint est courant dans les pays où le délit d'opinion est puni de prison. Une aura trouble planait au-dessus de sa tête, mais les gens étaient intimidés par ce personnage éloquent qui pouvait raconter n'importe quoi et convaincre les plus incrédules. Il était grand de taille, avait des yeux petits et profonds, ce qui le faisait ressembler au général Kafir, ex-responsable de la sécurité intérieure du pays.

Le jour de sa libération, une foule d'amis, de sympathisants, de voisins et de curieux accourut chez lui pour le féliciter d'être sorti de l'enfer. Il y avait des journalistes, des photographes, des mendiants. Certains le serraient dans leurs bras, d'autres lui baisaient la main. Il était amaigri, nerveux mais heureux tout de même d'avoir bénéficié de l'amnistie de l'État. Il faisait le modeste, disait que ce qu'il avait vécu faisait partie de son combat pour la justice et la libération du peuple, qu'il n'avait fait que son devoir de simple militant, que le sacrifice faisait partie de son destin, que la lutte pour la liberté était une tradition dans la famille, citant son père qui aurait participé à la résistance durant le protectorat français au Maroc, un de ses frères qui aurait perdu un œil lors d'une manifestation d'étudiants contre la répression... Il ajoutait qu'il aurait préféré un acquittement à l'amnistie.

TRAHISON

La fête dura plusieurs jours. Un de ses frères, un fêtard satisfait de son embonpoint, fit venir des *cheikhates*, des danseuses et chanteuses professionnelles connues pour la légèreté de leurs mœurs et l'importance de leur fessier. Elles interprétaient de vieilles chansons populaires, les détournant de leur sens pour insinuer quelques métaphores pornographiques. Plus elles étaient vulgaires, plus le frère et certains hommes dans l'assistance jubilaient. Il y en avait qui gesticulaient en effleurant les seins des femmes, qui essayaient de leur échapper. Parmi les visiteurs, un homme au visage marqué par les épreuves du temps ne disait rien. Il était assis dans un coin du salon et fumait cigarette sur cigarette. Au moment où les danseuses s'arrêtèrent pour se reposer et que régnait un peu de silence, il se leva, boutonna sa veste, se dirigea calmement vers Razik, qui le reconnut et s'apprêtait à le serrer dans ses bras. L'homme s'arrêta net à quelques centimètres de lui et cracha sur son visage. Il lui envoya un mollard épais, gras, blanc, assez fourni pour qu'il dégouline sur les deux joues. Un crachat qu'il préparait depuis longtemps, plein de haine, et de rage. Razik resta stupéfait, essuya son visage avec la manche de sa djellaba blanche pendant que l'homme sortait du salon sans se presser. Le frère se jeta sur lui et le roua de coups. L'homme était plus fort, il se débarrassa du frère trapu et s'en alla sans se retourner.

On renvoya les danseuses. La fête était gâchée, finie. Razik baissait la tête, on ne savait pas si c'était de honte ou de colère. Personne n'osait poser de questions mais les langues se délièrent dans les murmures :

« C'est une vengeance ; une insulte ; un règlement de compte ; ça doit être quelqu'un des services secrets ; non, c'est probablement un ami qui a été trahi ; c'est curieux, très curieux, en tout cas courageux de s'en prendre publiquement à un homme connu pour sa méchanceté, sa dureté ; va savoir ce qui s'est passé entre eux, peut-être étaient-ils dans la même cellule ; en tout cas, Razik a été surpris... Un crachat en plein visage, c'est une insulte suprême... Partons, il vaut mieux ! »

Le lendemain, toute la famille fut réunie. Il y avait même un cousin acteur de cinéma venu spécialement d'Australie pour fêter la libération de Razik ; il se faisait appeler Andrew et vivait avec un cul-de-jatte qui avait fait un gros héritage. Exhibitionniste, il parlait sans retenue de ses frasques sexuelles et disait que « faire l'amour avec un cul-de-jatte est le summum du plaisir ». La mère faisait semblant de ne pas comprendre. Le père présidait la séance. On se serait cru dans un tribunal. Razik devait parler, expliquer, donner des directives pour préparer une riposte sévère, une vengeance terrible.

« Ce fils de pute s'appelle Malek. Il était avec moi en prison. C'était un indicateur de la police, un traître, une poule mouillée, un salaud, il donnait son cul au commandant de la prison. Il m'en veut parce que j'avais découvert son jeu et il s'était promis de se venger. »

La mère l'interrompit :

« Jamais aucun de mes fils n'a été humilié de la sorte. Je réclame une vengeance impitoyable. »

Le père :

« Votre mère a raison. Il faut qu'il sache ce que nous sommes et de quoi nous sommes capables. Nous sommes une grande famille. Nos ancêtres sont les fondateurs de la ville. Ils doivent se retourner dans leurs tombes. Il faut lui donner une leçon. On pourrait faire appel à Bourjel, le catcheur borgne. »

Le frère trapu intervint :

« Non, pas de brutalité, pas de force. C'est froidement qu'il faut le massacrer. Et puis Bourjel est mort il y a trois ans. »

TRAHISON

La mère, qui somnolait, se réveilla d'un coup et poussa un cri :

« Bourjel est mort ? Celui qui était à notre service ? Je le croyais parti à La Mecque… »

Le frère demanda à Razik s'il avait pensé à un plan.

« Non. Que proposes-tu ?

– Le dépouiller de tous ses biens.

– C'est une idée, mais ce n'est pas suffisant. Il faut qu'il regrette toute sa vie son geste. Il faut le faire souffrir à petit feu…

– Dans un premier temps, je propose de l'approcher, de lui faire des excuses, il faut le rassurer, le mettre en confiance et on frappera ensuite.

– Non, cette méthode est bancale. Tu crois qu'il est assez dupe pour te croire ? Non, il faut s'en prendre à ses enfants, à ses biens… avec de l'argent, on obtient tout. Il suffit de graisser quelques pattes et le tour est joué. De toute façon, il ne faut pas bouger avant des mois. Il faut qu'il nous oublie.

– Je crois qu'il n'a pas d'enfant. Je le sais parce qu'il m'avait dit que sa femme était stérile.

– Qu'importe, on va le réduire à néant. »

Le père à la mémoire vacillante intervint de nouveau :

« Il faut qu'il sache qui nous sommes, nous sommes une des plus grandes familles de la ville ; nous sommes respectés ; les gens nous vénèrent. J'ai une idée : si on appelait Bourjel le borgne ?

– Non, papa, Bourjel n'existe plus !

– Il a déménagé ? Il a quitté le pays ? Il est retourné à la police ?

– Il a quitté ce bas monde, mort et enterré !

– Ah bon, je ne le savais pas. Excuse-moi, ma mémoire n'est plus ce qu'elle était. Il doit avoir un fils, fort et violent comme lui…

USURPATION

– Papa, on ne veut pas de violence, pas de traces. En outre Bourjel n'avait pas de fils. »

Le cousin Andrew, qui ne disait rien, demanda la parole :
« *I will speak in English, I forgot my Arabic and my French, I have a proposition : a deal with a secrete organisation in Sydney... you just say who, where and when, just three words...* »

Le père tendit l'oreille. Son fils lui expliqua :
« Ton neveu propose qu'on liquide le fils de pute comme ça se passe dans les films américains. Ce ne sont pas nos méthodes.

– *Thanks, Andrew, but forget...* »

Cet intermède en mauvais anglais détendit l'atmosphère et fit rire la mère.

« Il est curieux ce neveu ! Mais qu'est-ce qu'il fabrique avec un cul-de-jatte ? Il travaille dans un cirque ?

– Oui maman, un drôle de cirque. »

Un jour un homme qui avait assisté à la fête rencontra Malek dans le centre-ville, se présenta à lui et l'invita à prendre un café. Très méfiant, Malek ne disait rien. Il écoutait l'inconnu.

« Je ne suis pas de la famille, ni même un sympathisant, je suis de la police, rassurez-vous, voici ma carte, et je ne cherche pas à vous créer de nouveaux problèmes, je voudrais juste vérifier avec vous des informations que j'ai retrouvées dans un des dossiers de cette période noire de notre histoire.

– Que voulez-vous savoir ?

– Parlez-moi de Razik.

– Nous étions ensemble en prison. Ce n'était facile pour personne. Mais Razik n'était pas le héros qu'on croit, la victime qu'il dit avoir été. Pour me résumer, le fameux militant révolutionnaire, celui que la presse internationale présentait comme le symbole et leader de la gauche, un opposant

TRAHISON

au régime, n'est en fait qu'une crapule, un lâche, un mythomane, une racaille qui a vendu la plupart de ses camarades qui furent arrêtés plus tard. C'est un traître. Voilà pourquoi j'ai craché sur son visage. Lui sait parfaitement pourquoi. Évidemment, il va raconter des salades, il va continuer à tromper tout le monde y compris ses amis journalistes...
– Avez-vous des preuves ?
– Puisque vous êtes de la police, renseignez-vous sur un seul cas, le cas de Mehidi Zeintoun.
– Il est mort dans des circonstances non élucidées. C'était l'époque qu'on appelle aujourd'hui « les années de plomb » ; des gens sortaient de chez eux et on ne les revoyait plus. Mehidi a été dénoncé par Razik. Cette époque est révolue, c'est fini, nous sommes en plein assainissement.
– C'est Razik qui l'a livré à la police parallèle. Je n'ai pas de preuves matérielles, mais il en parlait en prison, il menaçait ceux qui ne l'aimaient pas, leur disant : "Tu subiras le sort de Mehidi." Au fait que me voulez-vous ?
– Cette conversation est informelle. Nous sommes en mesure de vous prévenir qu'il prépare un coup contre vous. Pas tout de suite, c'est trop proche. Il est en train de reprendre des contacts avec des militants et aussi des gens pas très recommandables. Il semble vouloir refaire de la politique. Mais la politique n'est qu'une vitrine, une sorte de prête-nom, de société-écran pour faire des affaires louches. C'est quelqu'un de dangereux. Il est très malin, c'est un pervers, un vicieux. Il soigne bien son entourage. Il vient d'offrir le pèlerinage à La Mecque aux parents d'un officier de la police. Je l'ai su par hasard. Il a aussi payé l'hospitalisation de la fille de Châabane, le notaire religieux. »

Malek prit la carte du policier, s'enferma dans un studio dont personne ne connaissait l'existence, et se mit à rédiger son journal. Il se savait menacé, il tenait à tout consigner en cas de malheur.

USURPATION

Cinq mois plus tard.

Malek avait décidé de reprendre son métier de médecin. En même temps il suivait certains cours à la faculté de médecine de Casablanca. Il se mettait à jour, vérifiait ses connaissances, mettait à l'épreuve sa mémoire, que la torture et le manque de sommeil en prison avaient abîmée. Son cabinet marchait plutôt bien. Sa femme, professeur de sciences politiques, s'occupait du quotidien. Ils habitaient une petite maison sur les hauteurs de la ville, dans le quartier Polo. Une grande tendresse les unissait. C'était un couple modeste et généreux. Alors qu'ils étaient en train de déjeuner, un homme et une femme sonnèrent à la porte.

« On voudrait voir le docteur Malek, ce n'est pas une heure pour visiter la maison, mais nous travaillons tous les deux et nous n'avons que le temps du déjeuner pour régler les petits problèmes pratiques... »

La femme de Malek ne comprenait pas ce qu'ils disaient.

« Vous devez faire erreur... Ici ce n'est pas son cabinet, il faut vous adresser au 27, rue...

– Non, il ne s'agit pas de consultation, mais de la villa « Saada » numéro 8, occupée par la famille Malek... »

Malek arriva :

« De quoi s'agit-il ? Entrez, ne restez pas dehors.

– Comment ? Vous n'êtes pas au courant ?

– Au courant de quoi ?

– Nous avons acheté cette maison il y a quelques jours ; elle a été vendue aux enchères pour payer des dettes que les propriétaires n'auraient pas honorées !

– Cette maison nous appartient depuis plus de vingt ans ; nous venons à peine de terminer de la payer, la dernière traite a été réglée il y a huit mois ; nous avons le titre de propriété et surtout nous n'avons aucune dette ; je suis sûr que c'est une erreur grossière.

– Erreur ou pas, nous aussi nous sommes en possession

d'une attestation de propriété, le titre et la procuration de vente sont dans l'administration de la conservation foncière. Vous êtes bien né à Salé le 15 juillet 1960, vous êtes médecin généraliste, vous avez dû interrompre votre travail durant trois années pour des raisons qui ne figurent pas dans le dossier qu'on nous a transmis ; votre femme s'appelle bien Loubna M. née à Tétouan le 23 juin 1967, elle est professeur... »

Loubna, effondrée et en même temps amusée, fit la folle :
« Oui, la cigogne est tombée du minaret et on a mangé des figues vertes après avoir bu de la soupe épaisse ce qui a donné une diarrhée au coiffeur qui n'avait plus de client dans la boutique du charbonnier, ce qui n'a pas du tout été du goût de l'Assise du hammam qui a renvoyé la femme du boulanger au marabout de Bouyia Omar parce qu'elle était devenue folle comme je suis en train de le devenir, voilà pourquoi notre maison payée par crédit n'est plus notre maison et qu'elle va devenir le cimetière de tous ceux qui s'en approchent avec ou sans procuration... »

Le couple prit peur et partit en courant.

Malek eut comme un éclair : Razik ! Il ouvrit le coffre. Il n'y avait plus de titre de propriété.

Quarante jours plus tard, la famille Malek quittait la maison. L'affaire fut confiée à la justice. Le dossier était parti pour un long et poussiéreux séjour dans les tribunaux. L'escroquerie était ficelée avec art. Tout était parfait. Le vol, les documents, les signatures, la procuration pour la vente, tout était impeccable.

À aucun moment le nom de Razik ou de ses frères n'apparut.

Malek n'était même pas étonné. Il se disait que tout était possible dans un pays ou l'État de droit n'était pas bien installé, où la corruption était généralisée, où la falsification était possible, où les justes, les gens intègres, pouvaient à tout moment être persécutés et dépouillés de leurs biens. Il repensa aux « années de plomb » et chercha une expression pour désigner l'époque où il vivait : « C'est une époque de bois pourri de l'intérieur, n'est-ce pas ainsi qu'on dit "corruption" en arabe ? »

Médecin généraliste, Malek avait tenu à s'installer dans un quartier populaire des environs de Casablanca. Il lui arrivait souvent de ne pas se faire payer. Il remarqua que sa clientèle s'amenuisait de jour en jour. Sa secrétaire était étonnée et lui suggérait de repeindre la façade du cabinet. Ce qu'il fit, mais plus aucun patient ne se présentait. Elle lui conseilla de changer l'enseigne et de mettre l'arabe au-dessus du français, ou même de supprimer le français car les islamistes n'apprécient pas le bilinguisme. Il en parla à quelques amis. L'un d'eux lui révéla une série de raisons de cette soudaine désaffection :

« Des rumeurs ont circulé dans le quartier, disant que tu serais à l'origine du décès de plusieurs malades qui ont consulté chez toi. On dit même que tu es non pas le guérisseur, mais le massacreur ! D'autres bruits disent que tu as violé une patiente et qu'elle aurait porté plainte contre toi. On dit aussi que tu as le sida et qu'il vaut mieux ne pas s'approcher de toi. Toutes ces rumeurs vont vite et je sais qu'il est difficile, voire impossible de les arrêter et surtout de les démentir. Tu n'as plus qu'à changer de quartier ou, mieux, de ville.

– Mais tu sais bien que tout ça est faux.

– Oui, moi je le sais, et je pourrai même te dire l'origine de ces rumeurs, mais les gens disent : "Il n'y a pas de fumée sans feu"...

– Comment remonter à l'origine de ces saloperies ?

– Il n'y a pas plus facile que de créer une rumeur. Tu

connais l'histoire de la banque qui a été ruinée uniquement parce qu'un client mécontent a fait circuler le bruit que la banque était en faillite. Les gens se sont précipités pour retirer leur argent, et la fin de la semaine, elle était vraiment en faillite.
– Qui soupçonnes-tu ?
– Celui qui t'a volé ta maison !
– Razik, celui qui se présente comme la victime de la répression, celui qui prétend avoir payé un délit d'opinion par des années de prison, celui qui se présente comme un saint, celui que les journalistes, surtout étrangers, écoutent et servent. Il faut que j'en parle à la police.
– Tu te rends compte ? Un militant de gauche qui fait appel à la police contre un autre militant de gauche !
– La différence entre nous, c'est que lui n'est pas un militant, c'est un usurpateur, un escroc, un falso, je veux dire quelqu'un de faux, j'aime bien ce mot de falso, mon père l'utilisait souvent pour désigner les salauds. Ces gens-là n'ont aucun scrupule, n'ont pas de principes, pas de valeurs, ce sont des tueurs, des casseurs de vies, ce sont des lâches. Le fait d'avoir été en prison lui donne un brevet de sainteté, ce qui lui permet de saccager des vies en toute impunité. Mais où est la justice ?
– La question qui se pose, au-delà de ce cas, c'est de savoir si une victime est forcément une bonne personne, si le fait d'avoir été persécutée l'autorise à persécuter les autres ?
– C'est une question philosophique dont la réponse ne me sortira pas du piège où je suis tombé. Je découvre une chose simple : un homme libéré n'est pas forcément un homme libre. Il reste prisonnier de ses manques, de ses défaillances, de ses faiblesses, de sa médiocrité. La prison ne corrige pas, elle fait souffrir, accentue les privations, mais elle ne change pas les êtres. Il est rare que la prison révèle les qualités des gens, en revanche elle aggrave leurs défauts. Cependant

USURPATION

c'est très rare qu'une victime de la répression se conduise comme Razik. Là, on est tombé sur un homme crapuleux qui a toujours trompé tout le monde. C'est un arriviste et un usurpateur qui se fait passer pour ce qu'il n'est pas. Le pire c'est que les gens croient tout, ils ne vont pas vérifier les choses et ne se méfient pas trop de ce genre de personne.
– Autrement dit, c'est la question du mal. D'où vient le mal ? Pourquoi des personnes sont davantage portées à faire le mal que d'autres ?
– Le mal a ses origines dans les racines lointaines de l'homme.
– Tu as raison, regarde les gars qui étaient avec nous au lycée : M'barek trichait, faisait les poches de ses camarades au moment du cours d'éducation physique ; il est devenu un voleur professionnel et vit avec l'argent des autres. Drissi était gentil et faible, il est resté gentil et faible ; sa femme le trompe et tout le monde est au courant. Hassan, élégant et un peu hautain, voulait devenir ambassadeur, il est devenu ministre. Toi, naïf et honnête, tu faisais confiance au premier venu, tu t'es fait avoir dans le parti et ce fut toi qu'on a arrêté au lieu de Zouin, qui était un filou et un politicien véreux. Moi, j'aimais les filles, je continue à passer mon temps à les rechercher, je n'ai pas fait fortune, mais mon destin de dragueur ou d'obsédé sexuel n'a pas changé... Razik n'était pas avec nous au lycée, mais on savait qu'il était louche, un magouilleur... Il a fait croire qu'il a été en prison pour ses idées politiques, en fait il avait escroqué un colonel de l'armée qui avait maquillé son arrestation en affaire politique...
– Je sais, que faire alors ? Ce monde appartient aux voyous, ce sont eux qui gagnent, ce sont eux qui s'en sortent toujours. Où est la justice ? La justice des hommes est souvent pourrie par la corruption ; quant à la justice divine, il faut de la patience, il faut la foi. »
Après un long moment de silence, Malek reprit :

TRAHISON

« Ma femme est fatiguée de se battre. On n'a pas d'enfant ; elle me propose de quitter le pays, il paraît que le Canada embauche des médecins, des enseignants, des mécaniciens... Partir, oublier ce pays qu'une poignée de salauds sont en train de salir, de pourrir, mais j'aime mon pays, j'aime ce peuple, j'aime la lumière de fin de journée, j'aime entendre les clameurs de la ville, j'aime les odeurs de cette ville, je n'ai pas envie de me retrouver dans le froid et la neige de Québec, j'en crèverai !

– Non, il faut se battre, mais pas tout seul, nous allons mobiliser tous nos amis, nous allons fracasser cette maudite pastèque et on verra si les voyous auront le dernier mot. Tu vas récupérer ta maison, tu vas récupérer tes patients, pour cela il va falloir nous organiser. Tous les problèmes ont une solution.

– Pour se battre avec cette racaille, il faut utiliser leurs armes, ce qui est hors de question pour moi. »

Malek, après avoir hésité, appela le policier en civil qui l'avait abordé quelques mois auparavant. Il se souvenait bien de lui.

« Vous avez bien fait de m'appeler. J'ai suivi vos malheurs, je sais que vous êtes victime d'un escroc. Nous n'arrivons pas à obtenir des preuves, mais sachez que dans la police, pas toute la police, il existe une génération obsédée par la justice et la vérité. Nous ne sommes pas nombreux, mais je pense que nous allons bientôt coffrer le frère de votre ennemi, celui qui s'était battu avec vous, on a trouvé son point faible.

– Pouvez-vous m'en parler ?
– Non, la discrétion est importante.
– Moi, je sais des choses sur lui : c'est un vicieux, un pervers sexuel, il aime les petits garçons, c'est un pédophile notoire.

USURPATION

– Donnez-moi un numéro de téléphone où je pourrai vous joindre. »

Une quinzaine de jours plus tard, la police réussit à piéger le frère. Il fut attrapé en flagrant délit dans une garçonnière où il emmenait ses victimes, abusait d'elles et les filmait. Il y avait une vingtaine de cassettes posées sur une étagère. La police les confisqua. Il essaya de s'enfuir, menaçant de faire intervenir des gens haut placés. La police ne broncha pas.
« Combien ? » dit-il.
Silence.
« Je vous demande combien pour me laisser filer et détruire les cassettes ? »
À cette question il reçut une première gifle. Ensuite il en reçut une deuxième quand il menaça les deux hommes de les casser.
« Alors que voulez-vous ? Ici, on est au Maroc, pas en Suède, tout se passe par interventions. Avec du bakchich on fait plier n'importe qui. C'est ainsi que ce pays fonctionne, ce ne sont pas deux types qui se disent intègres qui changeront quoi que ce soit !
– Justement, nous sommes au Maroc, et nous voulons faire de ce pays un État de droit, un pays propre où des racailles de votre espèce n'auront plus le droit de tout corrompre, de tout saccager. Tout ce que vous venez de dire a été enregistré. Vous insultez votre pays, sa Constitution, son roi et son gouvernement. À présent, nous voulons des aveux.
– Oui, j'aime le sexe, j'aime les garçons et alors ? Je ne suis pas le seul.
– On s'en fout de votre sexualité. Ce qu'on veut, c'est rendre ce que vous et votre frère avez volé à d'honnêtes gens. On peut vous rafraîchir la mémoire, si vous voulez.
– Je demande un avocat.
– Pas de problème : détournement et viol de mineurs,

TRAHISON

pédophilie, commerce de cassettes pornographiques pour pédophiles, injures à l'État, etc., ça va chercher, en plus du scandale, entre trois et cinq ans de prison ferme. Le scandale, nous aussi nous savons le faire. Nous avons des photos, des témoignages, la presse adore ce genre d'information. Le conseiller pédagogique du lycée X, attrapé en plein viol d'un gamin de douze ans ! De toute façon vous payerez, alors mieux vaut collaborer avec nous. Sinon, on vous laissera entre les mains d'une certaine police dont la principale particularité est d'être très pointilleuse sur les textes de loi. »

Après un moment de réflexion, il demanda à téléphoner à son frère. Après avoir signé les aveux, il fut incarcéré et accusé, ainsi que son frère, de vol, de faux et usage de faux, de détournement de mineurs et d'insultes au pays. La presse marocaine rendit compte du procès. Un commentateur politique écrivit : « L'État de droit se construit lentement mais sûrement. Ce procès a été un exemple de justice et de rigueur. À présent on sait que la corruption est un délit puni par la loi, que la pédophilie est un délit puni par la loi, que l'escroquerie est un délit puni par la loi et que l'insulte à l'égard du pays est aussi un délit. Nous savons enfin cette fois-ci pourquoi Razik et son frère sont en prison. »

Des journalistes, notamment, étrangers laissèrent entendre que ce procès avait été un règlement de compte politique et que les deux frères avaient été condamnés parce qu'ils étaient de vrais opposants au régime.

Épilogue

La fin de cette histoire ne correspond pas à la réalité. On s'attend toujours à la victoire de la justice sur l'iniquité, de la vertu sur le vice, de la probité sur la magouille, de l'intégrité sur la corruption, bref du bien sur le mal. Ce serait trop beau. Cette vision du monde est commode ; elle nous empêche d'affronter la bassesse, la tromperie et l'indignité des êtres. Or dans cette histoire, inspirée de faits réels même s'ils ont été romancés et transformés, c'est le vice qui l'a emporté sur la morale et la vérité.

Razik ne cesse de prospérer. Il a retrouvé sa santé et s'est remarié avec une fille de vingt ans plus jeune que lui. Quant à la mère de ses enfants, sa première femme, il l'a répudiée sans ménagement. Il dit qu'il est « dans les affaires », voyage partout, dépense beaucoup d'argent et personne ne l'inquiète. L'affaire de la maison vendue s'est enlisée dans un labyrinthe de procédures qui ont fini par débouter Malek et sa femme.

Le frère pédophile a été lavé de tout soupçon et espère être promu proviseur du lycée X. Il a changé de garçonnière et continue ses pratiques avec une certaine discrétion.

Quant aux victimes de ces escrocs, Malek et Loubna, ils ont fini par accepter une offre d'emploi à Montréal. Ils y vivent tristement.

Reste que les deux policiers intègres existent vraiment. Ils n'ont pas renoncé à se battre contre ceux qui souillent ce pays et l'empêchent d'avancer.

L'enfant trahi

10 septembre 2001.
Le ciel est dégagé. Un étrange silence règne sur la ville. C'est une ville d'Amérique. Elle est toute blanche. À la trente-septième rue, une maison en bois. Une petite maison tranquille. Ala, celui qu'on appelle « l'Ingénieur », vient d'achever ses ablutions. Il fait sa prière en direction de La Mecque. Il se trompe, oublie de se prosterner. Ses amis le lui font remarquer. Il demande pardon à Dieu et reprend la prière. Son esprit est ailleurs. Il n'est pas concentré sur les versets qu'il doit réciter. Il pense à tout autre chose. Il interrompt sa prière et dit à voix haute :
« Je la reprendrai plus tard, que Dieu me pardonne. »
Il sort dans le petit jardin, s'installe derrière un arbre de sorte que ses amis ne le voient pas et allume une cigarette. Il tire quelques bouffées puis l'écrase. Il regarde les voitures passer, lève les yeux vers le ciel et suit la trajectoire d'un avion qui laisse derrière lui deux traces blanches qui finissent par être avalées par le vent. Le chien des voisins le fixe, la tête penchée. Il s'interdit de s'en approcher et de le caresser. Pendant un court instant il s'imagine dans la peau de ce chien et n'ose pas l'envier. Il chasse cette pensée satanique, puis ses yeux suivent un escargot qui avance vers l'arbre. Il se lève et l'écrase avec son pied. Il rentre dans la maison et ouvre le Coran. Il lit mais pense à autre

chose. Son esprit est envahi d'images tantôt claires et précises, tantôt confuses. Des figures humaines sur des corps d'animaux. Des corps de femmes sans tête. Des visages hachurés. Des objets renversés. Des taches noires sur le mur blanc d'une maison face à la mer. Il sent que son esprit s'égare. Il se dit : « Je ne dois pas penser, je ne dois pas penser, je ne dois pas penser ni me souvenir, non, pas de souvenir, pas de pensée, pas de souvenir, pas d'images sur le mur, faut vider ma tête, tout mettre dans la corbeille, ne pas bouger, ne pas changer d'attitude, non, l'abîme entre moi et moi est assez grand pour qu'il n'y ait aucune pensée. »

Il se souvient de son père qui lui disait : « Si tu ne trouves pas le sommeil, compte les étoiles. » Là, il n'a pas envie de compter les étoiles mais les heures et minutes qui le séparent de la mort, une mort certaine, préméditée et acceptée depuis longtemps. Il le fait mentalement, car il ne veut pas que ses amis s'en rendent compte. Il n'a pas peur de la mort. Il a peur de la honte. Honte d'avoir honte. Il est devenu une détermination qui doit rester inébranlable. Il faut être précis et méticuleux. Pas de vague à l'âme. Pas de flou. Pas de questions. Penser, douter, c'est déjà renoncer. Cela ne le concerne plus. La mort a été apprivoisée ; il l'habite et se couvre de ses ténèbres. Elle est devenue le navire de ses rêves, le secret de ses silences. Il se dit qu'il croit au paradis, là-bas, surtout pas ici. Il se souvient du verset où il est question des dons de Dieu puis se sent mieux. Pour ses amis qui l'observent à son insu, il lit le Coran, il ne fait pas autre chose. Il se lève, embrasse le livre saint avant de le déposer à sa place et se sent pris d'une frénésie. Besoin de bouger, de faire quelque chose. Il refuse de se mettre au lit et de fermer les yeux en attendant d'être assoupi. Il n'ose pas regarder ses amis qui ont l'air bien dans leur nouvelle peau. Il se rend compte qu'ils se connaissent très peu. Ils sont de la même génération mais pas tous du même pays. Ils n'ont plus de pays, plus d'attache, plus de famille. Tout a été annulé, effacé par la magie du verbe. Même leurs noms ont été changés. Ala n'est pas son vrai prénom. Il a oublié comment il s'appelle. Il hésite entre Nabile et Nassim. Il s'assied, croise les bras, tire le rideau puis se relève. Il boit une bouteille d'eau et fait des exercices physiques. Il se dit : « Il n'y a pas mieux que l'eau pour éliminer la peur. » Il se sent rassuré, prend une douche. C'est la troisième de la journée. Il se rase les poils sous les aisselles, puis autour du sexe. Il observe son pénis réduit à sa plus petite dimension. Il se dit : « Il est déjà mort, mort de peur. » Il regrette d'avoir jeté un coup d'œil sur son organe. Il ne fallait pas. Interdit. Il est seul sous la douche. Personne ne peut le voir. Il a envie de pleurer, de crier, de se cogner la tête contre le mur en vue d'expulser la peur, une tonne de ténèbres qui pèse sur sa poitrine. Il n'a pas peur du danger auquel il a été préparé. Il a peur d'avoir tout le temps peur. Il a peur parce que l'enfant en lui s'est soudain réveillé. Il n'y pensait plus. Il s'habille et rejoint ses amis assis autour de la table. Il ne dit rien. Il se souvient du jour où il a décidé de ne plus parler avec cet autre lui-même qui crée du désordre et lui cause des problèmes. Il n'a pas réussi à le faire taire et à se débarrasser de lui. Il se demande pourquoi les autres n'ont pas ce genre de visite, pourquoi l'enfant en eux se tient à l'écart, silencieux, complice. En fait il n'en sait rien. Peut-être qu'ils simulent, font semblant de n'être atteints par rien. De temps en temps, cet autre lui-même se réveille et se met à crier, à chanter, à faire n'importe quoi. L'enfant qu'il a été lui tire les oreilles, lui hurle qu'il a été piégé, qu'il est dans une impasse sans autre issue que la mort. Il croit voir cet enfant entré dans une colère d'adulte. Il se lève et s'installe dans le canapé. Il ferme les yeux, faisant croire à ses amis qu'il se repose. Il l'entend :

L'ENFANT TRAHI

« Ils t'ont fait un lavage de cerveau, ont supprimé la pensée de ton esprit, t'ont raconté des histoires, t'ont promis le paradis, mais tu sais bien qu'ils n'ont rien à promettre, que seul Dieu décide si l'être mérite le paradis ou l'enfer, que seuls tes actes comptent le jour du Jugement dernier ; ils se sont substitués à ta volonté, ce sont des mécréants, des traîtres, des criminels, des étrangers à notre spiritualité, des intrus dans ta mémoire, ils ont échangé tes souvenirs contre des promesses stupides, ils t'ont miné de l'intérieur, ont volé ton intelligence, ont piétiné ta vie, tes espérances, et toi, malgré tes études scientifiques, ton diplôme d'ingénieur, ton intelligence subtile et ta sensibilité, malgré la bénédiction de tes parents, l'amour de tes parents, la paix et la tolérance enseignée à la maison, tu as cru leurs délires... Comment as-tu fait pour tout donner, tout perdre ? Comment as-tu fait pour aimer la mort jusqu'à te couvrir la peau de ses cendres, jusqu'à en faire une alliée, une vieille amie ? Comment ont-ils fait pour t'arracher à la terre natale, à tes rêves d'enfant, à la lumière du don, à la beauté inquiète et sublime de la vie ? Souviens-toi : les cheveux longs, ta mère, ma mère, te faisait des tresses et les retenait avec un élastique. Elle avait peur qu'on se moque de toi dans la rue. Souviens-toi : les vapeurs de cuisine, les odeurs de cuisine, le parfum des épices, le cumin, le gingembre, la cannelle, la noix de muscade, les graines de coriandre... Rappelle-toi, le ciel de ton enfance qui s'éclaircit, les branches des amandiers frémissent, tu ouvres les yeux, tu aspires tous les parfums mélangés et tu te blottis dans les bras de ta mère... Tu ne veux pas regarder en arrière, tu refuses de ramasser tes souvenirs et de me suivre... Tu ne dis rien, t'as envie de pleurer mais tu as peur que tes camarades te voient, un homme qui va mourir ne pleure pas, un futur martyr ne faiblit pas, il résiste aux émotions, il n'a plus d'émotion, c'est interdit... Tu as raté ta vie, d'ingénieur brillant tu es devenu une loque, un être sans volonté, de fils de bonne famille tu es devenu un traître prêt à tuer et à se faire tuer... Moi, je te quitte, je n'ai pas envie de cramer dans des flammes en plein ciel, ni de tuer des milliers de gens innocents, je m'en vais, je te laisse seul face à ta mort, une mort que notre religion condamne très sévèrement, alors adieu, je sauve ma peau, tu m'as trahi, je ne suis qu'un gamin, je te quitte et j'emporte avec moi tous tes souvenirs, les bons comme les mauvais. J'irai dans les rues à la recherche d'une autre mémoire, peut-être que je serai adopté par un homme de paix, quelqu'un qui a perdu son enfance et qui la recherche. À partir du moment où je te quitterai, tu seras soulagé, tu n'auras plus de conscience, plus de mémoire, tu deviendras une machine prête à tuer, réglée par d'autres machines pour exécuter le plan d'un fou qui se prend pour le Prophète. Tu ne seras plus là pour constater l'immense tort que toi et tes amis auront causé à l'Islam, aux musulmans, aux Arabes, aux familles des innocents que vous aurez massacrés. Ce n'est pas de la morale que je te fais, de toute façon c'est trop tard, mais je te préviens : tu es devenu pour moi un étranger, un homme qui a perdu son humanité, sa raison et son enfance. Je te renie pour l'éternité. »

Ala est pris de tremblements, fait des gestes dans le vide, essayant de rattraper l'enfant en lui qui prend la fuite. Il sent qu'une partie essentielle de sa vie le quitte déjà. Il se sent vidé. Du vent souffle à l'intérieur de son corps. Sa tête enfle. Sa peau rougit. Ses lèvres se dessèchent. Il se lève, chancelle puis s'appuie contre le mur. Il transpire, se précipite dans les toilettes et vomit un liquide jaune et amer. C'est la bile qui s'en va. En même temps, il n'a plus peur. Il se dit : « J'ai déjà tué cet enfant, je l'ai expulsé de mon corps comme j'ai écrasé l'escargot tout à l'heure. Je ne sens rien, je n'ai pas mauvaise conscience, je n'ai plus de souvenirs, je

L'ENFANT TRAHI

ne m'appartiens plus, je peux aller et faire tout ce qu'on me demande, je suis prêt. » Il entend la voix de sa mère, décédée il y a deux ans, il crache par terre et rejoint ses amis assis autour de la table.

QUATRIÈME PARTIE

Amitié

Genet et Mohamed
ou le prophète qui réveilla l'ange

Comme un jour d'intense lumière, le destin s'est arrêté un matin d'hiver dans une ruelle dont le nom a été effacé par le temps. Certains l'appellent « la petite pente », d'autres « la petite montée ». C'est un passage obligé pour les ânes qui entrent dans la médina. Les hommes peuvent l'éviter parce qu'il est souvent encombré par la livraison des marchandises ou simplement par l'entêtement d'une mule refusant d'avancer.

Jean Genet a rencontré Mohamed dans cette rue de la vieille ville de Fès, il dormait sur le seuil d'une maison abandonnée. On raconte que ses habitants l'avaient quittée après s'être battus avec un djinn échappé du hammam d'à côté. On dit aussi qu'elle est maudite, hantée par le démon de la stérilité, qu'aucune femme n'y est tombée enceinte. Les vagabonds et les chats l'ont toujours évitée. Mohamed n'en savait rien. La solitude et le désespoir l'avaient déposé là comme un enfant dont personne ne veut. Il était recroquevillé sur lui-même, le dos collé contre une vieille porte. Que faisait Genet si tôt dans la rue ? Il n'aimait pas le soir ni la nuit. Dès le coucher du soleil, il s'administrait deux suppositoires et s'endormait dix heures d'affilé. Il supprimait la nuit qui ne l'intéressait plus depuis longtemps. Il aimait sortir vers les cinq heures et se promener. Ce jour-là, il voulait

AMITIÉ

se perdre dans les ruelles de la médina, sentir les odeurs du pain, des pierres et du bois très ancien. Il avait pris un taxi qui le déposa à Bab Bou Jloud, déserte à cette heure-ci du jour. En traversant cette porte, il était dans la vieille ville. Il rencontra quelques passants sortant du hammam, d'autres allant acheter de la menthe et des beignets pour le petit déjeuner. Tôt le matin, les gens qui se croisent dans ces ruelles se saluent : « *Salâm alikum* ! » Genet répondait en souriant : « *Wa alikum salâm* ! »

Mohamed était couché entre le hammam et le four public. Le mur devait être chaud. Genet fut attiré par la forme de ce corps qui avait repris la position du fœtus. C'était un grand fœtus portant une gabardine kaki, probablement venue des surplus américains. Il s'en approcha et fut émerveillé par les cils de cet inconnu, des cils noirs et longs. Sans hésiter, il décida de le réveiller. Le jeune homme sursauta, se leva brusquement comme s'il avait été pris par la police. Au moment où il voulut fuir, Genet le retint et lui dit en arabe :

« *Ana sahbek, matkhafch* ! » (Je suis ton ami, n'aies pas peur !).

L'autre lui répondit en français :

« Où as-tu appris l'arabe ?

– En Syrie, il y a longtemps. Tu as faim ?

– Oui. Mais avant j'aimerais aller me laver au hammam. Je n'ai pas d'argent. »

Genet ouvrit l'épingle à nourrice qui fermait la poche de son pantalon, en sortit une liasse de billets entourés d'un élastique, en tira un de cent dirhams et le lui donna.

« Je t'attends au café qui se trouve juste à gauche du four. »

Probable que Genet avait exhibé tout cet argent pour que Mohamed revienne. Il a dû se dire : « Au mieux, il reviendra, au pire il me volera ! De toute façon j'attends. »

Une heure plus tard, Mohamed apparut comme un ange. Il s'était rasé la barbe, n'avait plus sa gabardine sale, il portait une veste qui le serrait. Il se frottait les yeux devenus rouges à cause des vapeurs du bain. Il était gêné, regardait Genet en train de fumer des cigarillos Panthère, tirait sur les manches courtes de sa veste et brûlait d'envie de poser l'unique question qui l'obsédait depuis tout à l'heure : « Pourquoi ? Pourquoi moi ? » On aurait dit que le regard malicieux de Genet le rassurait ou l'intimidait au point de ne pas parler. Il commanda un kilo de beignets et un grand verre de thé à la menthe. Genet le regardait manger et ne disait pas un mot. Mohamed était affamé. Genet se souvenait probablement de situation similaire vécue dans le temps. Il admirait la couleur de sa peau, mate, brune, ses yeux très noirs, ses cils très longs, ses mains fines et fortes à la fois. Il voulait tout savoir de sa vie, de ses aventures, de son destin. Mohamed n'était pas loquace. Il se contredisait, mais l'essentiel pouvait se résumer en quelques phrases :

« Je suis né à Fès Jdid, c'est-à-dire dans les environs de la grande ville, la ville des vrais citadins de ce pays, des gens "classe", cultivés, on dit qu'ils sont venus d'Andalousie, ils portent des noms qui les aident et les protègent. Ici, tu es traité différemment selon que tu t'appelles Ben quelque chose ou Sahraoui ou Katrani comme moi. *Katrane* veut dire "l'encre" en arabe, pour quelqu'un qui sait à peine lire et écrire, c'est rigolo ! C'est un nom donné par l'état civil, ça ne veut pas dire grand-chose. Je suis un fils de paysans, des *Aroubiya* (Arabes), des gens pauvres. Ils n'ont rien, ils travaillent pour les autres ; je me suis engagé dans l'armée ; pour mon père ce fut une bouche de moins à nourrir, pour moi c'était trop dur. On t'apprend à obéir, à être sans sentiments, violent et inhumain, on n'a pas le droit d'être faible ou d'avoir mal au ventre. Si tu te plains, on te traite de femmelette, alors j'ai déserté. Après une permission je suis pas rentré ; si je retourne là-bas à El Hajeb, on me mettra au

AMITIÉ

trou et on m'oubliera. J'ai préféré la rue, c'est toujours mieux que el *kechla* (la caserne), il y a toujours un prophète qui passe par là. La preuve, vous êtes ce prophète, que Dieu me pardonne et Mohammed son envoyé me pardonne aussi, mais vous savez ce que je veux dire. C'est curieux, vous avez le visage rouge comme un bébé, la peau très tendre, on dirait un enfant... »

Genet rit puis dit :

« Tu veux venir avec moi en France ?

– En France ? Mais c'est loin, et puis je n'ai pas de passeport. Ici je n'aurai jamais de passeport, il faut donner de l'argent, attendre, redonner de l'argent et puis on n'est pas sûr de quitter le pays.

– Tu as des papiers, une carte d'identité ?

– Oui, mais elle est dans la caserne.

– On ira la chercher.

– Vous voulez me jeter en prison !

– Ne t'en fais pas, tu n'iras pas en prison.

– Alors comment vas-tu faire, pardon, vous allez faire ? »

Ils partirent à Batha dans un petit hôtel. Genet demanda à la réception qu'on donne une chambre à Mohamed, puis téléphona à Laurent Boyer, un parfait gentleman qui s'occupait de ses affaires chez Gallimard à Paris.

« Laurent, j'aurais un service à vous demander, avez-vous dans vos connaissances une grosse huile marocaine, genre ambassadeur ou ancien ministre, quelqu'un qui vous aurait un jour apporté un mauvais manuscrit, enfin vous voyez ce que je veux dire ?

– De quoi avez-vous besoin, cher Jean ?

– De quelqu'un qui intervienne auprès du ministère de la Défense du Maroc pour qu'un ancien soldat récupère ses papiers d'identité qu'il a oubliés dans la caserne avant de déserter... »

Silence à l'autre bout du fil.

LE PROPHÈTE QUI RÉVEILLA L'ANGE

« Je vois. Appelez de ma part M. A., c'est un homme d'affaires à la retraite, bien introduit partout, surtout dans les hautes sphères. Il vous aidera. Je le préviendrai de votre appel. Il ne nous a pas apporté de manuscrit, mais c'est une personne cultivée et qui sera ravie de rendre service à un grand écrivain. »

Ce fut ainsi que la légende dit que Mohamed récupéra sa carte nationale. Quant au passeport, Genet mit à contribution le représentant de la Palestine à Paris, Azzedine Kalak, qu'il connut après son voyage dans les camps de réfugiés palestiniens. Il intervint auprès de l'ambassadeur du Maroc à Paris, lequel envoya un télégramme au ministère de l'Intérieur, qui délivra un passeport à Mohamed dans les jours qui suivirent ! Ce fut magique. Personne n'osait refuser un service à Genet. On raconte que l'ambassadeur du Maroc, un brave homme, espérait secrètement que le grand écrivain français écrive un article ou deux dans la presse française pour soutenir la thèse du Sahara marocain ! Sur cette question, Genet a été très discret. Le passeport lui fut remis dans le bureau de l'ambassadeur, qui lui posa diplomatiquement des questions sur l'affaire qui préoccupait énormément tous les Marocains. Au lieu de parler du Sahara, Genet évoqua la cause palestinienne, insistant sur la détresse des réfugiés, et demanda :

« Que compte faire votre pays pour aider les Palestiniens ? »

Genet prit l'avion le jour même, le passeport de monsieur Katrani dans la poche.

Mohamed n'en crut pas ses yeux. Il prit le précieux document vert et le baisa. Il se mit à courir dans la rue en criant :

« Monsieur Jean est un prophète ! Monsieur Jean est un prophète ! »

À l'époque, l'entrée en France des Marocains ne nécessitait pas de visa. Mohamed rejoignit Genet quelques semaines

AMITIÉ

plus tard, le temps de trouver une justification de séjour à Paris. Des dirigeants du parti communiste seront mis à contribution pour que la ville de Saint-Denis et le théâtre Gérard-Philipe règlent sur le plan administratif l'arrivée et le séjour de Mohamed. Genet écrivit même un article dans *L'Humanité* sur la cathédrale de Chartres et déjeunait de temps en temps avec le directeur de ce journal.

Ce fut lui qui me parla de ses amitiés communistes :
« Ils sont très serviables ; je leur ai dit que je travaille sur l'Algérie, ils m'ont ouvert leurs archives. La carte de séjour et de travail de Mohamed, ce sont eux ! Le petit appartement à Saint-Denis, aussi ! Le studio à Pigalle, c'est Bouglione, il n'est pas du parti, mais on se connaît depuis longtemps. Je suis un homme seul, je n'ai pas de grande institution derrière moi, j'ai des relations ici ou là, tout ça ce n'est pas très cohérent... »

Mohamed n'était pas un mauvais garçon. Il était gentil, un peu abruti par ce qui lui arrivait, et il se sentait parfois seul. Il s'ennuyait. Que faisait-il avec Genet ? Que se disaient-ils ? Comment qualifier ce lien, cette relation soudaine ? Je l'ai connu à ce moment-là. Il parlait le français mais préférait converser avec moi en arabe.

« Monsieur Jean m'a dit que tu composes des livres...
– Ce sont les musiciens qui composent des partitions...
– Mais en arabe on dit bien d'un homme cultivé que c'est un compositeur de livres. Monsieur Jean est un compositeur mais il n'aime pas qu'on en parle, il déteste ça.
– C'est un des plus grands écrivains de ce pays.
– Il paraît qu'il a fait de la prison, c'est vrai ? On met en prison des écrivains dans ce pays ?
– Oui, c'était un voleur, il a fait plusieurs séjours en prison, c'est là qu'il a écrit des livres, très beaux.
– Des livres d'histoire ?

LE PROPHÈTE QUI RÉVEILLA L'ANGE

– Non, des romans, des livres où il raconte ce qu'il a vécu en mélangeant la réalité avec des choses imaginaires.
– Imaginaires ? C'est comme les nuages ? Ils passent, on croit qu'ils vont devenir de la pluie et puis ils disparaissent la nuit... C'est ça ?
– C'est un peu ça.
– C'est vrai que Monsieur Jean est allé chez les Palestiniens ?
– Oui, il a passé plusieurs mois dans les camps de réfugiés, dans les territoires occupés juste après la tuerie de Septembre noir en Jordanie.
– Il m'a dit que c'est grâce à un ami palestinien que j'ai pu obtenir un passeport, car comme tu sais, au Maroc, surtout après les coups d'État, il est très difficile d'avoir un passeport, il faut des interventions incroyables, des coups de piston très forts. Moi, pauvre gars de la rue, je n'ai jamais rêvé de tenir entre mes mains ce petit carnet vert. C'est écrit, *mektoub*, Dieu a envoyé Monsieur Jean pour me sortir de la misère, je suis sûr que c'est Dieu, mais quand je le lui dis, il se met en colère.
– Tu penses rester en France ?
– J'ai trouvé un travail, plus exactement Monsieur Jean m'a trouvé un rôle dans une pièce de théâtre qu'il a écrite il y a longtemps.
– Tu vas devenir acteur !
– Non, c'est un rôle où je ne parle pas. Je suis assis dans un coin et je ne bouge pas. Quand j'étais à Fès, il m'arrivait de rester assis le dos contre un mur durant toute une journée, je ne pensais à rien, je n'attendais rien, c'était écrit dans ma vie. Tout est écrit d'avance, ce que je fais maintenant a été écrit il y a longtemps, rien n'arrive comme ça, il faut suivre son rythme. Le mien est lent, alors passer tous les soirs deux heures assis au fond d'une scène de théâtre, ça ne me dérange pas. En plus c'est avec ça que j'ai une

AMITIÉ

carte de séjour ! L'autre jour, la police m'a arrêté, je tremblais, je leur ai montré le passeport et la carte de séjour, j'ai eu peur, j'ai toujours peur de la police, ici comme là-bas au Maroc. Et puis ici, Monsieur Jean m'a dit qu'on n'aime pas les Arabes, les gens sont racistes, c'est vrai ?
– Tu as des nouvelles de tes parents ?
– Ils croient que je suis toujours soldat et ils savent que dans l'armée on ne sort pas quand on veut, mais je vais leur envoyer de l'argent. Ce sont des paysans sans rien, je vais leur écrire, en fait j'écrirai à l'épicier du village qui leur racontera ce qu'il y a dans la lettre. Mais j'ai peur qu'on leur vole l'argent, Monsieur Jean m'a dit qu'on ira les voir avec des cadeaux...
– Est-ce qu'ils te manquent ?
– Non, parce que l'armée nous apprend que notre famille c'est l'armée...
– Alors l'armée te manque ?
– Non, parce que je m'ennuyais, je n'aimais pas les gens, je voulais sortir, aller au bordel, vivre dans la rue, tenter l'aventure. J'ai eu raison, n'est-ce pas ?
– Je ne sais pas. Tu allais voir les femmes d'El Hajeb ?
– De temps en temps, on partait en bande, on entrait dans une maison où il y avait plein de filles, on buvait du thé et ensuite la vieille éteignait les lumières et on s'isolait chacun avec une fille. C'est très rapide. Après on est dégoûté. On rentre en courant à la caserne. On pisse pour faire partir les microbes. Mais y en a qui sont tombés malades. Pas moi, c'est écrit ! Ma vie, ma santé, ma respiration sont entre les mains de Dieu. Quand on se confie à Dieu, il t'aide, te soutient dans tes difficultés, te montre la voie... Tout ce qui arrive a été décidé par Dieu. »

Après un moment où Mohamed avait l'air de rêver, il me dit :

LE PROPHÈTE QUI RÉVEILLA L'ANGE

« N'est-ce pas que Monsieur Jean est un prophète ?
– Il n'aimerait pas ça !
– Mais Dieu l'a mis sur le chemin de cette ruelle à Fès et l'a fait arrêter juste devant moi, alors que je dormais, Dieu a dirigé sa main qui m'a réveillé et voilà où je me trouve à présent ! Je crois en Dieu, moi. Et toi, tu crois en Dieu ? »

Quand j'ai raconté cette histoire à Genet, il a ri en me disant :
« Il ne sait pas que je suis un *shitane*, c'est comme ça qu'on appelle le diable en arabe, d'ailleurs, je crois que le *shitane* vient du mot "gitan". Je ne suis pas gitan mais je suis un *shitane* ! Est-ce qu'il connaît bien l'arabe classique ?
– Je crois, je pense qu'il lit et écrit sans problème.
– Je t'en parle parce que j'ai l'intention, si tu veux bien l'aider, de demander à Gallimard de lui confier une nouvelle traduction des *Mille et Une Nuits*. J'ai acheté en Jordanie la version complète de ce livre. Je pense qu'à vous deux, vous arriveriez à faire une bonne traduction.
Traduire *Les Mille et Une Nuits* ! Mais c'était une folie ! Je connais un ami qui y travaille depuis des années. Je déclinai l'offre. Ce qui n'a pas empêché Genet d'organiser une réunion dans le bureau de Laurent Boyer où il a parlé sérieusement du projet. Quelques jours après je mettais au courant Mohamed, qui était un peu embarrassé :
« Je ne suis pas capable de faire ce travail, mais je n'ose pas dire non à Monsieur Jean. »
Un jour Genet me dit :
« Tu sais, Mohamed n'est pas un voleur ! J'ai beau laisser sur la table des liasses de billets, il n'y touche pas, il n'est même pas tenté d'en prendre un ou deux... Et puis, il est très pudique, il s'enferme pour s'habiller, l'autre jour j'ai aperçu son corps, il est bien fait, il est beau.
– Veux-tu qu'il te vole ?

AMITIÉ

– Ce serait plus normal ! »
L'été, Genet et Mohamed partirent au Maroc. Durant deux mois je n'eus pas de leurs nouvelles. Ce fut au mois d'octobre que Genet m'apprit que Mohamed s'était marié, ou plus précisément qu'il l'a marié avec sa cousine germaine, une fille de la campagne, brave et gentille. Elle s'était installée chez la famille de son mari et attendait un bébé. Mohamed fit plusieurs voyages à Fès pendant que Genet cherchait une maison pour le jeune couple. Rien ne lui plaisait. Ce fut le début d'une autre folie : acheter un terrain et construire une maison pour Mohamed. Il me demanda mon avis.

« C'est très compliqué de construire, de surveiller les travaux, de ne pas se faire voler... Et puis les gens donnent des rendez-vous et ne viennent pas, les artisans ne respectent jamais les délais. On est dans un pays où la notion du temps est très élastique, il faut de la patience, connaître du monde, je ne te conseille pas de t'embarquer dans cette histoire.

– C'est moi qui dessinerai la maison et je connais des gens pour s'occuper de la construction.

– Où penses-tu planter cette maison ?

– Loin de Fès ! Pas d'invasion des familles !

– As-tu une idée ?

– Oui, l'autre jour, le taxi qui m'emmenait de Tanger à Fès s'est arrêté dans une petite ville où tout semble endormi et qui a un charme réel. Je m'y suis promené, j'ai vu la mer et je me suis renseigné sur le prix du terrain et j'ai décidé que la maison de Mohamed sera là, à Larrache. Tu connais Larrache ?

– Oui, une ville qui a gardé son aspect espagnol ; elle est un peu oubliée, négligée, très calme. Je ne sais pas si un jeune homme comme Mohamed s'y plaira, il n'y a rien à faire dans cette petite ville si charmante, c'est une ville pour retraités, des gens qui attendent tranquillement la fin... »

LE PROPHÈTE QUI RÉVEILLA L'ANGE

Il acheta un terrain, face à la mer, dessina lui-même des plans sur une feuille de papier qu'il confia à un ami architecte de Paris, surveilla les étapes des travaux. Une année plus tard, la maison était prête. Entre-temps, la femme de Mohamed accoucha d'un garçon. Genet le nomma Azzedine.

« C'est en souvenir d'Azzedine Kalak, le Palestinien assassiné à Paris au mois d'août 1978. T'as vu comme il est beau ? Il a les yeux bleus, il me ressemble ! »

Azzedine avait les yeux noirs, il était beau et ne ressemblait pas à Genet.

Mohamed s'installa avec sa femme et leur fils dans la maison rêvée par Genet. Il aurait pu habiter avec eux. Une jolie chambre lui était réservée, mais il préférait une petite pension dans le centre-ville. Quand j'ai visité la maison j'ai été surpris par son architecture. Elle ne ressemblait à aucune maison marocaine ni européenne. C'était comme un livre de Genet, un espace pour des personnages extravagants mais qui n'apparaissaient pas. Il me montra une pièce immense avec quelques étagères où étaient rangés des livres, des services de presse que recevait Genet et qu'il ne lisait pas.

« Ce sera la bibliothèque d'Azzedine. Je vais la remplir de livres. Je viens de demander à Gallimard d'envoyer à Mohamed la collection complète de La Pléiade. Ce sera beau !

– Tu crois qu'il le fera ?

– Peut-être. Ça coûte cher, mais Gallimard, en tout cas Gaston, ne m'a jamais rien refusé. Son fils m'aime bien. »

Je n'ai jamais su si Genet fit cette demande à son éditeur. Mohamed vivait à Larrache. Il appelait souvent Genet pour se plaindre de sa femme, des voisins, de sa belle-famille. Genet était excédé. Mohamed fumait du kif, peut-être même buvait-il du vin, et il se bagarrait parfois avec des gens qui cherchaient à savoir d'où venait l'argent. Ils étaient intrigués

AMITIÉ

et envieux. Ils ne comprenaient pas comment cet *Aroubi* (quelqu'un de la campagne) avait pu se faire construire une maison pas comme les autres au milieu de maisons modestes et sans grands espaces. Une étrange maison habitée par des gens qui ne travaillaient pas et qui recevaient de l'argent de l'étranger. La terrasse de Mohamed était grande. Les voisins du dessus y jetaient leurs ordures. Mohamed les ramassait et les mettait dans la poubelle publique. Au hammam, la femme de Mohamed était souvent agressée par des inconnues qui lui réclamaient de l'argent, l'insultaient, la traitaient de putain ou de femme de *zamel* (homosexuel). Genet décida d'intervenir ou plus exactement de faire intervenir quelqu'un pour que cesse le harcèlement. Il m'appela :

« Connais-tu un homme politique important au Maroc, quelqu'un qui est craint, respecté, l'idéal serait un général de l'armée. Tu te rends compte, si Mohamed reçoit en plein jour la visite d'un officier supérieur de l'armée marocaine, on saura qu'il est important, qu'il a des relations qui font peur, et plus personne n'osera plus l'embêter, ni agresser son épouse, ni jeter des ordures sur leur terrasse. Au Maroc les gens craignent beaucoup les autorités, comme dit un de vos proverbes : "Les Marocains ont davantage peur que honte." Alors, peux-tu m'aider ?

— Je ne connais personne des autorités de ce pays.

— Mais qui connais-tu parmi les hommes politiques ? »

Je réfléchis, puis je me souvins d'un homme politique que je voyais de temps en temps quand il venait à Paris. En fait c'était lui qui m'appelait et m'invitait à déjeuner. Mais cet homme n'était pas au pouvoir, il était le leader de l'opposition de gauche, un ancien compagnon de Mehdi Ben Barka, le dirigeant du parti socialiste, Abderrahim Bouabid.

— Je connais un peu Abderrahim Bouabid !

— Est-ce qu'il est craint dans le pays ?

— Ce n'est pas son genre. Il est respecté...

LE PROPHÈTE QUI RÉVEILLA L'ANGE

– Je veux dire, est-ce qu'il est très connu ? S'il rend visite à Mohamed, est-ce que les gens sauront que c'est une personnalité importante ? Parce que ce que je cherche, c'est une arrivée spectaculaire dans la rue de Mohamed, des gendarmes en moto qui annoncent l'arrivée du cortège, des sirènes, du mystère, Mohamed qui descend de la maison, l'homme politique qui l'embrasse, ainsi tous les imbéciles qui l'emmerdent auront peur et le respecteront. Il suffit d'une dizaine de minutes entre l'arrivée et le départ de la personnalité, le temps pour que tous les voisins et voisines sachent à qui ils ont affaire, que ce n'est pas un pouilleux, un pauvre fils du bled qu'on peut mépriser ou insulter. Tu comprends, il faut donner à Mohamed une importance afin qu'on ne le prenne plus pour un paysan du bled, il aura la paix et moi aussi !

– Je comprends, mais on n'a pas besoin de tout ce cinéma pour faire cesser les harcèlements. Il suffit de parler aux gens, peut-être de leur faire des cadeaux, les gens se contentent de peu, il faut savoir les prendre. Mohamed les agace parce qu'il est brutal, pas assez civil, pas assez souple.

– Peux-tu oui ou non demander à ton homme politique de me rendre ce service ?

– Non. »

Genet devint silencieux, puis murmura :

« Il faut que Mohamed répudie sa femme. C'est elle qui lui crée ces problèmes. »

L'histoire se termina tragiquement. Mohamed vivait seul au Maroc, ne travaillait pas, vivant avec les subsides que lui envoyait Genet. Genet était excédé par ses fréquents appels téléphoniques, en même temps, peut-être à cause de l'enfant, il ne voulait pas le lâcher. Azzedine était élevé par sa mère, restée à la maison de Larrache. Je n'en suis pas sûr. Genet avait un cancer, il ne voulait pas qu'on le sache ; il se

AMITIÉ

soignait avec désinvolture, continuait de fumer et de mal se nourrir. Six mois après sa mort, Mohamed, qui avait reçu une partie de l'héritage, acheta une voiture d'occasion. Il mourut dans un accident sur la route entre Casablanca et Rabat un jour de très fortes pluies. Le destin venait de mettre fin à l'aventure d'un prophète qui a réveillé un ange qui dormait dans la rue. C'était écrit.

Naïma et Habiba

Tout a commencé par une douleur insidieuse dans l'index de la main droite. Naïma n'a pas fait attention. Elle s'est dit : « C'est le changement de climat. Londres est beaucoup plus humide que Tanger. » Quand elle tenait un stylo pour signer des chèques ou faire des commentaires sur le cahier de classe de ses enfants, elle sentait, davantage qu'une douleur rhumatismale, une gêne, une sorte d'impuissance. Elle ne commandait plus à son index, ou plus exactement, son doigt n'obéissait plus aux ordres qu'elle donnait. Au début, au lieu de s'en inquiéter, elle riait, trouvant cela amusant qu'un petit bout de son corps la nargue, se moque de son cerveau, se détache d'elle tout en gardant ses couleurs, sa forme et sa place. Un doigt qui vous abandonne, ce n'est pas bien grave. C'est une paresse momentanée, une petite défaillance qui devrait cesser avec l'arrivée du printemps. Le soleil revint et Londres paraissait encore plus belle qu'avant. Naïma emmenait ses quatre enfants au parc et jouait avec le plus petit, qui la faisait courir jusqu'à l'essoufflement. Elle le prenait dans ses bras tout en jouant à cache-cache avec Mehdi, qu'elle appellait « mon petit foie ». Ses deux filles se moquaient d'elle parce qu'elle affichait une préférence trop appuyée pour Mehdi, surtout depuis l'affaire de la bombe lancée par des militants de l'IRA dans une station du métro de Londres. Naïma accompagnait ses enfants à l'école. Dès que la police demanda aux voyageurs d'évacuer la station, Naïma, sans réfléchir, se jeta sur Mehdi et prit la fuite, laissant derrière elle ses autres enfants se débrouiller seuls.

Il lui arrivait de toucher son index. Elle le palpait, le posait sur un livre puis essayait de le retirer. Là, il tombait comme une chose inutile. Elle le pinçait et cela lui faisait mal. Alors elle décida de consulter un spécialiste en rhumatologie, qui la dirigea vers un des neurologues les plus fameux de Londres.

Le docteur S. fut direct, pensant qu'une jeune femme de trente ans, volontaire et vive, pouvait tout entendre, tout encaisser.

« C'est une S.L.A.
— Une quoi ?
— Une sclérose latérale amyotrophique, appelée la maladie de Charcot. »

Naïma, sans avoir compris si cette maladie était grave, si on pouvait la soigner ou pas, avant même d'entendre les explications du docteur S., eut le sentiment d'avoir été précipitée dans une trappe où son sang ne fit qu'un tour. Elle sut tout de suite que sa vie allait chavirer et pensa à Mehdi et à ses autres enfants. Elle se vit déjà dans l'au-delà, marchant sur des galets plats en direction d'une prairie fleurie. La mort, dont elle ne prononça pas le nom, lui apparut au bout de cette promenade imprévue. Blanche et légère, tel un petit nuage courant dans le bleu du ciel. Telle était la sentence qu'elle venait d'entendre de la bouche de ce médecin anglais au regard fuyant derrière d'épaisses lunettes. Elle retint son souffle, se pencha sur Habiba, la femme qui travaille chez elle depuis son mariage, et lui dit :

« Prends-moi dans tes bras. »

Habiba, qui ne comprend pas un mot de français ni d'anglais, la serra fort dans les bras et lui dit :

« Je suis avec toi, ne t'en fais pas, je serai toujours là tant que Dieu me donne la vie. »
Naïma pleurait. Habiba aussi. Le docteur S., gêné, sortit un moment du cabinet puis revint.

« C'est une maladie du système nerveux due à des lésions de la moelle et caractérisée par la paralysie progressive de certaines parties du corps comme la langue, les mains, les pieds ; on appelle ça une atrophie musculaire, ce qui entraîne une modification des réflexes.
– C'est grave...
– C'est une maladie évolutive. On peut dire que vous avez de la chance, car parfois elle commence par attaquer les voies respiratoires, ce qui est très grave. On va essayer de vous soigner, mais en général...
– C'est incurable !
– Oui, pour le moment, l'état de la recherche ne nous permet pas d'affirmer le contraire. »

Après un moment où Naïma récita mentalement quelques prières dont les versets du Trône, elle osa poser la question qu'une bonne musulmane, une croyante comme elle qui confie son destin à Dieu, n'aurait pas dû poser. Mais son courage a été plus fort que sa foi.

« Je sais que la vie et la mort sont entre les mains de Dieu, mais je vous pose quand même la question : j'en ai pour combien, d'après vous ?
– En étant optimiste... six ans ! »

Au lieu de s'effondrer, Naïma se leva, tendit la main droite au médecin et lui dit :

« Je vais me battre, je me **battrai** parce que j'ai quatre enfants, un mari absent et il faut qu'ils arrivent jusqu'à l'université, au moins. Je me battrai pour que Mehdi réussisse ses études. Il est encore jeune, mais je sais qu'il est fragile. Pour lui, et pour son frère et ses sœurs, je guérirai. »

AMITIÉ

Sa détermination était forte. Elle avait tout de suite décidé de résister comme si elle voulait donner une leçon de courage à tous ceux qui se laissent abattre après une consultation chez ce fameux médecin, compétent mais si peu humain. Elle aurait voulu lui dire : « Je vous donne rendez-vous dans six ans, dans dix ans, et vous verrez que je suis une battante. De toute façon ma vie, comme la vôtre, est entre les mains de Dieu ! »

Le docteur S., impressionné, ne fit aucun commentaire. Le soir Naïma appela ses deux frères. Ils étaient là le lendemain. Elle n'avait pas pensé mettre au courant son mari, un homme qui travaillait la nuit et qu'elle voyait de moins en moins. Elle parlait de lui en disant « le père des enfants » ou bien « l'absent ». Elle l'avait épousé sans le connaître. C'était un ami de son frère, un brave type qui aurait pu être un bon mari et un bon père. On ne saura peut-être jamais ce qui s'est passé entre eux, pourquoi il n'y avait pas de dialogue, pas de négociation, pas d'affinité. Ce genre de mariage arrangé ne fait que perpétuer et aggraver les malentendus. C'était un homme du peuple, sachant lire et écrire, donnant à ses enfants une éducation non structurée, ayant honte de ses origines, allant jusqu'à interdire à ses filles de parler en arabe dans les lieux publics de Londres. Il lui était arrivé de frapper une de ses filles pour une raison futile. Naïma s'était lentement détournée de lui et ne comptait que sur ses frères, qui l'aidaient dans tout. Elle les a réunis et leur a exposé la situation :

« Voilà, je suis condamnée, le médecin me donne six ans à vivre, au maximum... Je sais, il ne peut pas savoir, Dieu et Dieu seul connaît le moment de notre fin. Je suis croyante, mais je suis aussi rationnelle. Dieu ne m'interdira pas de me battre contre la maladie et de me soigner. Mais, comme on dit, "le croyant est exposé au malheur" (*Al mouminou moussab*). Je sais, c'est injuste. Pourquoi moi ? Je n'ai rien fait de mal pour mériter une telle punition. C'est cruel. Je ne cesse de le penser. Que Dieu me pardonne, mais je me pose des questions, et je ne peux pas m'empêcher de penser à cette injustice. Elle me frappe de plein fouet, en pleine jeunesse. Ma vie est ainsi interrompue, je veux dire la vie pleine, la vie libre. Je respire mal, je soupire, et je ne cesse de penser à mes enfants. Alors je compte sur vous pour qu'ils s'en sortent ; comme vous savez, leur père n'est jamais là, ou bien quand il arrive du travail le matin, il dort la journée, il boit son thé et fume son paquet de cigarettes sans se demander ce que font les enfants à l'école. Il lui arrive d'avoir quelques attentions pour ses filles, Sawsan et Sabrina. Elles aiment leur père, mais il est rarement présent. C'est peut-être le petit dernier qu'il préfère. »

Son frère aîné, Abdeslam, décida de la faire voir par les plus grands spécialistes de cette maladie. Partout le diagnostic fut le même. Ce qui changeait c'était l'estimation de l'espérance de vie :
« Elle en a pour quatre à cinq ans...
– Trois ans...
– À moins d'un miracle, votre sœur est condamnée...
– Vous savez, il vaut mieux qu'elle retourne au bled, là-bas, seuls des marabouts pourraient vous donner de l'espoir. Ici, la science est formelle. C'est une maladie fatale. »
Abdeslam faisait un effort pour ne pas sombrer dans le désespoir. Il aimait sa sœur plus que tout au monde. Les deux frères et leur petite sœur étaient très unis ; ils étaient divorcés et avaient renoncé à refaire leur vie. Naïma était la priorité absolue. Ils constituaient un trio cimenté au point que même leur mère en était jalouse. Ils savaient qu'aucune épouse n'aurait supporté cet amour excessif. Leur célibat était une preuve de cet amour et de leur disponibilité totale. Ils considéraient leurs neveux et nièces comme leurs propres enfants. Le mari n'avait plus son mot à dire.

AMITIÉ

De toute façon, il ne disait jamais rien. Il savait qu'il était en dehors de tout ce qui arrivait. Il se sentait exclu. Tout était fait pour le marginaliser. Personne ne prenait la peine de lui demander son avis, alors il se taisait, se refermait sur lui-même. Les deux frères pensaient que, d'une certaine manière, cela devait l'arranger. Même s'il était attaché à ses enfants, il ne savait pas le leur montrer. Cet homme silencieux était pour la famille un mystère. Les frères s'occupaient de toutes les dépenses. Ils entretenaient leur sœur et son mari. Quant aux enfants, ils étaient même trop gâtés. L'angoisse de la vie qui file trop vite, la peur de ne pas les voir grandir, tout cela perturbait leur éducation. On ne leur refusait rien ou presque rien.

En une année Naïma perdit l'usage de la main droite. Son élocution devint lente. Elle se mit à s'informer sur la sclérose en plaques et sur cet aspect particulier. Elle ne ratait aucune émission de santé à la télévision ou à la radio. Elle se fit installer Internet dans sa chambre et passait des heures à lire des pages sur les dernières découvertes concernant la maladie. En quelques mois, elle en savait presque autant que le docteur S.

Elle ne pouvait pas se confier à ses enfants trop jeunes, qui savaient que leur mère était malade mais pas condamnée. Au début elle demandait à sa fille aînée, Sawsan, ou à la cadette, Sabrina, de l'aider à s'habiller, à se coiffer, à faire sa toilette. Cela la gênait, elle ne voulait pas les embarrasser. Habiba devint alors sa main droite, son amie, sa confidente, son aide la plus précieuse.

À peine plus âgée que Naïma, Habiba venait d'Achakkar, plus précisément du village Jébilat, une suite de collines en face des grottes d'Hercule à Tanger. Elle n'était jamais allée à l'école. Petite, elle a perdu un œil suite à une maladie non soignée. Habiba est borgne, c'était peut-être pour cela qu'elle n'avait jamais pensé au mariage. « Qui voudrait d'une femme avec un seul œil ? » disait-elle quand on la taquinait sur ce sujet. Elle aimait plaisanter, rire de son infirmité. Naïma était certes sa patronne, mais elle la considérait avant tout comme une sœur, une amie, une complice, surtout depuis que la maladie s'était déclarée. Habiba lui disait souvent :

« Nous sommes deux handicapées au sort lié ; nous sommes inséparables, nous sommes faites pour lutter et vaincre ensemble. Je suis une vieille fille borgne et toi une belle jeune femme frappée par le mal. À nous deux, nous faisons la paire, nous pouvons être fortes.

– Tu sais, mon mariage m'a donné des enfants mais pas le bonheur. Entre mon mari et moi il y eut peu d'éclats de rire. Rire, c'est important. Avec toi, malgré l'angoisse de ce qui m'attend, je ris. Tu es la sœur que j'aurais aimé avoir.

– Et toi, tu es mon amie, l'être le plus cher au monde. »

Elles riaient pour un rien. Parfois Naïma n'arrivait pas à stopper un fou rire. Habiba l'accompagnait dans cette dérive. Délicatement, Habiba prenait un mouchoir et essuyait les larmes de Naïma. Elle en profitait pour épingler une mèche de cheveux qui gênait ses yeux ou pour chasser une mouche qui s'était posée sur le bout de son nez. Naïma la regardait et souriait pour la remercier. Un jour, après une crise de désespoir et de larmes, Habiba prit la main droite de Naïma dans la sienne et lui jura fidélité jusqu'à ce que Dieu les sépare. Elles s'embrassèrent sur le front, se serrèrent l'une contre l'autre et éclatèrent de rire. Après avoir retrouvé leur sérieux, elles firent leur prière. En se levant, Naïma sentit que sa jambe droite la lâchait. Elle arrêta la prière, la fit assise puis demanda à Habiba de l'aider à se relever :

« Tu vois, après la main c'est la jambe. Je suis en bonne voie pour devenir complètement à ta charge.

AMITIÉ

– Mais c'est une joie d'être à ton service ; je suis née pour être ta main et ton pied ; je n'ai pas d'autre joie dans la vie que d'être à tes côtés pour t'être utile. Je n'ai qu'un œil, mais Dieu a agrandi mon cœur pour que tu t'y trouves bien, entourée, aimée, pour que rien de mal ne t'atteigne. À présent, rions un peu !

– Tu connais l'histoire du paysan qui va pour la première fois au cinéma, il entre, dit *"salâm ou alikum"* et se met à serrer la main de tous les spectateurs... »

Habiba savait imiter les gens. Cela faisait rire Naïma. Comme son frère Ahmed, elle aimait plaisanter, tourner en dérision les situations graves, se moquer d'elle-même. Abdeslam pensa que le fou rire fréquent faisait partie de la maladie. C'était nerveux.

La paralysie atteignit la main gauche, puis le pied gauche. Naïma ne pouvait plus se lever toute seule ni marcher. Habiba ne la quittait plus. Mais Naïma ne renonçait pas à sa vie sociale. Elle ne ratait aucune réunion au lycée. C'était elle qui surveillait les devoirs des enfants le soir à la maison. Son autorité sur eux était naturelle. Pas besoin de crier ou de menacer. Il suffisait d'un regard. Ni Abdeslam ni Ahmed n'avaient ce genre d'autorité sur leurs neveux et nièces. Eux les gâtaient, leur offraient tout le temps des cadeaux, les emmenaient en voyage tout en surveillant leurs fréquentations. Ils se substituaient au père, faisaient semblant d'être sévères ou parfois l'étaient vraiment. Sawsan se réfugiait dans le silence. Elle était travaillée de l'intérieur, avait des angoisses et n'en parlait pas. Elle devait étouffer et évitait de contrarier sa mère. Bonne élève, intelligente, très sensible, elle souffrait en silence. Sabrina ne prenait pas de gants avec les gens, disait ce qu'elle pensait et prenait la place de Habiba quand celle-ci était malade ou absente.

Naïma avait décidé de ne jamais se résigner, de ne jamais céder à la déprime, de ne jamais se laisser vaincre socialement par la maladie. Son idée fixe consistait à donner l'exemple à toutes les personnes atteintes de la même maladie : se battre, ne pas s'avouer vaincue, entretenir son courage, le mettre à l'épreuve.

Malgré son handicap, elle continuait à conduire sa voiture automatique. Elle aimait faire du shopping. Elle pouvait passer toute une journée chez Harrod's ou dans d'autres grands magasins, où elle s'achetait des habits. Parfois ses filles lui choisissaient des vêtements à la mode, n'aimant pas le goût de Habiba, devenue sa conseillère. Elle essayait des vêtements et se prenait pour une actrice de cinéma égyptienne. Entre elles c'était devenu un jeu.

« Tu te rends compte ! Je m'habille avec le goût d'une paysanne analphabète !

– Analphabète ou pas, j'aime les belles choses, pas pour les porter, mais pour les voir sur toi.

– Mais tu devrais te choisir te une belle robe, peut-être qu'un Anglais va tomber amoureux fou de toi et tu te marieras. Je suis sûre que tu seras plus heureuse que moi, parce que les hommes d'ici respectent les femmes, sauf quand ils boivent et les battent. J'ai vu l'autre jour à la télé un programme sur les femmes battues en Angleterre : c'est fou, elles sont des centaines de milliers de femmes battues ; chez nous, on les bat mais on n'en parle pas. Bon, choisis une belle robe...

– Mais tu te moques de moi ! Me marier ? Mais c'est de la folie, j'espère que tu plaisantes, en plus avec un chrétien !

– Et pourquoi pas ? Quand je serai guérie, je n'aurais plus besoin de toi !

– Là, tu me fais mal.

– Quoi, tu penses que je ne guérirai jamais ?

– Mais pas du tout, grâce aux médicaments et à Dieu tu

AMITIÉ

guériras et je serai avec toi pour toujours. N'oublie pas notre pacte.

– Oui, je sais, Habiba, je te taquine, c'est tout. Bon, allons chercher les enfants à l'école et emmenons-les manger dans un bon restaurant !

– Il faut réserver.

– Tu as raison, si tu veux qu'on aille chez l'Italien, il faut réserver. Prends le téléphone dans mon sac...

– Oui, mais qui va composer le numéro ? Moi, je n'ai pas encore bien appris les chiffres, alors comment on fait ?

– C'est simple, on va demander à l'une de mes filles.

– Ce soir, je m'entraînerai avec ta fille aînée ; il faut absolument que j'apprenne les chiffres, tous les chiffres, ensuite, si Dieu le veut, j'apprendrai l'alphabet, les mots, les phrases et même les livres ! »

Elles rirent puis reprirent la voiture ; les enfants les attendaient devant l'école. Au restaurant, Naïma donna les clés à un voiturier et s'installa avec sa petite famille et Habiba autour d'une table :

« Nous prendrons du poisson, de l'espadon, il n'y a pas d'arêtes. Comme boisson de l'eau minérale avec une paille, oui, Monsieur, comme les enfants, je bois avec une paille. Pour la dame qui m'accompagne, apportez-lui une coupe de champagne... »

Les enfants éclatèrent de rire.

« Vous avez des préférences, madame ? »

Habiba comprit le mot et dit :

« Que Dieu nous en préserve ! »

Naïma fit comprendre au garçon que c'était une plaisanterie.

« Apportez-lui un Coca comme pour les enfants. »

Habiba fit manger Naïma, essuyant de temps en temps ses lèvres avec la serviette. Elle mangeait lentement car elle craignait d'avaler de travers.

Un jour, la police sonna à la porte. Habiba ouvrit et se trouva en face de deux agents anglais. Elle les fit entrer dans le salon et alla chercher Naïma, qui mit du temps à se préparer.

« Madame, une plainte a été déposée contre vous par des anonymes qui vous reprochent de conduire une voiture, une Mercedès noire immatriculée P22LX alors que vous n'auriez la maîtrise ni des mains ni des pieds.

– Oui, je conduis et je n'ai jamais eu d'accident.

– Nous voulons juste vérifier des éléments de la plainte, ensuite une équipe viendra tester vos capacités.

– Pas de problème. Je suis à votre disposition. Évidemment, si la plainte est anonyme, il n'y a pas moyen de faire une enquête pour savoir...

– Non, madame. »

Naïma parlait lentement. Habiba comprit d'où pourrait venir la plainte.

« Tu sais, il faut chercher autour de nous, des gens que tu as aidés, c'est toujours comme ça, il ne faut pas aller chercher loin...

– À qui tu penses ?

– À quelqu'un de la famille ! Voilà, je le dis comme je le pense ; les Anglais ne font pas ça, peut-être entre eux, mais ici, ils respectent les handicapés.

– Qu'importe ! J'attends les experts ; s'ils décident que je ne dois plus conduire, il va falloir que tu apprennes...

– Mais comment veux-tu que je conduise avec un seul œil ? »

Un éclat de rire suivit ces mots puis Naïma se retira dans sa chambre. Pour la première fois elle pria Habiba de la laisser toute seule. Auparavant elle lui demanda d'enclencher l'enregistreur. Naïma avait besoin de parler. Elle tenait ainsi un journal :

« *Aujourd'hui, 5 février 1996, je sens que le moral est bas.*

AMITIÉ

J'ai vu ce matin un programme à la télé où une jeune fille de vingt-huit ans est morte asphyxiée par la même maladie que moi. Tant que la maladie ne s'en prend qu'à mes membres, tant qu'elle n'attaque que certaines parties du corps, je pourrai continuer à me battre. J'ai peur de ne pas pouvoir aller jusqu'au bout de ma mission, celle d'éduquer mes enfants, de les voir réussir leurs études, de les voir se débrouiller tous seuls. Je sais qu'il y a mes frères, mais je m'en veux un peu de les voir non mariés, complètement dévoués à moi. J'ai peur pour Mehdi, qui ne travaille pas bien en classe ; je sais qu'il est intelligent, vif, mais paresseux ; j'ai peur pour mes frères qui travaillent trop, ils sont jalousés, ont des ennemis, parce que chez nous, dès que quelqu'un réussit, on cherche à l'abattre ; j'ai peur de ne plus être autorisée à conduire la voiture, là, si je suis interdite de permis, ma solitude sera plus grande. Je sais que mon mari n'apprécie pas que je prenne la voiture, il sait que c'est ma liberté : j'aime faire des balades avec mes enfants, faire les magasins, acheter des cadeaux aux uns et aux autres, j'aime offrir, j'aime faire plaisir, c'est mon tempérament, avec ou sans la maladie. J'ai peur que Habiba se fatigue ou tombe malade, je l'aime comme une sœur, j'ai besoin d'elle, je ne peux pas imaginer un jour sans elle. Certes, il y a mes filles, mais je ne suis pas à l'aise, je ne voudrais pas leur montrer à quel point je suis handicapée. Habiba me lave tout le corps tous les jours, prend soin de mes cheveux qu'elle trouve beaux, elle choisit mes eaux de toilette, mes parfums, mes crèmes. Elle est tellement dévouée que je ne saurais jamais comment la remercier, comment la récompenser. Seul Dieu saura lui donner ce qu'un pauvre être comme moi n'a pu lui donner.

Aujourd'hui, je ne me sens pas bien, je me sens fragile, je n'ai plus d'humour, plus envie de rire, j'ai le cœur qui bat anormalement ; ça me rappelle Ahmed, mon frère qui est malade du cœur mais qui me cache la vérité pour ne pas m'inquiéter. Je sais qu'il va souvent consulter son médecin à Amsterdam, je *vois qu'il n'est pas en forme. Il faudrait qu'il se marie avec une fille de bonne famille, quelqu'un qui le prendrait en charge, il a besoin de stabilité. Or il est angoissé, je le sens, quand il vient à Londres, il est fatigué. Abdeslam est plus solide mais il est seul, il s'occupe de tout ; que Dieu l'aide et le protège contre le mauvais œil, contre les jaloux, les envieux, ceux qui lui sourient le jour et le maudissent la nuit.*

Aujourd'hui je sens que la honte, ce sentiment étrange, me hante, habite mes pensées et me fait redouter le moment où mon élégance sera difficile à maintenir.

La vie a un drôle de goût, tantôt sucré, tantôt amer. Je pense à mes parents, ils ont vécu modestement à Asilah, sans beaucoup de moyens, je ne sais pas s'ils ont été heureux. Mon père ne veut pas quitter sa maison, ma mère vit chez moi à Tanger. Elle a encore de l'énergie. Mon père perd un peu la mémoire. Il a plus de quatre-vingt-dix ans. Il ne sait pas que je suis malade. Quand je le vois, il me parle comme si j'étais toujours une petite fille, il me donne sa bénédiction, c'est ça qui est important, être béni de ses parents, ne pas les contrarier, ne pas chercher à les changer.

Ah, ce soir j'ai envie de tout dire à propos de mon époux même si ça chagrinera mes enfants : c'est un homme qui a une infirmité avec laquelle certains vivent bien : il n'a pas de cœur, pas de sentiments, il est dur et ne s'intéresse pas aux autres. Il ne s'occupe pas de la maison, ne jette pas un regard sur les cahiers des enfants, ne sait même pas dans quelle classe ils sont, ne répond jamais aux convocations de l'école, ne fait jamais les courses, il attend que ce soit moi qui fasse tout. Ses enfants sont attachés à lui. C'est pour cela que je ne cherche pas à les priver de leur père, même si c'est un mauvais père, et puis dans nos traditions, une femme, même malade, ne divorce pas.

Quand il a besoin d'argent, il se fait gentil. Je ne sais pas ce qu'il fait avec son salaire. Il paraît qu'il achète des actions à la

AMITIÉ

Bourse. Il sait que mes frères entretiennent toute la famille. Alors il ne dépense pas un sou. L'autre jour, sa voiture est tombée en panne en plein centre de Londres, il a allumé les feux de détresse et il s'en est allé ; ensuite il m'a appelée pour que je trouve une dépanneuse et que je règle tous les problèmes pratiques. Habiba ne l'aime pas. Elle dit qu'il a une pierre à la place du cœur. Elle le connaît aussi bien que moi. Quand je revois les photos de mon mariage, je me dis que j'étais une autre, une jeune fille ensorcelée, inconsciente, une fille qui avait obéi à son frère aîné, à ses parents et qui avait foi en l'avenir.

Je parle lentement, je me parle, je n'ai pas besoin de faire d'effort pour me faire comprendre ; les gens qui ne me connaissent pas me font répéter chaque parole, c'est fatigant, d'autres me saluent en me tendant la main, ils ne savent pas que je ne peux pas lever le bras, ils restent avec leur main suspendue, interloqués. Alors, quand il y a un de mes frères, il leur dit à l'oreille : "Ma sœur est malade, elle ne peut pas lever le bras." Heureusement, la machine ne me fait pas répéter. Je parle. Je parle jusqu'à la fin de la bande. J'ai encore beaucoup de choses à dire. L'autre nuit, j'ai rêvé de Claude, la compagne d'Ahmed. Elle s'était occupée de moi avec beaucoup de gentillesse, de dévouement et de patience. Nous nous entendions bien, mais elle voulait régulariser sa situation avec mon frère, se marier, être reconnue dans son statut d'épouse, ce que je trouvais normal. Des tensions existaient entre eux, ce qui troublait notre relation. Je n'avais rien à lui reprocher, mais je ne voulais pas être celle qui l'empêcherait de refaire sa vie. Elle est partie ; il m'arrive de repenser à elle, avec tendresse, avec reconnaissance. Mais la vie est ainsi, plus mon état s'aggrave, plus j'ai besoin de quelqu'un d'absolument disponible, c'est ce que m'a donné et continue de me donner Habiba. »

Des experts vinrent la voir. Ils regardèrent son dossier médical et lui demandèrent de repasser son permis.

« Pas de problème ; je le ferai avec plaisir.
– Nous n'avons, madame, aucun préjugé ; nous voulons juste être sûrs que vous ne risquez rien en conduisant une auto, c'est tout. Nous voulons confirmer que vos réflexes sont bons.
– Je ne conduis que les voitures automatiques. »
Naïma repassa son permis. C'était pour elle un défi. Elle le releva avec courage. Quand elle raconta cette histoire à ses frères, ils étaient furieux.

« Non, ne soyez pas en colère, c'est normal de s'inquiéter des capacités d'une handicapée quand elle prend une voiture. À présent, il n'y a rien à craindre, et ceux qui ont déposé la plainte sont des gens qui dépensent leur énergie dans la méchanceté, ils sont mus par le mal.
– As-tu des soupçons ?
– Ne soyons pas comme eux ; je les laisse entre les mains de Dieu. »
Habiba intervint :
« Moi j'ai des soupçons mais je ne dirai rien ; je suis d'accord avec Naïma, Dieu se chargera de ceux qui nous veulent du mal. »

Le docteur V. Méninger est un être exceptionnel. Tout en faisant des recherches sur cette maladie, il soigne certains patients. Avec Naïma le contact fut très bon. Il a réussi à stopper l'évolution de la maladie mais reste prudent quant à l'avenir. Elle vient le voir à Paris tous les trois mois. En sortant de sa consultation, comme un rituel, elle fait du shopping rue de Rennes et autour de Montparnasse. Elle a besoin de rester élégante, belle, dans la vie. Sabrina l'encourage à s'acheter les plus belles robes. Elle sait que c'est une des façons de lutter contre la morosité, la mélancolie et la déprime que suscite le mal qui la ronge.

AMITIÉ

Dans l'Eurostar qui la ramène à Londres, Naïma s'assoupit, espérant pousser la porte des rêves. Elle n'entre pas dans un monde imaginaire ; elle repasse les images de son passé récent. Elle se voit en train de courir derrière les deux garçons encore petits. Mehdi courait tout le temps, quant à Adam, il jouait au tennis. Elle est habillée en bleu, porte une ceinture en or, elle est belle et heureuse. Nous sommes à Tanger, l'été 1994, le jour de la circoncision des deux garçons. Jour de fête, jour où tout le monde a le devoir de gâter les enfants. Un orchestre joue des chants traditionnels. Des jeunes filles dansent. Des femmes habillées avec de superbes caftans sont assises, contentes d'être là. Naïma surveille le déroulement de la fête. Elle va et vient entre les invités. La maladie ne s'était pas encore déclarée. Elle revoit ces images et résiste pour ne pas pleurer.

Quand l'angoisse s'installe dans ses pensées, son imagination déborde et lui dicte des scénarios catastrophiques :
– une aggravation subite de la maladie ;
– son mari lui retire ses enfants ;
– un malheur arrive à l'un de ses frères ;
– Habiba tombe malade et ne peut plus s'occuper d'elle ;
– Habiba est victime d'un sort jeté par des jaloux qui la détourne d'elle (elle sait que jamais elle ne la trahira, mais l'angoisse est mauvaise compagne, elle noircit le paysage et détruit les liens) ; l'idée de la trahison est source d'angoisse ; autour d'elle des amies ont été trahies et en ont souffert ;
– elle est seule et abandonnée, ne peut plus se lever, ni crier... Elle est par terre, incapable de faire le moindre mouvement.

Elle récite quelques versets du Coran, fait des prières en étant assise dans le lit, réclame ses médicaments et s'endort. Le lendemain l'humeur est meilleure. Elle sourit

NAÏMA ET HABIBA

à la vie, fait des projets et raconte à Habiba ce qu'elle a osé imaginer. Celle-ci se met en colère, la gronde et l'embrasse pour lui témoigner son indéfectible attachement.

Habiba aussi tient un journal, mental. Elle pense à tout ce qui peut traverser l'esprit de Naïma, le recense, le visualise puis fait appel à Dieu et à ses prophètes.

« *Cela fait vingt ans que je vis à côté de Naïma. Au début je suis venue pour faire le ménage, m'occuper de la maison, laver le linge, le repasser, mais très vite Naïma m'a fait comprendre que je n'étais pas une bonne, en tout cas pas une domestique, une servante. Bien avant sa maladie, nous étions devenues complices et amies. Elle me parlait de l'absence de délicatesse de son mari, de sa solitude. À la naissance de sa première fille, nous nous sommes davantage rapprochées. Je me sentais concernée par tout ce qui lui arrivait. Ce fut à ce moment-là qu'elle a engagé une jeune fille pour le ménage. Elle était jolie et fine. Au bout d'un an, elle nous a quittés pour se marier. Il m'arrivait à l'époque de rêver à un avenir meilleur. J'avais vu un film égyptien où un grand chirurgien tombe amoureux d'une de ses patientes aveugle. Il fera tout pour qu'elle retrouve la vue. Mais je me souviens qu'il était riche et qu'il l'avait emmenée se faire opérer en Amérique. À la fin du film, elle voit et se marie avec lui. C'est une belle histoire d'amour. Mais moi, je vois. Le problème c'est que personne ne voudra d'une femme borgne. Dès qu'on me regarde, on me plaint. Je le vois dans les yeux des gens. Naïma n'a jamais éprouvé ce sentiment à mon égard, elle a tout de suite oublié que j'étais borgne. Même moi je n'y pense plus, elle me l'a fait oublier. Pas son mari, qui me regarde de travers. Quand nous rentrons l'été à Tanger, il m'arrive d'aller passer quelques jours dans mon village auprès de mes parents. J'ai hâte de revenir auprès de Naïma. Elle me manque et je crois que moi aussi je lui manque. Quand je la fais manger, j'évite de la faire*

AMITIÉ

rire, car elle rit souvent sous n'importe quel prétexte et n'arrive pas à arrêter son rire. J'ai peur qu'elle avale de travers, qu'elle rejette ce qu'elle mange, parce qu'en général elle a peu d'appétit. Je ne sais pas si c'est lié à la maladie ou bien au fait d'être nourrie comme un bébé ou une vieille personne impotente. Elle n'est ni un bébé ni une vieille, elle est encore jeune mais ses mains ne bougent plus. Quand elle marche, elle ne peut plus plier les genoux. Elle avance, appuyée sur moi.

L'autre jour quelqu'un nous a demandé :
"Qu'est-ce que vous êtes l'une pour l'autre ? Des amies ?"
Nous avons répondu en même temps :
"Des sœurs, non, mieux et plus que des sœurs ! Nous sommes inséparables."

Je ne sais pas si c'est pour me taquiner ou pour autre chose, mais un jour Naïma prit son air sérieux et me dit :
"Tu sais, mon frère Abdeslam t'a trouvé un mari, il est de ton bled, tu ne peux pas rester vieille fille toute ta vie à cause de moi, il paraît que c'est un jeune homme sérieux qui te connaît et qui te veut !"

Je me suis mise à pleurer. Je lui ai dit :
"Tu veux me renvoyer, tu veux mettre fin à notre pacte ; cela fait longtemps que j'ai renoncé au mariage ; je n'ai aucune envie de m'enfermer dans une maison avec un homme qui va me commander, peut-être me frapper..."

Naïma s'est mise aussi à pleurer puis nous sommes tombées dans les bras l'une de l'autre et les rires ont succédé aux larmes. Si j'aime Naïma plus et mieux que ma sœur et ma famille, cela ne veut pas dire que j'ai quelque chose à reprocher à mes parents, à mes frères et sœurs. Avec Naïma, je me sens utile, elle fait sortir de moi ce que j'ai de meilleur : la bonté, la générosité, la gratuité. Ce sont les mêmes qualités que j'ai trouvées chez elle. Elle m'a communiqué ce qu'il y a de bon en elle, je l'ai reçu comme un cadeau et je me sens tellement proche d'elle qu'il m'arrive d'avoir mal moi aussi à

NAÏMA ET HABIBA

mes membres, à mes mains, à mes jambes, mais vite je me ressaisis, je reprends le dessus, car Naïma a besoin de moi, valide, en bonne santé. Quand il nous arrive de rendre visite à une personne malade, c'est Naïma qui trouve les mots justes pour remonter le moral à cette personne. Je l'admire pour cela. Naïma sait donner l'espoir aux autres, car elle connaît la valeur de la santé. Il lui arrive de pleurer quand elle est triste, parce qu'elle pense à ses enfants, parce qu'elle prie Dieu et attend des jours meilleurs. Moi aussi je pleure, mais je me cache pour qu'elle ne me voit pas. Finalement, nous rions plus que nous ne pleurons. »

L'été 1996 a été pénible pour Naïma. Un client du Mirage, l'hôtel de ses frères, était atteint de la même maladie. Il s'appelait Hervé, c'était le frère d'un ami qui connaissait bien Abdeslam et Ahmed. Elle le repéra de loin. La sclérose s'était installée directement dans les bronches. Il avait du mal à respirer, toussait et manquait à chaque fois de s'étrangler. Naïma ne pouvait pas ne pas s'identifier à cet homme même s'il était beaucoup plus âgé qu'elle et plus gravement atteint. Habiba mentait. Elle disait qu'il avait la tremblote, la tuberculose, la fièvre, le typhus, etc. Elle citait toutes les maladies qu'elle connaissait. Elle faisait tout pour la détourner de son obsession, la protéger.

Après l'été, Hervé mourut asphyxié dans les bras de sa femme. La consigne fut donnée pour que Naïma n'en sache rien. Mais elle finit par l'apprendre. On aurait dit qu'elle voulait avoir des nouvelles de cet homme qu'elle n'avait pas connu, qu'elle voyait de loin mais pour lequel elle nourrissait une sympathie inquiète. Le docteur Méninger lui expliqua que les deux cas étaient différents. Naïma, lucide et courageuse, dit :

« C'est une question de temps, c'est tout ! »

L'été suivant, la femme d'Hervé est revenue passer une

AMITIÉ

semaine dans la même chambre. Naïma la voyait de loin et n'osait pas lui témoigner sa sympathie. Elle était partagée entre le courage d'affronter une situation délicate et la crainte de ne pas y arriver. Finalement, elle renonça à parler avec la veuve d'Hervé.

Ce fut ce même été qu'elle faillit céder aux pressions d'une tante qui lui proposait de l'emmener voir un guérisseur, « un génie, un homme hors du commun, quelqu'un qui a un don, ses mains sont exceptionnelles, il suffit de deux séances de massage, de quelques prières bien choisies, et puis le mal s'en va, c'est magique ; pour avoir un rendez-vous il faut attendre parfois trois mois mais, moyennant quelques billets glissés dans la poche de l'intermédiaire, on pourra le voir assez rapidement ; il ne se fait pas payer, non, mais il demande de participer à la construction de sa maison à Martil, au bord de la mer... »

Naïma sentit l'arnaque et refusa de consulter cet homme dont beaucoup de femmes de Tanger et de Tétouan faisaient l'éloge.

Naïma a mal aux genoux. Elle connaît cette douleur. Elle n'augure rien de bon. Elle ne se voit pas encore dans un fauteuil roulant. Habiba la regarde et lit dans ses pensées. Elle s'interdit d'être triste, sachant que son visage est une sorte de miroir pour Naïma. Il suffit qu'elle la regarde pour qu'elle sache ce qui se passe en elle. Cette complicité est une osmose. Rarement un lien aura été aussi fort entre deux personnes. Dans une cassette enregistrée, Naïma revient sur cette relation :

« *Quand j'étais au lycée, nous avons étudié des pages de Montaigne sur l'amitié. Je trouvais ce lien si exemplaire, si rare, que je me disais : "C'est de la littérature." Je ne pensais pas que deux êtres puissent se fondre l'un dans l'autre jusqu'à s'identifier mutuellement. Aujourd'hui, je sais, grâce à Habiba,*

qu'une telle amitié existe. En même temps, je sens que nous ne sommes pas égales : je lui dois beaucoup ; elle me donne tout, son temps, sa liberté, son affection, sa solidarité... Et je dépends d'elle. Personne ne l'a obligée à sacrifier sa vie pour s'occuper d'une handicapée. Elle l'a décidé toute seule. Il faut dire que les choses sont arrivées petit à petit. Elle aurait pu renoncer à ce travail, mot qu'elle m'interdit d'utiliser quand je parle de ce qu'elle fait avec moi. Si ce n'est pas un travail, c'est de la générosité gratuite. Elle a un salaire, qu'elle verse directement à sa famille. Un jour elle m'a dit :
"Pourquoi cet argent ? Après tout, ma famille ne manque de rien. Il ne faut pas que quelqu'un pense que je suis là, avec toi, pour de l'argent. Je n'en ai pas besoin. Je ne suis pas attachée à cette mauvaise poussière de la vie. Dieu merci, je ne manque de rien, l'unique chose qui me manque, c'est que tu sois guérie !"

Il faudra qu'un jour quelqu'un écrive le livre de Naïma et Habiba. Il a fallu que je tombe malade pour que je connaisse cette grâce qui rend les êtres si proches et qui les éloigne du mal, de la tentation du mal, qui les rend meilleurs et les aide à vivre. C'est la vérité. Peut-être que mes enfants, encore jeunes, ne comprendront pas la qualité de ce lien, mais je sais que mes frères l'apprécient et ont pour Habiba de la reconnaissance.

Les gens parlent beaucoup et jugent les autres avec une facilité déconcertante. J'ai déjà entendu dire que mon frère aîné a divorcé d'avec sa femme, abandonnant ses deux filles, pour s'occuper de moi. Or il se trouve qu'il s'est séparé de son épouse au moins cinq ans avant la déclaration de ma maladie. C'est lui qui dit et répète qu'il ne se remariera jamais parce qu'il a tellement été déçu par la vie conjugale et qu'il préfère s'occuper de moi sans avoir à rendre compte à qui que ce soit. Un jour, il est arrivé à Londres, le visage crispé et l'humeur mauvaise. J'ai eu peur. J'ai pensé un moment que le docteur Méninger lui avait dit quelque chose de grave à mon sujet. Non,

AMITIÉ

Abdeslam venait de perdre un million de dirhams dans une affaire avec un escroc. Je lui ai dit :
"Tu as de la fièvre ?
– Non.
– les battements de ton cœur sont réguliers ?
– Oui.
– Tu as mal quelque part ?
– Non.
– Tu peux courir, monter dix étages sans ascenseur, nager, voyager seul, faire tout ce qui te plaît ?
– Oui, en principe.
– Donc on peut dire que tu es en bonne santé.
– Dieu merci, oui.
– Alors oublie l'escroc et ce qu'il t'a volé. Ne demande à Dieu dans tes prières que la santé.
– Tu as raison, mais si je retrouve ce salaud...
– Laisse les avocats s'énerver à ta place ; tu les payes pour ça aussi. Pense à ta santé, c'est le principal, sois ton meilleur ami !"
J'avoue que cette leçon de morale sur la santé est un peu facile, mais il se trouve que la mort c'est aussi l'absence de la santé, la maladie. »

Par tempérament Naïma a toujours été disposée à prendre la vie avec humour et légèreté. La maladie a brouillé les repères. N'empêche, un rien la fait rire. Ainsi, il est un homme petit de taille, portant des costumes sombres et des cravates écarlates, qui passe l'année à arpenter les principales rues de Tanger. Il marche d'un pas décidé comme s'il avait un rendez-vous important. Cet homme est un mystère. Il a un visage comique. On dirait un comédien raté qui passe sa vie à jouer tout seul la comédie. On ne connaît pas son nom ni où il habite ni avec quoi il vit et s'achète ses costumes impeccables. C'est un homme à l'âge indéfini. Il fait rire les gens par sa seule présence. Naïma attrape des fous rires quand elle l'aperçoit. Habiba en fait de même. Elles ne savent pas pourquoi elles rient. On dirait que la fonction de cet inconnu est de faire rire quelques femmes, le tout se passant dans une sorte de complicité tacite, un secret dont personne ne possède la clé.

Un jour, alors que Naïma et Habiba étaient attablées à la terrasse du Mirage, elles éclatèrent de rire et n'arrivaient pas à s'arrêter. Ahmed voulait connaître la raison de ce fou rire. Un client de l'hôtel avait une vague ressemblance avec le marcheur de Tanger. Un petit homme belge ou suisse, un habitué du Mirage, qui marche comme l'inconnu de Tanger. Il ressemblait à un oiseau de proie.

Un incident allait renvoyer Naïma vers sa profonde solitude. Sous la pression de ses enfants, elle accepta de les emmener quelques jours en Espagne. Au moment de quitter la maison de Tanger, Habiba se rendit compte qu'elle avait perdu son passeport. Le voyage fut reporté, le temps de faire des recherches. Ne le retrouvant pas, Abdeslam lui fit faire un nouveau passeport qu'il déposa au service des visas du consulat de France accompagné d'une lettre expliquant le cas particulier de cette urgence. Il s'agissait juste d'un transfert de visa, non d'une nouvelle demande. Abdeslam connut le parcours du combattant de tout Marocain demandeur de visa. Naïma passa dix jours et dix nuits sans Habiba. Ses deux filles s'occupèrent d'elle, mais Habiba lui manquait. Elle mesura l'ampleur de sa dépendance et de son handicap. C'était la première fois qu'elle était séparée de Habiba. Malgré l'aide de ses filles, elle n'était pas satisfaite. Elle s'était trop habituée à cette femme et son absence rendait tout compliqué et amplifiait son angoisse. Elle l'appelait plusieurs fois par jour, lui racontait ce qu'elle faisait, lui disait combien la vie était dure sans

AMITIÉ

elle. Ce fut lors de cette épreuve qu'elle rencontra dans un restaurant une Espagnole d'une cinquantaine d'années, atteinte de la même maladie qu'elle. Elle se déplaçait dans un fauteuil roulant, accompagnée d'un de ses fils. Elle ne souriait pas, ne parlait pas. Quant au fils, il n'avait aucune patience et manifestait un agacement quasi permanent. Profitant de l'absence du fils, Naïma s'adressa à la femme :
« Excusez-moi de vous importuner, mais je voudrais vous proposer quelque chose...
– Je suis malade.
– Je sais, nous avons la même maladie. Je voudrais qu'on aille marcher toutes les deux. Quittez ce fauteuil et, avec l'aide de votre fils et moi de ma fille, nous allons faire quelques pas.
– Mon fils ne voudra pas. C'est lui qui m'a imposé le fauteuil, c'est plus pratique.
– Moi, j'ai refusé ce machin. Vous pouvez encore marcher.
– Oui, mais je n'ai personne pour m'aider vraiment. Dans la semaine je suis dans une clinique, le dimanche, mon fils vient me chercher pour déjeuner avec moi. Je suis seule et je n'ai pas les moyens d'engager une infirmière à plein temps. C'est déjà pas mal qu'il accepte de me sortir le dimanche. Parfois sa femme l'en empêche. Chez vous c'est différent.
– Oui, très différent. »

Naïma appela Mohamed, son chauffeur, et lui demanda d'aider la dame à se lever et à marcher. Elles quittèrent le restaurant, laissant derrière elles le fauteuil, et s'en allèrent pour une petite promenade.
Après une demi-heure de marche, elles revinrent, trouvant le fils fou de colère.
« Dorénavant mon fils, tu me feras marcher chaque dimanche. Je ne suis pas finie. Grâce à cette Marocaine, je

sais à présent qu'il faut se battre contre cette saloperie de maladie. Elle est très courageuse, elle est formidable. Elle m'a invitée à passer quelques jours dans son hôtel à Tanger. Je lui ai promis d'y aller au printemps. J'ai trouvé plus de réconfort chez une étrangère que dans ma propre famille. »
Le fils, furieux, réinstalla sa mère dans le fauteuil et partit sans dire un mot.
Naïma dit à Sabrina :
« C'est ce qu'on appelle un « *maskhout* », un fils maudit, quelqu'un qui se conduit très mal avec ses parents.
– Tu as bien fait, maman, tu es très courageuse, bravo !
– Ma fille, le courage ce n'est pas seulement le fait de tenir tête à la maladie, de refuser qu'elle gagne du terrain. Le courage c'est surtout le fait d'accepter ce qui arrive. Accepter, ne pas nier, vivre malgré tout. Je dois dire que sans vous, je n'aurais jamais eu tout ce courage. Moi aussi j'aurais pu réclamer une petite voiture, un super fauteuil roulant, mais c'est déjà céder au chantage de la maladie. Ce n'est pas toujours facile. Il m'arrive de pleurer toute seule, de me réveiller le matin avec une boule lourde posée sur la poitrine. Alors je soupire pour me redonner l'envie de vivre. Je pense à vous et la boule devient plus lourde, en même temps je la repousse de toutes mes forces. »

Des femmes tournent autour des frères célibataires. Naïma les repère de loin. Abdeslam et Ahmed, par pudeur et par tradition, étaient très discrets sur leurs fréquentations féminines. Ils ne se montraient jamais en compagnie d'une amie en public. Naïma sentait les choses. Un jour elle les réunit et leur dit :
« Vous êtes des hommes, c'est normal que vous ayez des amies. Un seul conseil : ne mangez jamais chez elles, n'acceptez pas leurs cadeaux, soyez vigilants, des hommes beaucoup plus avisés que vous, plus malins, se sont fait

AMITIÉ

embobiner par des bonnes femmes qui les ont réduits à l'état de loque, sans volonté, sans autorité, sans dignité. Je sais, vous ne croyez pas à ces balivernes, mais j'ai un sixième sens qui me renseigne sur l'invisible, les tractations inavouables entre des femmes et des charlatans qui peuvent être méchants. La sorcellerie existe; Dieu l'a interdite. Le mauvais œil existe aussi. Notre Prophète l'a reconnu. Il faut vous méfier. »

Les deux frères prirent la main de Naïma, la serrèrent et jurèrent que jamais aucune femme, quelles que soient sa beauté et son intelligence, ne porterait atteinte au pacte de fidélité absolue entre eux trois. Ils jurèrent ensuite sur le Coran qu'ils resteraient unis jusqu'à ce que Dieu les rappelle à lui.

Même dans des situations sérieuses, Naïma trouvait le moyen de plaisanter :

« Attention, rappelez-vous, pas de "Mna-Mna", pas de "manger-manger" avec les femmes, vous n'avalez rien ! »

Ils se regardèrent et dirent en chœur :

« Pas de "Mna-Mna" ! Pas de "Mna-Mna" ! C'est juré Naïma ! »

Table

PREMIÈRE PARTIE
Amours sorcières

L'amour sorcier 9
Homme sous influence. 40
Mabrouk interprète vos rêves. 71
L'homme absent de lui-même 81

DEUXIÈME PARTIE
Amours contrariées

Ils s'aiment 97
La femme de l'ami de Montaigne. 112
La beauté est une fatalité supérieure
à celle de la mort 116
La femme de Salem 126
Séduction 131
L'inconnue 137
Pantoufles 143

Le suspect 147
Tricinti 154

TROISIÈME PARTIE
Trahison

Hammam 171
Le quatrain qui tue 217
L'homme qui a trahi son nom 223
Usurpation 232
L'enfant trahi 248

QUATRIÈME PARTIE
Amitié

Genet et Mohamed ou le prophète qui réveilla l'ange . . . 257
Naïma et Habiba 271

Du même auteur

Harrouda
roman
Denoël, « Les lettres nouvelles », 1973

La Réclusion solitaire
roman
Denoël, « Les lettres nouvelles », 1976
Seuil, « Points », n° P161

Les amandiers sont morts
de leurs blessures
poèmes
Maspero, « Voix », 1976
Seuil, « Points Roman », n° R218
prix de l'Amitié franco-arabe, 1976

La Mémoire future
Anthologie de la nouvelle poésie du Maroc
Maspero, « Voix », 1976 (épuisé)

La Plus Haute des solitudes
Seuil, « Combats », 1977
et « Points », n° P377

Moha le fou, Moha le sage
roman
Seuil, 1978
et « Points », n° P358
prix des Bibliothécaires de France
prix Radio-Monte-Carlo, 1979

À l'insu du souvenir
poèmes
Maspero, « Voix », 1980

La Prière de l'absent
roman
Seuil, 1981
et « Points », n° P376

L'Écrivain public
récit
Seuil, 1983
et « Points », n° P428

Hospitalité française
Seuil, « L'histoire immédiate », 1984, 1997
et « Points Actuels », n° A65

La Fiancée de l'eau
suivi de
Entretiens avec M. Saïd Hammadi,
ouvrier algérien
théâtre
Actes Sud, 1984

L'Enfant de sable
roman
Seuil, 1985
et « Points », n° P7

La Nuit sacrée
roman
Seuil, 1987
et « Points », n° P113
prix Goncourt

Jour de silence à Tanger
récit
Seuil, 1990
et « Points », n° P160

Les Yeux baissés
roman
Seuil, 1991
et « Points », n° P359

Alberto Giacometti
Flohic, 1991

La Remontée des cendres
*Poème – Édition bilingue,
version arabe de Kadhim Jihad*
Seuil, 1991
et « Points Roman », n° R625

L'Ange aveugle
nouvelles
Seuil, 1992
et « Points » n° P64

L'Homme rompu
roman
Seuil, 1994
et « Points » n° P116

La Soudure fraternelle
Arléa, 1994

Poésie complète
Seuil, 1995

Le premier amour est toujours le dernier
nouvelles
Seuil, 1995
et « Points » n° P278

Les Raisins de la galère
roman
Fayard, « Libre », 1996

La Nuit de l'erreur
roman
Seuil, 1997

Le Racisme expliqué à ma fille
Seuil, 1998

L'Auberge des pauvres
roman
Seuil, 1999
et « Points », n° P746

Cette aveuglante absence de lumière
Seuil, 2001

RÉALISATION : CURSIVES À PARIS
REPRODUIT ET ACHEVÉ D'IMPRIMER SUR ROTO-PAGE
PAR L'IMPRIMERIE FLOCH À MAYENNE
DÉPÔT LÉGAL : MARS 2003. N° 59375 (56589)